남다르게 놀아야
남다르게 자란다

남다르게 놀아야 남다르게 자란다

알리샤 T. 드반티어 지음 | 황지현 옮김

인디북

남다르게 **놀아야**
남다르게 **자란다**

초판 1쇄 발행 | 2005. 6. 21
2판 1쇄 발행 | 2007. 8. 10

지은이 | 알리샤 T. 드반티어
옮긴이 | 황지현
펴낸이 | 박옥희
펴낸곳 | 도서출판 인디북

등록일자 | 2000. 6. 22
등록번호 | 제 10-1993호
주 소 | 서울시 마포구 용강동 469 2층
전 화 | 02)3273-6895 팩 스 | 02)3273-6897
홈페이지 | www.indebook.com

ISBN 978-89-5856-095-1   03840

ⓒ인디북, 2005

* 잘못 만들어진 책은 구입처나 본사에서 교환해 드립니다.

감사의 말씀

이 책이 나오기까지 정말 많은 분들이 여러모로 도와주셨습니다. 이분들께 진심으로 감사드립니다!

캐롤 터킹턴 씨, 이 책에 대한 아이디어가 떠올랐을 때 제가 맨 처음 찾아 뵌 분이 바로 당신입니다. 당신은 제 생각을 믿어주셨고 또 너무나 훌륭한 아이디어들을 함께 나누어주셨어요.

센트럴 미시건 대학 생물학부의 댄 벤자민 박사님께서는 애벌레가 화려한 나비로 새롭게 태어나는 과정을 자세히 가르쳐주셨지요. 정말 감사드립니다.

치페와 대자연센터의 제니아 리틀 씨, 덕분에 햇빛이 쨍쨍 내리쬐는 한낮인데도 즐거운 달빛 아래 산책하는 법을 만들어낼 수 있었죠! 감사합니다.

아플 때 해보는 기분 전환 양말놀이의 아이디어를 제공해주신 세릴 질라 씨께도 감사드립니다.

스티커 모으는 아줌마로 소문난 데니스 월튼 씨, 덕분에 기억의 단편들을 모아 멋진 스크랩북 한 권으로 만드는 법을 배웠네요, 감사합니다!

저의 대리인인 버트 홀체 씨, 이 책이 나오기까지 열정을 가지고 항상 돕고 지원해주셨지요, 정말 감사합니다.

질 셀렉, 패티 큐란, 캐리 스텁, 케이시 오자르작, 메간 셔네시, 모니카 벨, 키린 에버슨과 헤더 밀러 씨! 여러분들의 아이디어는 100번째 장에 모두 모

아두었어요! 아이디어를 제공해주신 모든 분들께 정말 감사를 드립니다. 비슷한 아이디어를 보내주신 분들이 정말 많았습니다. 아이디어 선택 여부와 관계없이 정성 어린 답신으로 참여해주신 모든 분들께 감사드립니다.

그리고 우리 가족! 케일리, 언제나 엄마에게 영감을 불러일으켜 주었지요? 정말 많은 아이디어를 일깨워주었어요! 엄마가 열심히 글 쓰고 있을 때 동생 마들렌을 돌봐준 멋진 오빠랍니다. 엄마는 정말 케일리가 너무너무 고마워요. 마들렌, 네가 예쁘게 웃어줄 때마다 힘이 났어요! 어려울 때마다 우리 아가가 엄마를 안아주고 뽀뽀해줘서 다 이겨낼 수 있었어요. 로버트, 항상 내 꿈을 믿고 지지해준 당신, 진심으로 고맙습니다.

그리고 마지막으로 감사드릴 분들! 여러분들을 중요하게 생각하지 않아서 마지막에야 감사한다고 생각지 말아주세요! 저의 어린 시절을 아름답게 완성시켜주신 주인공들인걸요. 저의 부모님, 선생님들, 가족들 그리고 친구들 모두 정말 감사합니다.

어린 시절을 사랑이 가득 넘치는 시절로 기억하기 위해 꼭 해봐야 할 경험으로는 무엇이 있을까요? 참 어려운 질문입니다. 저는 대단한 식견과 취향을 갖춘 모범 엄마는 아니지만, 제 나름의 생각을 말씀드릴게요. 한번 자신의 어린 시절을 생각해봅시다. 사랑하는 이웃과 친지들과 함께 나눴던 즐거운 운동이나 놀이들. 그 추억이야말로 정말 무엇과도 바꿀 수 없을 만큼 소중하게 기억되지 않으세요? 제겐 사랑하는 사람들과 함께 즐겁고 재미있게 보낸 시간이야말로 인생 최고의 보물이라는 확신이 있답니다.

저의 아버지는 야구를 너무나 좋아하셨죠. 또한 주말이면 취미로 글쓰기를 즐겨하시곤 하셨어요. 글쓰기라는 멋진 취미도 포기하지 않으면서, 야구도 함께 볼 수 있는 방법이 뭐가 있을까 항상 고민하셨답니다. 그래서 꾀를 하나 생각해냈어요. 일단 제가 텔레비전 야구중계를 보고 있다가, 중요한 순간이 되면 아버지를 부릅니다. 한참 야구경기를 보고 있다가 양키스팀이 2루나 3루에 타자를 진출시키게 되면 "아버지! 빨리 오세요!" 하고 부르곤 했어요! 덕분에 아버지는 중요한 경기장면을 한 번도 놓치신 적이 없었답니다. 어린 시절 저에게는 주말 동안 아버지와 함께 보던 야구경기들이 가장 즐거운 놀이였어요. 부모님과 아이들이 서로의 취미를 함께 누리고 도와주는 사례를 정말 멋지게 만들어본 셈이었지요.

아이였을 때 저는 밤하늘의 별들을 바라보는 것을 좋아했답니다. 삼촌의 친구 한 분이 우주와 별에 대해 아주 열정 어린 취미를 갖고 계셨어요. 그분 덕분에 밤하늘에 반짝이는 별들의 길을 찾아내는 법을 익히고 즐기게 되었답니다. 제게 정말 대단한 선물을 주신 셈이죠! 그분은 수많은 별들을 구별하고 알아보는 방법을 제게 알려주셨고, 반짝이는 별들의 아름다움을 함께 느끼길 바라셨답니다. 이렇게 어른들과 마음을 열고 주고받은 열정은 아이의 한평생에 걸쳐 커나가게 된답니다. 저는 지금까지도 반짝이는 아름다운 별들을 사랑하고 있지요!

어른들이 아이와 함께 시간을 보낸다는 것, 경험을 함께 나눈다는 것은 정말 중요합니다. 뭐든 여러분이 시간을 잊어버리고 빠져들 수 있는 것, 나이에 상관없이 함께 즐길 수 있는 취미를 찾아보세요. 엄마 아빠가 먼저 아이들에게 취미와 여가를 즐기는 모범을 보여주셔야 합니다. 아이가 자라면, 여러분의 취미생활을 조금씩 함께 해보세요. 함께 나누는 그 순간부터 모든 것이 즐겁고 새로워져서, 나날이 더욱 행복해질 것입니다.

사실 보통 어른들은 아이의 머리 꼭대기에 앉아 있으려 합니다. 항상 가르쳐주기만 하고 이끌어주기만 하려고 하죠. 저는 이런 태도는 잘못되었다고 생각합니다. 그러니, 여러분! 어른들은 항상 아이들에게 뭔가를 해줘야 한다

고 생각하지 마세요. "민지에게 음악을 가르쳐줘야겠다. 음악은 애들한테 좋으니까. 선생님은 누가 좋을까……." 이런 식으로는 음악은 가르쳐줄 수 있겠지만 음악을 사랑하고 아끼는 마음은 나눌 수 없으니까요. 여러분이 음악을 좋아하신다면 그 열정만 보여주시면 돼요. 함께 춤도 추고 노래도 불러보세요! 열정은 감출 수 없답니다. 마음을 열고 함께 나누면서 음악을 사랑하는 마음이 전염되는 것이죠!

아이와 함께 열정을 나누어보세요. 엄마 아빠가 재미없고 지루하다면 분명 아이들도 지루해할 거예요. 공부만 하면 무슨 소용이 있겠어요? 가끔 우스꽝스러운 짓도 하고 키득거리며 웃음을 터뜨리며 즐기는 것은 살아가면서 꼭 필요하답니다. 오늘날 저는 많은 어린이들과 책 읽기와 배우기에 대한 사랑과 열정을 함께 나누며 살고 있어 행복합니다.

여러분, 먼저 아이와 친구가 되어보세요. 그리고 여러분의 열정을 함께 나누시길 바랍니다!

크리스 세르프, 뉴욕

우리 첫째딸이 유치원을 졸업했을 때 저는 정말 흥분했답니다. 꼬마 공주님의 오랜 꿈이 드디어 이루어졌거든요! 두 살 때부터 딸아이는 거실 창가에 앉아서 매일 아침, 그리고 한낮이 되도록 큰언니들이 다니는 학교버스가 집 앞에 서기만 기다렸죠. "언제가 돼야 나를 태워줄까?" 예쁜 얼굴에 한숨이 가득했어요. 세 살이 되자 아예 호랑이 인형이 달린 조그만 배낭에 책을 잔뜩 챙겨넣고, 학교버스를 기다리곤 했어요.

이제야말로 기다려온 순간이 온 것입니다. 그런데 이상하지요? 딸의 등교일이 하루하루 다가올수록 오히려 저는 조금씩 우울해졌답니다. 아이는 이제 선생님하고 학교 친구들하고 온갖 즐겁고 새로운 생활을 함께하겠죠. 바로 제가 딸아이와 함께 나누고 싶었던 신나고 재미나는 경험들을 말입니다.

교복이랑 점잖은 초등학생용 가방을 사러 함께 나갔을 때, 저는 딸아이가 아직 어릴 때 저와 함께할 만한 놀이랑 체험들에 대해 생각해보았어요. 아이의 유년기를 충만하게 채워줄 경험들을 말입니다. 어린이가 무럭무럭 자라면서 한번쯤 즐겨볼 만한 놀이거리들을 하나하나 적어보았습니다. 이런저런 생각들을 하면서, 나와는 다르게 살아온 사람들의 의견도 구하기 시작했습니다. 먼저 친구들이나 가족들의 아이디어를 모으기 시작했지요. 그렇게 저는 친구의 친구, 가족의 먼 친지들과도 함께 의견을 나누게 되었답니다. 결국 저

는 인터넷의 엄청난 힘을 이용하여 우리나라 곳곳의 다른 사람들과도 이메일을 교환하게 되었죠. 그렇게 해서 바로 이 책, 『남다르게 놀아야 남다르게 자란다』가 탄생하게 되었습니다.

이 책을 통해 아이들이라면 누구나 해봐야 할 101가지 놀이거리들을 한눈에 확인하실 수 있을 겁니다. 저는 엄마 아빠가 아이들과 실생활에서 쉽게 해볼 수 있는 것들만 모아보려고 애썼답니다. 이 책에서 소개한 놀이의 적정 연령은 세 살에서 열두 살까지입니다. 하지만 우리 아이에게 어떤 놀이가 맞을지 판단하는 것은 전적으로 부모님께 달려 있답니다. 예를 들어 네 살짜리 꼬마라 해도 생강과자로 된 집을 만들 수는 있겠죠. 하지만 열 살의 아이라면 생강과자 집 만들기를 훨씬 잘 해낼 것이고, 동화 속의 과자집인 양 상상의 나래를 펼칠 수 있을 거예요. 다른 도시로 여행을 권하는 등 몇 가지 부담이 될 만한 제안들도 있습니다. 이 제안들은 아이가 낯선 곳에서도 무서워하지 않고 새로운 체험을 반가워할 만큼 컸다는 판단이 들었을 때 시도해보세요.

아이와 함께 놀아보면서, 무엇보다 재미있게 즐기란 말씀을 드리고 싶습니다. 결국 어린 시절의 추억은 배가 터져라 웃으며 즐기는 중에 기억되는 것 아닐까요? 누가 알겠습니까? 엄마 아빠도 어렸을 때 해보지 못했던 재미나는 놀이들을 새롭게 즐길 수도 있다니까요!

차례

CHEESE!

CHEESE!

K와 로즈에게 이 책을 바칩니다.

두 분의 어린 시절과 이후의 추억들이 탐스럽게 여물길 기원합니다.

001 나는 세상을 더 멋진 곳으로 만들고 말 테야!

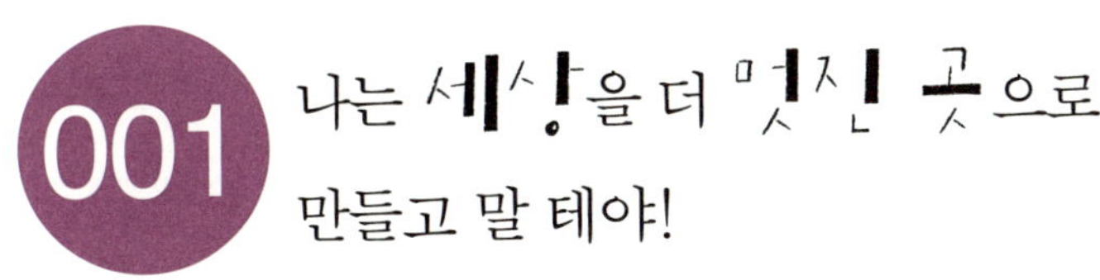

병에 걸려 아픈 친구들이 참 많아. 친구들을 위해 뭔가를 해주고 싶어. 빨리 건강해지라는 편지를 써야겠어. 그리고 하느님한테 빨리 낫게 해달라고 기도 드릴 거야.

우리가 사는 이 세상을 좀 더 멋지고 살기 좋게 만들기 위해서는 어떻게 해야 할까요? 다음 중 몇 가지를 아이와 함께 해보세요.

- 찬바람이 쌩쌩 부는 추운 12월, 쇼핑센터나 야외에서 일하시는 고마운 분들께 막대사탕을 선물하세요.
- 사랑의 편지를 써서 모아봐요. 한아름 편지를 모았다면 양로원에 가서 할아버지 할머니들께 편지 배달을 해봅니다.
- 일주일에 한 번 받는 소중한 용돈! 조금이라도 아껴서 헌금이나 불우이웃돕기 성금을 내볼까요?
- 바작바작 마른 잔디들, 얼마나 목이 마를까요? 잔디밭이나 앞마당에 물을 주

세요. 가을이면 흩어진 낙엽들을 주워 담고요. 눈이 오면 길이 꽁꽁 얼겠죠? 지나가는 사람들이 엉덩방아를 찧고 넘어지면 큰일나겠네요! 삽이랑 빗자루를 들고 영차영차 눈 청소를 합시다!

- 우리 가족이 모두 함께 무료급식소에서 자원봉사를 해봐요. 그릇도 닦고 음식도 만들고 식탁도 깨끗이 닦아봐요. 모두를 위한 식사를 우리 가족이 한번 준비해봐요.

- 털이 북슬북슬 두툼한 천을 50센티미터 정도의 널따란 직사각형으로 자릅니다. 겨울철 가까운 개나 고양이들의 보호소나 동물원에 동물 친구들을 위한 이불로 기증해보면 어때요? 따뜻하고 포근한 잠자리가 되어줄 거예요.

- 모자랑 벙어리장갑이 너무 많은가요? 금방 작아져서 쓰고 다니지 못하겠다고요? 하지만 하나도 버리지 마세요. 근처 초등학교나 유치원에는 모자나 장갑을 모으는 상자들이 있답니다. 하나하나 모아서 상자에 넣어주세요. 장갑이 없는 이웃이랑 친구들을 위한 좋은 선물이 된답니다.

- 공원 잔디밭에 휴지랑 비닐 쓰레기들이 많다고요? 그렇다면 아이랑 엄마 아빠랑 공원의 일일 청소부가 되어보면 어떨까요?

- 더 이상 맞지 않거나 입지 않는 옷들이 있다면 깨끗하게 빨아서 말립니다. 장난감도 몇 개 골라내서 옷과 함께 집 없는 불우한 사람들의 휴식처나 고아원 등에 가져다주세요.

- 이웃에 외롭게 사시는 할아버지 할머니들이 계신가요? 그분들 집에 놀러가서 노래도 부르고 그림도 그려서 벽이나 냉장고를 멋지게 장식해보세요.

- 솜씨를 다해 병에서 빨리 나아 건강해지라는 위로의 카드를 만들어볼까요? 엄마 아빠도 함께 여러 장 만들어봐요. 그리고 가까운 어린이 병동에 가서 아

픈 꼬마 친구들에게 한 장씩 나눠주세요.

- 봄이 되면 꽃도 심고 나무도 심어요!

- 무엇보다 항상 활짝 웃으세요!!!

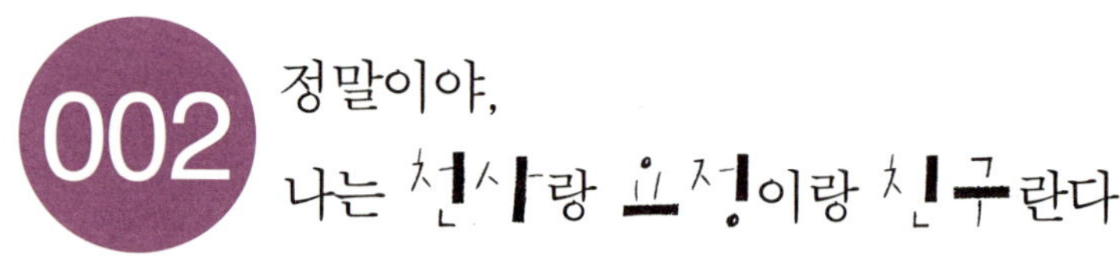

정말이야, 나는 천사랑 요정이랑 친구란다

내가 낮잠을 자는 동안 장난꾸러기 요정 친구가 선물을 두고 갔어! 산타클로스 할아버지는 크리스마스에만 오시거든, 그래서 평소에는 요정 친구가 대신 선물을 주고 가는가봐, 착한 일을 많이 해서 예쁜 천사하고도 친구할 거야,

아이들은 환상 속의 천사나 요정들이 정말로 살아 있다고 믿는답니다! 하지만 물론 아무도 본 적은 없지요. 낮잠요정이나 수호천사 등 정말 많기는 한데 말이에요. 낮잠요정에 대해 말해볼까요? 낮잠요정은요, 우리 세상하고 꿈나라 중간에 있는 마법이 가득한 나라에 살고 있다는군요. 이 낮잠요정들은 점심식사가 끝날 때쯤 살짝 우리 세상으로 나들이를 온대요. 이 요정들이 사뿐사뿐 날갯짓을 할 때마다 일곱 빛깔 무지개 꽃가루가 날린다는군요. 꾸벅꾸벅 졸다가 낮잠에 빠져버린 꼬마친구들 옆에 조그마한 선물을 놓고 달아나버린대요!

이 낮잠요정 친구들을 위해 대롱대롱 끈이 달린 가방을 만들어봐요. 요정 친구가 선물을 가져왔다가 어디다 둬야 하나 고민만 하고 그대로 돌아가면 안 되잖아요!

1. 신비한 무늬의 천을 준비합니다. 적당히 가벼운 천이 좋아요. 별이랑 무지개, 달, 반짝이는 광선들이랑 요정과 관련된 예쁜 버섯 모양의 집 등등이 그려졌다면 참 좋겠죠?
2. 준비한 천을 22×30센티미터의 네모난 옷감이 두 장 나오도록 잘 자릅니다.
3. 두 장의 천 모두 너비가 넓은 쪽 변을 1센티미터씩 접어주세요.
4. 접힌 부분을 다리미로 잘 다립니다. 접힌 부분의 중간을 쭉 따라서 박음질해주면 위아래로 솔기가 만들어집니다. 자, 그럼 위아래 솔기가 1센티미터씩이니까 20×30센티미터의 네모난 천 두 장이 생겼죠?
5. 두 장의 천을 길게 세워놓고 윗면을 안쪽으로 2센티미터 접어내려 나중에 실이나 리본을 끼워 넣을 구멍을 만들어줍니다.
6. 자, 구멍이 생기도록 접힌 단의 끝을 따라서 박음질해주세요.
7. 그런 다음 천 두 장을 겉면끼리 맞대어놓고 시침핀으로 고정시킵니다.
8. 끈 넣을 단을 제외하고 삼면을 모두 박음질합니다.
9. 이제 천을 뒤집어서 겉면이 밖으로 나오도록 해주세요.
10. 리본을 적당한 길이로 자르거나 색실을 60센티미터 정도 길이로 잘라 한쪽 구멍으로 넣어서 반대편 구멍으로 나오면 마주잡아 예쁜 리본으로 묶어줍니다.

주의할 사항: 커다랗고 무딘 바늘이나 안전핀을 리본 한쪽에 고정시켜서 단 속으로 끼워넣으면 훨씬 쉽게 리본을 넣고 뺄 수 있어요.

자, 이제 주머니를 우리 꼬마 방의 문손잡이에 걸어두어요. 물론 바깥쪽 손잡이에 걸어두어야겠죠! 주머니 리본 끈은 묶어두지 말고 풀어두세요. 그래야 낮잠요정들이 놀러 와서 아주아주 특별한 선물을 넣어두고 갈 거 아니겠어요? 스티커라든지 동전 몇 개, 맛있는 과자 몇 조각이랑 귀엽고 자그마한 장난감 등등이 제일 좋아요. 물론 두말할 나위 없이, 요정들이 남기고 간 선물엔 신비스런 반짝이 가루가 뿌려져 있을 거예요. 작은 별 모양의 금박이라든지 아주 고운 반짝이들은 정말 마법의 냄새가 풍겨나는 특별한 요술가루 같겠죠?

야외에서 즐기는 어둑어둑 밤하늘의 별자리 찾기 나들이!

수잔 샐리 맥거번 프리랜서 기고가, 펜실베이니아주 실링턴

산들산들 서늘한 바람이 부는 밤이면 위를 올려다보세요! 하늘에 별들이 셀 수 없을 만큼 반짝이고 있지요? 수세기 동안 사람들을 매혹시켜온 별들은 예나 지금이나 변함이 없지요. 정말 놀랍기만 합니다! 옛날 사람들은 별들을 쳐다보며 언제 곡식을 심을지, 집을 어떻게 찾아갈지를 판단했대요. 또 별에 얽힌 멋진 이야기를 지어내고 전설과 설화도 만들었지요. 바로 그때의 별들이 지금 이 순간의 하늘을 변함없이 지키고 있다니 참 신기하지요?

별빛 아래 산책을 나가기 전에 먼저 별에 대한 전설을 아이와 함께 읽어보세요. 몇 가지 별자리들과 각각의 별들을 보여주는 별자리 카드도 꼭 챙기세요. 별자리마다 다른 색깔로 칠해져 있다면 구별하기가 훨씬 쉬울 거예요. 아이들이 별자리 카드 그림이랑 하늘의 별들을 잘 맞춰볼 수 있도록 도와주세요. 각 별자리마다 왜 그런 전설이 나왔는지 수수께끼를 풀어봅니다. 큰곰자리는 정말 커다란 북극곰처럼 생겼나요?

종이에 별자리를 그려보세요. 직접 그리다 보면 별자리와 금방 친해질 거예요. 이제 담요를 온몸에 둘러볼까요? 따뜻한 담요에 포옥 안겨서 얼굴만 뾰족이 내밀구요, 흔들흔들 안락의자랑 별자리들을 그려넣은 책이나 종이를 들고 밖으로 나갑니다! 하늘이 잘 보이는 곳에 자리를 깔고 앉으세요. 먼저 북극성을 찾아볼까요? 일단 하늘에서 북극성을 찾았으면 거기에 맞춰서 가까운 다른 별자리들도 찾아봅니다. 정말로 별을 잘 보려면 달이 뜨지 않는 날 저녁에 이 특별한 나들이를 준비하세요. 만일 도심 한복판에 살고 계시다면 하루 정도 날을 정해서, 별들이 떨어질 듯 수없이 반짝이는 공기 맑은 시골로 별자리 탐구 여행을 떠나보는 것도 좋겠지요.

밝은 달빛 때문에 별이 잘 보이지 않을 수도 있어요. 어쨌든 통통한 보름달이 뜬 날 바깥나들이를 가는 건 아주 재미있답니다. 야외에 앉아서 아이들에게 저 반짝이는 달빛이 사실은 달이 스스로 내는 빛이 아니라는 걸 설명해주세요. 의젓하게 반짝이는 저 달님이 굉장히 커다란 돌멩이라는 사실이 놀라울 따름입니다.

8월이야말로 별자리를 볼 수 있는 가장 좋은 때랍니다. 매년 화려하기 짝이 없는 불꽃놀이가 벌어지거든요. 바로 페르세우스자리의 유성들이 떨어지며 내는 빛 때문이지요. 상황에 따라서, 또 여러분이 얼마나 집중해서 잘 찾는지에 따라 다르긴 하지만 아마 하늘을 가르며 떨어지는 열댓 개의 유성들을 볼 수 있을 겁니다. 이 놀이를 계획하실 때는 오후에 아이가 낮잠을 즐기도록 재워두는 것도 좋습니다. 늦게까지 깨어 있어야 하기 때문이지요. 페르세우스 성단의 유성이 펼치는 쇼가 가장 화려한 날이 언제인지 알아보시면서, 다른 성단의 유성들이나 특이한 행성 등 흥미 있는 볼거리를 즐길 만한 날도 찾아보세요.

한여름의 밤하늘을 우리 집안에 초대해보면 어떨까요? 별 모양의 야광 스티커랑 야광 페인트를 칠한 별 모양의 나무 조각을 우리집 천장에 붙여서 별자리를 꾸며보세요. 어두워지면 반짝반짝 빛날 거예요! 물론, 붙였다가 다시 깔끔하게 떼어지는 접착제를 사용하는 게 좋겠지요?

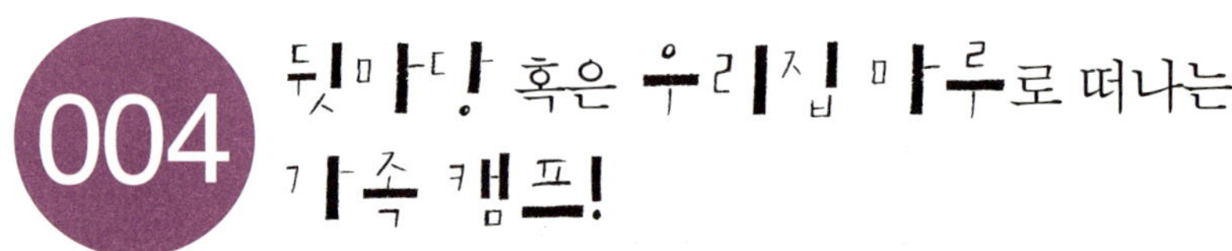

엄마랑 아빠랑 텐트를 치고 얘기도 하고 뜨거운 핫도그도 만들어 먹고, 너무너무 재밌었어!!! 멀리 나가지 않아도 돼, 우리집에서 신나게 놀 수 있다는 것도 새로 알았어.

뒷마당에 텐트를 치고 벌이는 캠프만큼 꼬마 아이들이 열광하는 것이 또 있을까요? 도심에 살고 계시다면 쉽게 할 수 있는 행사는 아니겠네요. 하지만 낙심하지 마세요. 뒷마당이 없다면 그냥 우리집에서 제일 넓은 마루나 방에서 캠프를 쳐보자고요! 자, 다음 사항만 잘 지키신다면 저 멀리 바깥 숲속에서 하는 캠프만큼 흥미진진한 실내 캠프를 만들 수 있을 거예요.

- 나무나 화초 화분들을 안에 들여놓으세요. 그리고 조그맣고 하얗게 반짝이는 전구가 촘촘히 달린 줄을 둘러줍니다. 인조나무나 풀들 위에 둘러도 좋아요.

플러그를 끼우고 전구들이 반짝이면 마치 밤하늘의 별들처럼 보이겠지요?

- 몇 번씩 붙였다가 뗄 수 있는 접착제로 처리된 별 모양의 야광 스티커들을 천장하고 벽에 붙여줍니다.

- 귀뚜라미라든지 바람, 풀벌레 소리 등 밤에 숲속에서 들을 수 있는 음향이 녹음된 CD나 테이프를 틀어주세요.

- 집 안에 설치할 만한 텐트가 없다고요? 그럼 의자 두 개를 적당한 거리를 두고 떼어두세요. 이 사이에 기다란 줄을 매답니다. 그리고 커다란 담요를 널어주세요. 별들이 가득 그려진 카펫이 있다면 더욱 좋아요. 별들 바로 밑에 텐트를 만드는 셈이 되겠지요?

- 집 안에 간단한 바비큐 기구를 설치하세요. 아이들과 함께 텐트 옆에서 즉석 핫도그를 구워볼까요?

- 마시멜로, 혹은 하얀 떡 꼬치를 만들어 바비큐 기구 위에서 구워 호호 불어가며 먹어보아요.

- 평소에는 잘 먹지 않는 특이한 간식거리를 준비합니다. 커다란 크래커 위에 초콜릿이랑 마시멜로를 촘촘히 올리고 전자레인지에 넣고 몇 초간 돌립니다. 눅눅하게 녹았을 때쯤 꺼내서 또 다른 크래커 한쪽을 올려주세요. 초콜릿 샌드위치가 탄생했습니다!

- 목욕통에 미지근한 물을 받아두고 파란색 식용색소를 몇 방울 떨어뜨리세요. 푸르스름한 수영장 물이 만들어졌지요? 수영복을 멋지게 차려입고 풍덩 빠져보아요!

- 등골이 오싹오싹 무서운 이야기를 많이 준비합니다. 캄캄한 어둠 속에 휴대용 전등을 대롱대롱 늘어뜨리고 옹기종기 모여앉아서 속삭이듯 얘기하세요!

손끝이 쪼글쪼글해질 때까지 실컷 목욕통에서 놀기

비누거품이 보글보글 가득한 목욕통! 거품이 없더라도 약간의 물만 담아두면 목욕통은 세상에 둘도 없는 놀이터가 된답니다. 엄마, 아빠, 긴장을 푸시고 지금 이 순간만은 어린 시절로 돌아가보세요. 우리집 목욕통을 저 유명한 워터파크로 만들기란 생각만큼 어려운 일이 아니랍니다. 몇 가지 재미나는 방법을 알려드릴게요.

아이가 목욕통 속에 풍덩 빠져버리기 전에 해야 할 일이 있어요. 무적 비누함대를 만들어 띄워볼까요? 두꺼운 종이 상자나 통을 잘라서 돛대랑 돛을 만들구요. 독하지 않은 연한 성분의 비누들에 끼워주세요. 그리고 목욕통 안에 동동 띄워줍니다.

무독성 수용성 물감으로 목욕시간을 미술시간으로 바꾸어 즐겨볼 수도 있어요. 머핀을 굽는 얇은 알루미늄 호일지를 팔레트로 삼구요. 하얀색 물비누나 연한 성분의 주방용 세제를 아주 약간 팔레트에 덜어주세요. 식용색소 몇 가지를 준비해 조금씩 넣어가면서 색깔을 조절합니다. 약간 끈적

끈적해지려면 옥수수나 녹말가루를 약간 넣어주세요.

자, 다 되었나요? 이제 거품기에 물감을 묻힙니다. 신나게 비누거품을 만들어봅니다. 마치 카푸치노에 올리는 하얀 우유거품처럼 부드러운 비누거품이 만들어졌죠? 이 거품을 목욕통이나 타일벽에 발라주세요. 이제 우리 아이랑 끈적이는 거품 위에 다양한 그림을 그려봐요. 색깔별로 거품을 다양하게 만들구요. 아이가 이것저것 골라가며 물놀이를 화려하게 장식하도록 도와주세요.

식용색소로 목욕통 안에 받아둔 물에 색을 입혀보세요. 먼저 목욕통 앞쪽에 한 가지 색깔의 색소를 몇 방울 떨어뜨리고, 다른 색깔의 색소를 목욕통 뒤쪽에 떨어뜨립니다. 그러면 맑은 물 속에 각기 다른 두 개의 색깔이 서서히 번져나가는 멋진 모습을 관찰할 수 있거든요. 다른 색소를 중간에 떨어뜨려서 여러 개의 색깔이 합쳐지는 모습도 보여주세요.

목욕시간에 다른 놀이를 곁들여 여유 있게 물놀이를 즐기는 건 어떨까요? 단어나 철자 맞히기 등의 놀이도 좋아요. 물에 잘 씻겨지는 아동용 마카로 타일 벽이랑 목욕통에 재미나는 그림이랑 낙서를 실컷 그리게 해주세요. 물론 조금이라도 얼룩이 남지 않도록 미리 테스트해보는 것도 잊지 마시고요!

여러 가지 재미있는 동물 모양의 쿠키커터가 있으면, 설거지용 스펀지를 쿠키커터에 맞춰 잘라두세요. 나중에 타일 벽이랑 목욕통에 그린 그림을 지울 때 훨씬 재미나게 할 수 있거든요. 정말 실컷 물놀이를 즐긴 우리 아이, 마지막으로 커다랗고 보들보들한 수건으로 포옥 감싸 안아주세요.

케일린 드반티어 유치원생, 미시간주 마운틴 플레전트

006 쫀득쫀득한 반죽으로 하루 종일 조물락거리기!

여러 가지 반죽으로 조몰락조몰락 즐기는 놀이는 40년이 넘도록 많은 사랑을 받아온 아이들의 놀이랍니다. 놀이용 반죽은 1956년 처음 시판되었습니다.

아주 처음에 놀이용 반죽은 하얀 색깔만 있었대요. 일년이 지나면서 빨강, 파랑 그리고 노랑의 세 가지 색깔이 추가되었답니다. 이때부터 여러 가지 다른 색깔이랑 향이 개발되어 소개되었지요. 이후로 야광색, 금색, 은색을 비롯해서 목욕 샴푸색, 비누거품 하얀색, 화창한 날 햇빛색, 펑펑 터질 듯한 자주색, 벌들이 너무 좋아서 붕붕거릴 분홍색 등등 특이한 이름의 색깔들도 만들어졌답니다. 여러분들도 여러분만의 색깔로 된 반죽을 만들고 싶지 않으세요? 부엌에 있는 아주 약간의 재료만으로도 가능하답니다.

준비물

설탕이나 감미료가 첨가되지 않은 드링크 믹스 파우더(아이들용으로 나온 드링크 파우더들은 여러 가지 재미나는 색깔로 처리되어 있답니다.) / 물 한 잔 / 식용유 한 숟갈 / 식용색소 / 소금 반 컵 / 밀가루 한 컵

1. 중간 정도 깊이의 커다란 냄비를 하나 준비하세요. 중간불에 덥힌 다음 준비한 드링크 믹스 파우더를 물에 녹여 붓습니다.

2. 식용유를 넣고 잘 저어주세요.

3. 색을 좀 더 강하게 표현하고 싶다면 식용색소를 약간 넣어주세요.

4. 소금이랑 밀가루를 넣어주세요. 잘 저으면서 여기저기 돌돌한 덩어리가 생길 정도로 넣어줍니다.

5. 이제 계속 열심히 저어주세요! 어느새 반죽 모양을 갖춰갑니다. 표면에 물기가 보이지 않을 때까지 꾹꾹 눌러주세요.

6. 반죽을 꺼내서 식혀주세요. 아이가 조몰락거려도 뜨겁지 않을 정도가 되었나요? 반죽의 결이 곱게 부드러워질 때까지 치대주세요. 이제 진공처리가 되어 있는 용기에 넣어 보관하면 끝!

주의할 점: 색깔도 멋지고 부드럽게 쫀득대는 반죽이지만 먹을 수는 없답니다. 꼭 기억해주세요!

쫄깃쫄깃 먹을 수 있는 반죽 만들기

아이가 아직 어려서 뭐든 먼저 입에 가져가버린다고요? 그렇다면 조물조물 만지작대다가 한 입 베어먹을 수도 있는 반죽이 훨씬 좋겠지요? 자,

반죽 만들기를 깔끔하게 끝내기 위해서는 왁스코팅이 된 기름종이를 넓게 펼치고 그 위에서 작품을 만들어주세요.

준비물

큼지막하고 바삭바삭한 크래커 다섯 개 / 땅콩버터 3분의 1컵과 한 숟갈 / 꿀 약간(넣으면 달콤해져요! 꼭 필요한 것은 아니랍니다.)

1. 크래커를 비닐 팩에 넣고 가루가 될 때까지 부수어주세요(믹서에 넣고 갈아도 됩니다).
2. 커다랗고 오목한 그릇에 가루를 넣습니다. 땅콩버터를 그릇에 넣고 반죽이 될 때까지 저어주세요. 수저를 사용해도 되지만 손으로 해도 상관없어요.
3. 반죽이 너무 딱딱한가요? 그럼 땅콩버터나 꿀을 약간 더 넣어주세요. 만일 반죽이 질다면 크래커 가루를 더 넣어줍니다.

시도 때도 없이 퍼붓는 사랑의 쪽지! 왜냐고? 그냥!

아이들은 깜짝 파티나 깜짝쇼를 너무 좋아하지요! 예상치 못했던 순간 받게 되는 사랑이 가득한 쪽지는 오래오래 기억될 놀라운 선물이 돼준답니다. 갑자기 학교에서 날아온 성적표만 아니라면 말이지요. 자, 그렇다면 지금부터 우리 꼬마의 도시락이나 책가방, 또 오늘 새로 꺼내 입은 멋진 외투의 호주머니에 조그만 사랑의 쪽지를 넣어주면 어떨까요? "오늘 시험 잘 봐! 사랑하는 엄마가!"라든지 "아이구, 우리 예쁜 은정이! 왜냐구? 음…… 그냥!" 등 재미나는 쪽지를 적어서 넣어주세요.

아이가 쪽지를 발견하지 못할 수도 있을 거예요. 그럴 때는 굉장히 반짝이거나 눈에 띄는 색종이랑 사인펜을 사용하세요. 또 스티커 등으로 예쁘게 꾸며줍니다.

종이 대신 입을 닦을 냅킨 위에 사랑의 편지를 써서 점심 도시락에 넣어보면 어떨까요? 냅킨도 종류가 많다는 것 아시지요? 동물이랑, 만화 주인공들이랑 예쁜 꽃 등으로 장식된 냅킨이나 종이접시 등은 가까운 팬시점이나 선물용품점에서 구할 수 있답니다.

아이가 아직 글을 읽을 줄 모르거나 읽긴 하지만 서툴다고요? 그렇다면 간단한 그림이나, 기호를 사용하는 것도 좋아요. 예를 들면 "엄마는 은정이를 사랑해!" 대신에 "엄마♡은정!"이라고 크게 적어주세요!

이번 시험에서 성적이 단 몇 점이라도 올랐다고요? 어려운 과학실험이나 과제물을 오랫동안 애써서 결국 끝냈다고요? 구구단을 끝까지 외웠다고요? 우와, 그럼 신나게 축하해줘야겠네요! 마치 금메달을 연상시키는 동전 모양의 초콜릿을 금박호일로 싸서 쪽지와 함께 살짝 호주머니에 넣어주세요!

마법의 투명글씨 편지를 써도 재미있어요. 하얀색 크레용으로 하얀 카드지 위에 편지를 적습니다. 아이가 편지를 펴보면 하얀 종이만 보일 거예요. 어떻게 투명글씨 편지를 읽어야 할까요? 마법에 걸린 이 편지를 읽기 위한 방법을 간단히 적어서 진한 색깔의 마카펜과 넣어줍니다. 마카펜을 하얀 편지 위에 슥슥 그어대면 하얀 크레용으로 적은 글씨가 또렷이 보일 거예요.

아이가 제일 좋아하는 봉제인형이나 장난감으로 재미있는 사진을 찍어보세요. 인형이 노는 모습, 컴퓨터에 매달려 열심히 공부하는 모습, 또 과자를 맛있게 먹는 모습이랑 낮잠 자는 모습, 또 옷을 갈아입는 모습 등을 연출해서 사진을 찍습니다. 필름을 다 현상하면 멋진 사진 엽서들이 탄생하겠죠? 사진 뒷면에, 보내는 사람이랑 받는 사람 주소 쓰는 난은 엄마가 밑줄을 그어주세요. 간단히 메시지를 남길 곳도 네모 칸으로 그려주세요. 이 사진엽서는 되도록 진공포장 비닐 팩에 넣어 보관해주세요. 점심 도시락에 넣을 때 특히 유용하답니다.

만일 아이가 컴퓨터를 익숙하게 사용한다면, 혹은 학교에서 컴퓨터 수업을 받고 있다면, 아마 학교 수업 중에 이메일을 확인할 수도 있을 거예요. 사전에 학교 선생님께 수업 중에 아이가 메일을 확인해도 될지 양해를 구해야겠죠? 그리고 사랑이 가득한 메시지가 담긴 예쁜 카드나 이메일을 써서 보내기 버튼을 눌러주세요!

카드도 좋고 조그만 쪽지도 좋아요. 엽서도 좋고 편지도 좋아요. 그냥 이유 없이, 시도 때도 없이 아이가 여러분의 아낌없는 사랑을 확인할 수 있도록 해주세요!

겨울이면 흩날리는 눈송이 속에서 신나게 뛰어놀아요!

"눈보라가 내리면 저는 항상 신이 나지요.
제일 멋진 광경을 찾아 눈송이 사진을 찍다 보면 시간 가는 줄도 모른답니다." ― 윌슨 A. 벤트리

'눈송이' 라는 별명이 붙은 윌슨 A. 벤트리는 1865년에 미국의 벨몬트의 제리코라는 동네에서 태어났어요. 벤트리는 1884년 현미경이 달린 특별한 카메라를 사용해서 처음으로 멋진 눈송이 사진을 찍었답니다. 평생동안 벤트리는 오천 개가량의 눈송이 사진을 찍어서 기록했어요. 신기하게도 눈송이들은 하나도 같은 것이 없었답니다. 1931년 벤트리가 세상을 떠나고 나서 『눈수정』이라는 이름으로 사진첩이 발간되었습니다. 눈송이 벤트리에 대해 더 많은 이야기를 알고 싶으시다고요? 그렇다면 칼데콧상을 수상한 쟈크린느 브리그 마틴이 쓴 『눈송이 벤트리Snowflake Bentley』라는 책을 찾아보세요!

우리 꼬마가 책을 읽는 것보다는 눈송이 사냥을 나서고 싶어한다면, 겨울방학을 기다려 눈이 많이많이 내리는 곳으로 여행을 떠나보세요. 우리나라에서 눈이 가장 많이 내리는 곳은 강원도 지역이랍니다. 속초, 대관령그리고 강릉 등의 영동지역이야말로 겨울마다 하얀 눈의 나라로 바뀌는

지역이지요! 지금까지 우리나라에서 최고로 눈이 많이 내린 곳은 울릉도 래요. 1955년 1월 20일 무려 1미터 50.9센티미터의 눈이 내렸다고 하는군요! 속초나 대관령도 많게는 1미터 정도의 눈이 자주 쌓였다고 해요. 하지만 요즈음은 옛날만큼 눈이 많이 내리지는 않는다고 합니다. 엄마 아빠 여러분, 정말 그렇지요?

미국에서 하루 동안 제일 눈이 많이 온 곳은 콜로라도의 실버레이크라고 합니다. 1921년 1미터 70센티미터 정도 쌓였다고 하는군요! 일년을 단위로 가장 큰 기록은 1971년 7월부터 1972년 6월까지 레이니어 파라다이스 랜저 스테이션이라는 곳에 25미터가 넘게 쌓였다고 해요!

눈은 어떻게 만들어질까요? 구름 속의 얼음 알갱이에 수증기가 달라붙으면서 원래보다 조금씩 뚱뚱해지다가 땅으로 떨어지는 것이랍니다. 눈에는 어떤 종류가 있을까요? 함박눈은 여러 개의 눈 결정이 서로 달라붙어서 제법 커다랗게 솜뭉치처럼 내리는 눈이랍니다. 아주 춥지 않은 곳일수록 이런 함박눈이 잘 내린대요. 지름이 10센티미터나 되는 커다란 눈송이가 내린 적도 있다는군요! 또 가루눈은 전혀 뭉쳐지지 않은 가루 같은 눈을 말한답니다. 춥고 바람이 거세게 부는 날 자주 내린대요. 싸락눈은 구름으로부터 떨어지는 하얗고 불투명한 얼음 알갱이를 말합니다. 진눈깨비는 비와 섞여 녹아내리는 눈이지요.

음, 아이들이 생전처음 보는, 혹은 처음으로 만져보는 눈꽃송이들을 더욱 재미있게 즐기는 방법을 가르쳐드릴게요! 먼저 두꺼운 카드보드지 한 장을 준비하세요. 검은색 또는 어두운 색깔의 펠트지나 종이로 카드보드지를 잘 싸줍니다. 그리고 종이가 차가워질 때까지 냉동실에 넣어두세요.

눈송이 하나하나를 잘 잡아내기 위해서는 바람에 눈발이 살짝 날리는 정도의 날씨가 제일 좋아요. 준비한 종이판을 요리조리 움직여서 포동포동하고 커다란 눈송이를 잡아냅니다. 깡충거리며 앞마당을 한 바퀴 돌아봐도 좋아요! 너무 많이 잡으면 눈송이들이 엉키니까 살짝만 잡아내도록 주의하시구요. 돋보기를 사용해서 눈송이를 크게 확대해보세요. 어때요? 참 예쁘고 신기하지요?

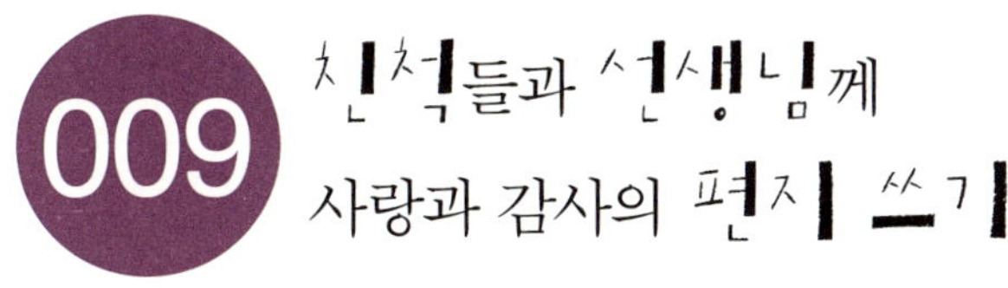

009 친척들과 선생님께 사랑과 감사의 편지 쓰기

베키 딜리와 키이스 딜리 부부 섹스 투플릿, 인디애나주 베른

예절 바른 아이라면 선물을 받은 후 감사의 편지를 써야 한다는 것쯤은 잘 알고 있답니다. 비록 굉장히 이상한 색깔에 엄청나게 큰 스웨터를 선물 받더라도 생각해주신 마음에 감사해야 한다는 것도요! 하지만 손으로 만져지는 선물만 선물일까요? 보이지 않는 선물들, 그러니까 정말 재미나는 취미라든지, 책 읽는 습관, 나보다 못한 사람을 가엾게 여기고 안타까워하는 착한 마음 등이 있겠지요? 이런 선물들을 우리 평생의 삶에 남겨주신 분들을 떠올려보세요. 이런 소중하고 뜻 깊은 선물을 주신 분들께 진작에 감사의 편지를 드렸어야 했는데……. 한 자 한 자 책 읽는 법을 걸음마하듯 가르쳐주신 할머니, 어렵게만 생각했던 과학에 흥미를 갖도록 길잡이가 되어주신 삼촌. 그뿐인가요? 난생처음 야구 배트를 들고 운동장에 선 날, 날아오는 공을 정확히 때릴 때까지 수없는 실패에 자신 없어할 때, 곁에서 그 모든 것을 참아내고 포기하지 않도록 도와주신 체육선생님도 계시지요. 정말 생각해보니 소중한 선물을 주신 분들이 너무너무 많네요!

뜨개질이나 십자수, 정말 맛있게 부침개를 만드는 법이나 조각하는 법 등을 가르쳐주신 친척들, 이웃들, 또 친구들이 있지요?

아이들에게 이 소중한 선물들에 대해 얘기해주세요. 비록 만져지지는 않지만 값으로 따질 수 없는 이 선물들이 왜 중요한지 아이들이 이해할 수 있도록 설명해주세요. 자, 그럼 이제 감사의 편지를 써볼까요? 종이랑 크레용, 마카펜, 가위랑 스티커 등등을 준비해서 이 소중한 선물들을 주신 분들께 드릴 감사 카드를 만들어보겠습니다! 아직 어린아이들은 감사의 마음을 표현해내려면 어른들의 도움이 필요해요. 아이에게 몇 가지 방법을 가르쳐주세요. 아이가 책 한 권을 처음으로 다 읽었다면 독서를 지도해주신 선생님께 그 책을 읽는 동안 얼마나 재미있고 즐거웠는지 편지로 써보면 어떨까요? 전학 가서 처음 치른 야구경기에서 홈런을 쳤다는 소식을 카드로 만들어 전해드리면 이전 학교의 선생님이 얼마나 기뻐하실까요?

아이들이 감사의 카드를 만들 때 엄마 아빠도 함께 해보세요!

010 아주 특별하고 우스꽝스러운 나만의 옷 만들기!

눈에 띄는 특별한 옷이나 모자가 없다고요? 지금 당장 함께 만들면 되죠! 평범한 티셔츠나 웃옷들, 청바지나 야구모자, 또는 양말이나 하얀 천으로 된 운동화 뭐든지 좋아요. 옷장을 열고 한 가지를 골라서 우리만의 예술작품으로 만들어보자구요.

가지가지 모양과 색깔의 단추와 구슬 등을 모아서 옷 위에 꿰매어 답니다. 잔뜩 달아도 좋구요, 조금만 달아도 좋아요. 원하는 대로, 마음 가는 대로 꾸며보세요.

리본이랑 대롱대롱 술 장식도 달아주세요. 색깔을 맞추어가며 멋지게 장식해보세요. 만일 접착제를 사용한다면 강력접착제가 좋습니다. 그래야 우리의 예술작품이 세탁기에 넣고 돌돌 돌려 빤 후에도 망가지지 않겠지요?

반짝거리는 조그만 큐빅이랑 플라스틱 보석 등은 수용성 풀 또는 꾹꾹 눌러지는 폭신폭신한 양면접착제나 끈적끈적 점성이 있는 물감을 이용해서 예쁘게 붙여주세요.

어디서나 볼 수 있는 하얀 티셔츠라고 무시하지 마세요! 두껍고 판판한 종이만 끼우면 우리 꼬마 예술가의 훌륭한 화판이 탄생한답니다. 우리 아이의 예술작품을 영원히 간직하고 싶다구요? 천 위에 직접 사용할 수 있는 마카펜이나 물감을 사용해도 좋아요. 만일 매번 예술작품을 새롭게 시도하고 싶다면 물에 지워지는 수용성 마카를 사용하는 것이 좋겠지요. 마카 포장지에 적혀 있는 사용법을 주의 깊게 읽고 사용해야 세탁 후에 혹시 남지 모를 희미한 마카 자국을 미리 예방할 수 있답니다.

그동안 모아놓은 크고 작은 천 조각들을 다양하게 잘라서 붙이면 어떨까요? 가장자리가 톱니 모양으로 잘라지는 핑킹가위나 그밖의 특이한 모양으로 잘라지는 가위를 사용하면 재미나겠죠? 이런 조각 천을 붙일 때는 다림질만 하면 완전히 붙는 접착제가 편리하답니다.

재활용이 가능한 조그맣고 깨끗한 플라스틱 통에 직물용 물감을 짜넣습니다. 그리고 따뜻한 물을 약간 넣고 잘 섞어줍니다. 요리조리 흔들어서 물감이 완전히 물에 녹으면 스프레이 통에 담아주세요. 셔츠를 빨랫줄이나 마룻바닥에 잘 펴서 널어주시고요. 준비된 스프레이를 셔츠에 쫙쫙 뿌려줍니다. 어때요? 생각도 못 했던 멋진 무늬가 생겼죠? 다른 색깔로도 한번 만들어볼까요? 방법은 똑같답니다. 다른 색깔 물감을 잘 녹여서 스프레이 통에 넣고 뿌려주세요. 자, 다 됐나요? 이제 셔츠를 30분이나 45분 정도 바깥에서 잘 말려줍니다. 만일 세탁 건조기가 있다면, 어느 정도 셔츠를 말린 다음 넣어 완전히 말려주면 좋답니다. 헤어드라이어로 대신해도 좋아요. 반쯤 말린 셔츠에 뜨거운 바람을 쐬어주면 훨씬 빠르고 쉽게 말릴 수 있죠. 참! 이미 사용했던 물감은 절대 음식 위에 사용하면 안 돼요!

주의할 점: 요즘은 어디서나 쉽게 아이들이 사용할 만한 물감이랑 풀 등의 공작 도구를 구할 수 있답니다. 문구점이나 화방에 가서, 아이들이 쓸 제품을 권해달라고 먼저 물어보세요. 뭐니뭐니해도 사용 전에 유의할 점을 충분히 읽어보는 것도 멋진 예술품 완성의 비결이랍니다! 공들여 열심히 꾸민 작품인데, 세탁 한 번 잘못했다고 망가져 버리면 얼마나 실망스러울까요! 이를 예방하려면 세탁할 때 절대로 섬유유연제를 넣지 마세요.

텔레비전 없이 주말 보내기!

어느새 텔레비전은 우리 생활에서 빠질 수 없는 중요한 요소가 되었습니다. 지난 50년 동안에는 있으나마나 한 물건이었다니, 정말 믿어지지가 않지요? 텔레비전은 우리 일상생활의 일부분으로 굳건히 자리잡고 있어서, 갑자기 정전이라도 되고 나면 텔레비전 앞에 모여 있던 우리 가족들은 허둥지둥 뭘 해야 할지 모르고 당황하게 되지요. 흠, 전기를 아예 사용할 수 없을지도 모를 먼 훗날을 위해서라도, 텔레비전 없이 재미있게 노는 방법을 미리 배워둬야 하겠어요!

- 밖으로 나가세요! 산책도 좋구요. 공놀이를 하러 갈까요? 줄넘기도 좋고 비눗방울 불기도 좋아요. 자전거 타기는 어때요? 날씨가 따뜻하면 꽃을 심으러 나가요. 푸른 하늘 가득히 연을 날리면 멋지겠죠? 특별히 할 일이 없더라도 한가롭게 바깥의 맑은 공기를 마시며 걸어봐요. 재밌는 얘기를 서로 나누면서, 하하호호 누가누가 크게 웃나 시합해볼까요?

- 편지를 써봐요! 아이가 직접 할아버지 할머니나 친지들께 편지를 쓰도록 격려해주세요. 어제 새로 산 옷이라든지, 봄바람에 꽃이 활짝 핀 이야기 등등 뭐든지 우리 아이가 가장 즐거워했던 최근의 소식을 전해드립니다.

- 바둑이나 체스 게임을 하고 놀면 어떨까요? 야외에서 즐기는 체스 게임! 한 사람씩 번갈아가면서 즐겨보세요. 편을 갈라서 해봐도 재미있어요!

- 멀리 드라이브를 나가보면 어떨까요? 조금 멀다 싶은 산책도 좋아요. 엄마랑 아빠랑 준비하는 동안 우리 아이는 무얼 할까요? 땅콩잼을 듬뿍 바른 샌드위치를 만들면 어떨까요? 딸기잼도 좋아요. 아이가 쉽게 할 수 있는 일들로 나들이 준비에 참여하도록 배려해주세요. 간단한 먹을거리랑 음료수를 준비했으면 이제 출발! 전혀 가본 적 없는 마을이나 공원에 놀러 갑니다.

- 우리 가족만의 장기자랑 잔치를 벌여볼까요? 노래도 하고 춤도 추고, 누가누가 잘하나! 모두가 심사위원이 되어 1등상도 뽑아봐요!

- 과자나 찐빵 같은 간식거리를 잔뜩 만들어볼까요? 과자나 찐빵은 오븐 없이도 전자레인지나 프라이팬만으로 쉽게 만들 수 있답니다! 많이많이 만들어서 이웃들에게도 나누어주세요.

- 신나는 음악을 틀고 춤을 춰봐요! 왈츠랑 폴카 같은 춤을 아이에게 가르쳐주세요. 엄마 아빠가 시범을 보여주셔도 정말 멋질 거예요. 우스꽝스러운 춤도 즐거워요! 동물 흉내를 내며 즐겁게 춤을 즐겨보세요!

- 온 가족이 함께 할 수 있는 프로젝트에 착수합니다. 예를 들면 새장이나 강아지 집을 만든다든지, 앞마당에 발디딤돌을 깐다거나 아이의 책장을 만들어봅니다. 사진첩을 정리해도 좋구요, 아이 놀이방에 있는 탁자를 다른 색깔로 칠해볼까요? 모두가 함께 할 수 있는 일이라면 뭐든지 OK!

012 집에서 직접 만든 아이스크림 하나면 한여름 무더위 저리 가라!

프리다 쉬플리 집안이랑 정원 예쁘게 꾸미기 전문가 할머니, 펜실베이니아주 베들레헴

열대야라고 하죠? 너무너무 후덥지근한 한여름 밤 말이지요. 이런 밤에는 정말 시간이 왜 이리 늦게 가는 걸까요? 시계 초침도 더위에 지친 것처럼 천천히 헐떡거리네요. 하지만 걱정 마세요. 이런 더운 여름밤을 식혀줄 특효약이 있다니까요! 아주 쉽게 만들어볼 수 있는 우리집 특제 아이스크림이 바로 그것이랍니다. 따로 아이스크림 만드는 기계가 필요하냐구요? 아뇨, 전혀 필요 없어요!

준비물

아이스크림 만드는 용기로 사용할 것들

플라스틱 뚜껑의 금속제 커피통 큰 것 하나, 작은 것 하나(잘 씻어서 말려주세요.) / 알루미늄 테이프 / 1킬로그램가량의 잘게 부순 얼음 / 천연 소금 약간

아이스크림 만들 재료

휘핑크림 1컵 / 우유 1컵 / 설탕 반 컵 / 바닐라향료 1티스푼

선택사항: 각기 다른 맛이 나는 향료를 준비해도 좋아요. 초콜릿 시럽, 식용색소, 초콜릿칩, 잘게 부순 사탕가루랑 땅콩가루랑 과자가루, 블루베리나 체리 등의 과일퓨레, 적당한 크기로 잘게 자른 브라우니나 케이크 그리고 알록달록 무지개색의 사탕칩가루 등 다양하게 준비해보세요.

1. 휘핑크림, 우유, 설탕 그리고 향료를 작은 커피통에 넣고 잘 섞어주세요.

2. 향료나 초콜릿 시럽을 약간 넣어줍니다. 식용색소로 멋진 색깔을 만들어내려면 바로 지금을 놓치지 마세요. 아주 약간씩 농도를 조절해가며 넣어줍니다.

3. 이제 뚜껑을 닫고 준비한 알루미늄 테이프를 뚜껑이랑 몸통 사이에 빈틈없이 붙여줍니다.

4. 큰 커피통을 꺼내서 그 안에 준비한 얼음조각들을 잘 깔아주세요. 아이스크림 재료를 넣은 작은 커피통을 얼음 위에 잘 올려주세요.

5. 작은 커피통 주변의 얼음 위에 천연 소금을 약간씩 뿌려줍니다. 덩어리 소금이어도 상관없어요. 고루고루 섞이도록 신경 써주세요. 왜 소금을 넣느냐구요? 작은 커피통이 얼음에 달라붙지 않도록 주변 온도를 적정 수준으로 유지시켜 주거든요!

6. 자, 이제 큰 커피통의 뚜껑을 닫아주세요. 그리고 흔들흔들 흔들어주세요! 너무 세게 힘을 주지만 않는다면 요리조리 통통 굴려도 좋아요. 계속 흔드는 것이 중요합니다!

7. 흠, 큰 커피통 속의 얼음하고 소금이 몽땅 녹아버렸다구요? 그렇다면 녹은

소금물을 따라내어 버립니다. 몇 번 흔들지도 않았는데 얼음이 너무 금방 녹아버렸다면, 얼음하고 소금을 새로 넣어서 좀 더 흔들어주셔야 합니다.

8. 15분 정도 지났다면 차가운 물로 작은 커피통 표면을 잘 씻어줍니다. 이제 그 뚜껑을 조심스럽게 열어주세요. 따로 첨가할 향료나 색소가 있으면 조금 넣어서 휘적휘적 저어주세요!

9. 이제 다시 작은 커피통 뚜껑을 잘 닫고 알루미늄 테이프도 잘 붙여줍니다. 큰 커피통에 녹은 물을 따라내고 새로 얼음하고 소금을 채워주세요. 그리고 뚜껑도 야무지게 꼭꼭 닫아주세요. 영차영차! 15분에서 20분 정도 굴리고 흔들어주세요!

10. 자, 다시 한 번! 작은 커피통을 꺼내서 표면을 차가운 물로 씻어줍니다. 빡빡하고 단단한 아이스크림을 원하신다면 커피통을 냉동실에 한동안 넣어두세요. 가끔 뚜껑을 열어 단단한 정도를 확인하시고 마음에 딱 들 때쯤 꺼내면 되겠지요?

11. 아이스크림 만들기 끝! 어떤 그릇에 예쁘게 담아낼까요? 사탕가루나 과자가루랑 케이크 조각들로 아이스크림을 멋지게 장식해주세요. 다 됐으면 맛있게 냠냠, 온 가족이 함께 먹어볼까요? 참, 남은 아이스크림은 꼭 냉동 보관이 가능한 플라스틱 통에 담아 냉동실에 보관하세요!

013 어린 시절 순간순간을 영원히 기억할 스크랩북을 만들어보아요

제일 친한 친구들…… 난생처음으로 학교에 간 날…… 어린이 무용 공연…… 견학…… 학교연극…… 어린이 야구 경기…… 우리집 강아지…… 여름방학…… 가면무도회……, 어린 시절을 추억할 만한 많고 많은 순간들을 한자리에 모아보아요!

우리 꼬마의 어린 시절 한순간 순간은 다시는 돌아올 수 없는 귀한 보물입니다. 가족이 모두 함께 우리 아이의 소중한 순간순간을 한자리에 모아 보관할 스크랩북을 만들어보겠습니다. 가족사진을 보관해두는 앨범이 따로 있다고요? 아니요, 앨범과는 달라요. 이 스크랩북은, 아이가 주인공이 되는 우리 가족의 이야기책이라고 생각하세요! 그냥 사진만 모아 붙여두는 것과는 전혀 다르겠죠? 사진마다 그때그때의 순간을 설명하는 말을 곁들여가며 꾸며주세요. 누가, 어디서, 무엇을 하는 순간인지 꼼꼼하게 적어주세요.

참, 신문이나 잡지에 난 기사랑 사진을 모아보면 어떨까요? 유행 중인 패션 스타일, 아이가 가장 맘에 들어하는 헤어스타일이랑 제일 좋아하는 텔레비전 드라마나 프로그램, 영화나 음악하고 자동차, 공연 그리고 이야기책 등등 관심을 가지고 있는 모든 것을 모아보세요. 아이가 스스로 관심을 가지고 수집할 수 있도록 평소에 격려해주시고요. 신문에 난 사진들은 신문용지의 특성 때문에 시간이 지나면서 흐릿하게 지워질지도 몰라요. 가능하면 산화되지 않는 용지에 복사를 해서 수집하는 것이 좋답니다. 아이들이 자라면서 스크랩북도 한 권 두 권 늘어나겠죠? 친구들이나 사촌들과 스크랩북을 서로 바꾸어보는 것도 큰 재미랍니다. 내가 어릴 적 멋쟁이들은 어떻게 치장했지? 그때 세상을 떠들썩하게 만들었던 사건들은 무엇이더라? 그때는 초콜릿이 얼마였지? 언젠가는 궁금해질 이런 문제들에 스스로 답을 미리 만들어두는 셈이지요!

영원히 변치 않는 스크랩북을 만들기 위해 각별히 신경 써야 할 부분이 바로 재료랍니다. 산화제를 첨가하지 않는 종이 재질로 된 스크랩북을 사용하시고, 또 붙이는 사진, 기사, 스티커랑 볼펜, 풀, 접착제 등을 선택할 때도 되도록 산화용제가 첨가되지 않은 것으로 골라 쓰세요.

어떻게 하면 스크랩북을 멋지게 꾸밀 수 있을까요? 마음 가는 대로 꾸미는 것이 정답입니다. 규칙이란 없어요! 내가 주인공인 이야기를 제일 잘 꾸며줄 사람, 하나하나 붙여 나가는 사진이랑 기사거리를 제일 잘 아는 사람은 바로 내 자신이니까요. 스크랩북 만들기 전문가들의 충고를 하나 알려드릴게요. 사진을 붙일 때 한두 개의 사물이나 한두 명의 인물만 잘라내지 말라는군요. 지금 당장은 그것만 보이겠지만, 나중에 시간이 흐르면

배경에 나오는 사물이나 사람들이 무척 흥미로워 보일 겁니다. 거리의 풍
경이랑 자동차들, 또 사람들의 모습들이 먼 훗날의 '지금'과는 사뭇 다를
테니까요.

014 하루 종일 작정하고 박물관 샅샅이 견학하기

오래된 자동차…… 종이가 날아가지 않도록 꾹 눌러주는 서진…… 아주 오
래된 문명의 유물들…… 공룡의 뼈랑 화석들…… 아주 초기의 비행기
들…… 옛날 옛적의 옷, 장난감들이랑 가정용품들…… 고대 이집트의 미라
들……, 예술작품들과 사진들이 가득한 신비스러운 박물관으로 견학갈까
요?

　박물관! 상상도 할 수 없는 수많은 재미가 넘쳐나는 곳입니다. 박물관
도 가지가지! 우리 아이가 좋아하는 취향과 관심사에 맞추어 선택하기만
하면 되지요. 아이가 자동차를 무지 좋아한다구요? 전국이 떠들썩하도록
유명한 공룡전시회 입장권을 어렵사리 구해서 데려갔더니 하품만 하며 지
루해한다고요? 실망하지 마세요. 이제부터는 아이 연령대에 맞추어 기획
한 특별한 전시회나 박물관들을 찾아보세요. 우리 주변에는 아이들을 위
한 전시회들이 의외로 많이 있답니다.

　자, 박물관 견학을 계획하고 계시다면 먼저 박물관의 안내책자를 구해

서 꼼꼼히 읽어보세요. 그리고 어디를 먼저 볼지, 놓치지 않아야 할 볼거리가 뭔지 살펴봅니다. 커다란 대형 박물관들은 너무 볼거리들이 많아서 하루 만에 제대로 구경할 수 없을지도 몰라요. 특히 꼬마 아이들과 함께 견학할 경우라면 시간이 더 걸리기 마련이지요. 안내책자를 보고 아이와 함께 충분히 연구해보는 것이 중요합니다. 박물관에서 아이들을 위해 특별히 준비한 프로그램은 없는지, 아이가 정말 보고 싶어하는 것은 무엇인지 사전에 알아보는 게 좋겠지요? 일단 정해진 시간 안에 최대한 즐기기 위해서는, 꼭 보고 싶은 것들의 목록을 정해서 순서대로 둘러보세요. 중간중간에 충분한 휴식시간도 끼워주시고요. 맛있는 간식도 먹어가면서 여기저기 기웃대볼까요? 그러면 훨씬 즐겁고 편안한 견학이 될 수 있을 거예요.

가능하다면 견학 전에 아이들에게 전시회나 박물관의 전시물들과 관련된 재미나는 이야기들을 들려줍니다. 예를 들어볼까요? 가까운 박물관에서 프랑스 역사와 혁명에 대한 기념 전시회가 열리고 있나요? 그렇다면 몇 번에 걸쳐 마리 앙뜨와네뜨 왕비 이야기를 읽어주세요. 프랑스 역사에 대한 흥미가 새록새록 돋아나는 재미나는 이야기들을 더 찾아봅니다. 그러면 아이들은 프랑스 역사에 대해 더욱 많은 것을 알고 싶어하겠죠? 나중에 박물관에 진열된 여러 유물들을 보면서 "아, 이것이 바로 그것이구나!" 하며 발견과 탐구의 즐거움을 서서히 배워나갈 수 있게 됩니다.

일단 견학을 시작하고 사정이 허락된다면, 전시된 여러 가지를 직접 만져보세요. 사실 아이들의 눈높이에 맞춘 전시회에서는 '한번 만져보세요!' 라는 안내문이 적힌 전시물들도 꽤 많답니다. 아이들이 직접 동참할 수 있다면 더욱 신나는 견학시간이 될 수 있기 때문에, 직접 만져볼 수 있는 전시물이나 행사, 프로그램을 미리 기획하거든요. 아이들뿐 아니라 여러분 모두가 하하호호 즐길 수 있는 가족 프로그램도 많이많이 있답니다.

견학을 다 마치고 나면 박물관 한쪽에 자리잡은 기념품 가게에 꼭 들러보세요. 지금까지 본 전시물들의 사진이랑 설명이 적힌 책이나 기념품들을 한두 개 정도 마련하면 어떨까요? 오늘의 신나는 경험과 추억을 좀 더 오래 기억할 수 있도록 해주겠죠?

015 생강과자 집을 만들고 야금야금 먹어버리기!

패티 큐랜 사회사업가 · 주부, 버지니아주 댄빌

『헨젤과 그레텔』이라는 동화 기억하시죠? 과자로 만든 집! 생강과자 벽에 하얀색 설탕 아이싱으로 고드름을 단 과자집은 크리스마스 시즌마다 볼 수 있는 아주아주 특별한 선물입니다. 음, 아마도 거칠거칠한 밀빵조각으로 기왓장을 얹고요. 얇은 전병으로 문을 달지요. 또 솜사탕이 굴뚝 위로 무럭무럭 피어오릅니다. 프레첼 과자로 울타리를 달고요. 뾰족한 아이스크림 콘 과자를 소나무 대신 정원에 심어요. 그리고 마지막으로 마시멜로로 된 눈사람 하나! 정말 멋지겠지요? 어떤 식으로 꾸며도 상관없어요. 한가한 오후 아이와 함께 마법의 생강과자집을 만들어보세요. 수리수리마수리 마법의 집에 소원을 빌고는 차가운 우유를 잔뜩 따라놓고 야금야금 먹기 시작!

생강과자집의 박공 만들기(박공이란 마루머리나 합각머리에 'ㅅ' 자 모양으로 붙인 두꺼운 널을 말한답니다 — 역주)

자, 정말 대단한 명품을 만들기 위해 가장 처음 준비할 재료는 바삭바삭한 크래커입니다. 크래커를 반으로 똑바로 잘라주세요. 그리고 대각선 방향으로 다시 한 번 잘라줍니다. 잘 드는 날카로운 칼을 사용하세요. 과자집에서 가장 돋보이는 박공을 만들 때 쓸 거랍니다(주의할 사항: 크래커를 똑바로 잘라내기가 힘들 수도 있어요. 좀 부서지더라도 크래커 조각은 따로 모아두세요. 다른 부분을 만들 때 사용할 수도 있거든요).

아이싱

이제 과자와 과자 사이를 꼭 붙여줄 아이싱(설탕을 주로 쓴 얇은 막 모양의 양과자 재료 – 역주)을 만들어보겠습니다.

재료

마링게 파우더 1과 1/2테이블스푼 / 타르타르 크림 1/4테이블스푼 / 슈가 파우더 2컵 / 미지근한 물 3테이블스푼

전기믹서에 재료를 모두 넣어주세요. 이제 한데 모아서 믹서에 갈아줍니다. 스푼이나 나이프로 내용물을 떠봤을 때 약간 빡빡하다 싶게 반죽이 늘어질 정도면 다 됐습니다. 보통 한 5분에서 10분 정도 시간이 걸릴 테니까 참고하세요. 아이싱은 굉장히 빨리 말라버린답니다. 그러니까 사용하지 않는 아이싱은 비닐랩으로 잘 싸서 보관하세요!

집 짓기

크래커를 잘라 만든 박공 재료를, 아이싱을 덧발라가며 집의 양쪽 면을 차례로 쌓아올립니다. 좀 더 튼튼하게 만들고 싶으세요? 그럼 겹쳐서 잘 쌓아올린 크래커들의 뒷면에 아이싱을 두껍게 펴 발라주세요. 몇 분간 말리면 아이싱이 단단하게 굳으면서 기와지붕이 튼튼해집니다. 집의 벽면들에 아이싱을 발라 연결해주세요. 바른 다음 몇 분 정도 말려야 튼튼하게 붙는다는 것 잊지 마세요! 벽이 세워지면 그 위에 크래커 지붕을 올려줍니다. 과자집을 지은 다음 금방 먹어버릴 계획이라면 아이싱이 굳을 때까지 기다릴 필요가 없겠죠? 하지만 며칠간 두고보며 감상할 예정이라면 아이싱이 제대로 말랐는지 꼭 확인하고 다음 단계로 넘어가야 합니다.

집 꾸미기

벽이나 기와를 올리는 데 요긴하게 쓰인 아이싱, 집이랑 정원을 꾸미는 데도 빠질 수 없겠죠? 젤리랑 사탕, 막대기 사탕이랑 초콜릿 칩, 형형색색의 설탕가루랑 아이스크림 위에 올리는 무지개색 가루, 코코넛 가루랑 마시멜로, 아이스크림콘이랑 감초사탕, 프레첼 과자랑 씨리얼 등 어디서나 쉽게 구할 수 있는 재료로 멋지게 꾸며보세요!

016 수박씨 멀리 뱉기 대장을 뽑습니다!

수박씨 뱉기 놀이! 아이들이 아무 근심 걱정 없이 즐길 수 있는 더없이 좋은 놀이 중의 하나랍니다. 한 톨 한 톨 퐁퐁 뱉어내면 왠지 자유로워지는 것 같아요. 지금까지는 제이슨 챠옛이 최고 기록을 가지고 있답니다. 제이슨은 1995년 8월 12일에 수박씨를 약 30미터 높이까지 뱉어 올렸답니다!

물론 수박이 크면 클수록 수박씨도 많이많이 들어 있겠죠? 그렇다면 가장 큰 수박은 과연 어느 정도나 될까요? 1990년 미국 테니시의 빌 카슨이라는 사람이 기른 수박이 약 119킬로그램으로 최고 기록을 세웠답니다.

미국은 전 세계에서 네 번째로 수박을 많이 길러내는 나라랍니다. 수박은 미국의 50개 주 가운데 44개 주에서 자라고 또 사랑받고 있는 과일이에요. 수박은 그만큼 어디서나 구하기 쉬운 인기 과일이지요. 무더운 여름 시원하게 해서 잘라먹는 수박! 우리나라에서도 인기죠!

일단 수박씨 뱉기 놀이에 쓸 만한 잘생긴 수박을 한 통 사올까요? 자,

이제 수박씨 뱉기 대회를 개최할 준비를 본격적으로 해보겠습니다.

- 커피 깡통을 하나 준비해서 수박씨를 정확히 깡통 안에 뱉어내는지 내기를 벌입니다. 처음에는 가까운 거리에서 시작하고요, 점차점차 거리를 길게 벌려주세요. 가장 멀리서 깡통 안에 명중시킨 사람이 1등상을 받아요!
- 하얀 밀가루나 녹말가루 등을 얇게 깔아두고 어느 정도 거리를 두어 손가락으로 줄을 쭉 그어주세요. 누가 먼저 수박씨를 줄 너머로 뱉어내나 내기합니다.
- 네모난 모래사장의 각 모서리마다 아이들을 세워주세요. 아이들이 많으면 동그란 원을 그려놓고 빙 둘러서면 됩니다. 중심점에서 가장자리 중간에 조그만 원을 그리고 난 후 먼저 1번 선수가 원 안으로 수박씨를 뱉어봅니다. 음, 그 정도는 문제없다고요? 원 안으로 떨어진 수박씨를 기준으로 다시 원을 그려주세요. 이제 두 번째 선수가 다시 그린 원 안으로 수박씨를 뱉을 차례입니다! 실패했나요? 그럼 세 번째 선수가 다시 시도합니다. 성공했군요! 그럼 세 번째 선수의 수박씨를 기준으로 다시 원을 좁혀 그려야죠! 그리고 네 번째 선수가 좁아진 원 안으로 수박씨 뱉기를 시도합니다.

이렇게 해보세요: 수박씨를 멀리 뱉어내는 비결을 살짝 알려드릴게요! 막 수박씨를 뱉어내려는 찰나에 혀를 최대한으로 굴려주세요. 그리고 되도록 크고 통통한 수박씨를 선택해야 멀리멀리 날아간답니다!

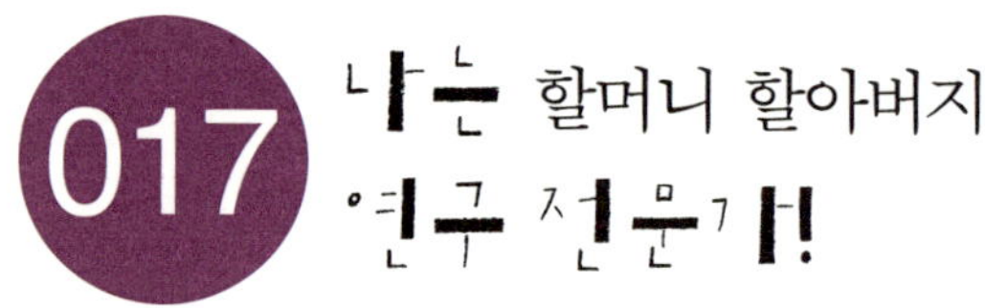

수잔 샐리 맥거번 프리랜서 기고가, 펜실베이니아주 실링턴

대부분의 아이들은 엄마 아빠, 그리고 할아버지 할머니에게도 아장아장 꼬마 시절이 있었다는 사실을 믿을 수 없어한답니다. 엄마도 나만큼 어렸을 때가 있었단 말이야? 아빠도 유치원에 다녔고 밤중에 이부자리에 쉬한 적도 있단 말이야? 아이들은 눈을 동그랗게 뜨고 미심쩍은 듯 되물어옵니다. 할아버지가 젊으실 적 군악대에서 멋진 튜바를 연주하셨다는 것도, 또 할머니가 학창시절 학교 연극에서 매번 주역을 맡아 하신 스타였다는 것도 도무지 상상할 수도, 알 수도 없으니까요.

하지만 손자 손녀가 모르는 할아버지 할머니의 멋지고 신기한 옛날이야기들은 정말 셀 수도 없이 많은 법! 아마 엄마 아빠조차도 모르는 새로운 사실들도 많이 있을 겁니다. 아이에게 할아버지 할머니 연구를 제안해 보면 어떨까요? 할머니 할아버지가 미래를 이끌어갈 소중한 우리 아이들에게 들려주고 싶은 얘기들과 추억들을 수집하고 기록하도록 말이에요.

'할아버지 할머니 연구'를 준비하기 위해서 먼저 엄마 아빠가 알고 있는 사실들을 미리 말씀해주시는 것이 좋겠습니다. 할아버지랑 할머니가 어디서 태어나셨는지, 생신은 언제인지, 또 할아버지 할머니의 부모님들은 어떠셨는지, 엄마 아빠를 어떻게 키우셨는지 등등 알고 있는 만큼 솔직하게 아이에게 가르쳐주세요. 아이가 어디서부터 연구를 시작해야 할지, 할아버지 할머니에 대한 기본적인 질문들을 미리 준비하는 것도 좋은 방법입니다. 아이가 다음과 같은 질문을 스스로 연구해보도록 도와주세요.

- 할아버지(또는 할머니)께서 자라나신 곳은 어디예요? 어떤 곳이죠?
- 할아버지(또는 할머니)의 제일 친한 친구는 누구였어요? 어떤 사람이죠?
- 할아버지(또는 할머니)가 제일 좋아했던 나들이 코스는 어디인가요?
- 할아버지(또는 할머니)가 어렸을 적 제일 좋아하던 놀이가 무엇인가요?
- 할아버지(또는 할머니)가 학교에서 해봤던 일들 중에 제일 재미있고 우스꽝스러운 일은 무엇인가요?
- 할아버지(또는 할머니)의 어린 시절 취미는 무엇이었죠? 제일 좋아하던 운동 경기는 무엇이었나요?
- 할아버지(또는 할머니)가 제일 좋아했던 과목은 무엇이었나요? 좋아한 이유는요?
- 할아버지(또는 할머니)가 제일 좋아했던 영화나 책, 음식, 텔레비전 프로그램이나 라디오 프로그램은 무엇이었나요?
- 할아버지(또는 할머니)의 제일 첫 번째 직업은 무엇이었나요?
- 할아버지(또는 할머니)가 지금까지 살아오시면서 제일 겁이 나고 무서웠던 경험을 말씀해주세요.

먼저 아이에게 할아버지 할머니의 일생 중 가장 뜻 깊은 일들 몇 가지를 말씀해주시고 연구하도록 유도해보세요. 기본적인 스토리를 이해하고 더 많은 질문들을 스스로 생각해낼 수 있도록 도와주세요. 어떤 일들이 있었는지, 또 그 일들이 할아버지 할머니께 어떤 영향을 미쳤는지 구체적으로 물어볼 수 있도록 말이지요.

음, 할아버지 할머니께 직접 물어볼 질문들이 결정되면, 두 분께 인터뷰를 요청하는 편지를 정중하게 적어 보내면 어떨까요? 엄마 아빠는 카세트 테이프 녹음기나 비디오 레코더 등을 미리 준비해서 인터뷰를 두고두고 기록할 수 있도록 배려해주세요. 인터뷰가 끝나면 너무 많은 정보에 당황하고 있을지 모를 아이가 조목조목 필요한 정보만 간추리고 정리할 수 있도록 곁에서 도와주시고요. 또 하나! 가능하다면 할아버지 할머니의 어린 시절 사진을 모아서 연구 자료로 활용해보세요!

주의할 사항: 만일 할아버지 할머니가 세상을 떠나셨다면, 다른 가족이나 친지 분을 선택할 수 있습니다. 할아버지 할머니 연세의 친척 분 중 특히 아이에게 친하게 대해 주시는 분들께 도움을 청해보세요!

018 너무너무 잘했어요! 칭찬받고 어깨 으쓱대기

티나 모로 존스 목사, 미시간주 마운틴 플레전트

100점짜리 시험지, 혹은 상장을 들고 엄마를 부르며 아이가 저 멀리서 부터 달려올 때, 여러분은 어떻게 아이를 맞아주시나요? "어머, 너무너무 잘했다, 정말 자랑스러워!"라고 말씀하시겠지요? 앞으로는 좀 다른 표현을 해보면 어떨까요? 그냥 말만 하는 것보다 아이가 마치 최고의 인기스타가 된 듯 으쓱으쓱 신이 나도록 대우해주세요.

아이는 우리 가족의 슈퍼스타가 아니겠어요? 아이들은 연령에 상관없이 오랜 시간 동안 공을 들여 해낸 일들에 대해 제대로 인정받기를 원한답니다. 특히 엄마 아빠가 알아주시는 것이 중요하지요. 금빛으로 반짝반짝 빛나는 별 모양의 스티커나 카드를 자랑스럽게 가슴에 달아주세요. 가슴을 활짝 펴고 선 아이에게 엄마 아빠가 직접 달아주시면, 아이의 마음은 자부심과 기쁨으로 터질 듯이 팡팡 부풀어오르겠지요? 이미 그렇게 하고 계시다고요? 혹시 아이가 100점을 받아왔을 때만 별 모양의 훈장을 달아주시는 것은 아니겠지요? 78점이더라도 아이가 혼자서 끙끙대며 열심히 노력한 흔적이 보인다면 우리 가족의 특별한 훈장이나 메달을 받을 만한 충분한 자격이 있답니다.

상장이나 시험지, 미술작품, 자격증이나 이수증, 학교에서 선생님이 보내주신 칭찬의 카드들을 모두 모아서 집 안에 멋지게 전시해주세요. 냉장고 앞에 붙여도 좋구요. 아이 방이나 거실 한쪽 벽을 아예 특별 전시구역으로 정하는 것도 좋겠지요. 자녀가 여럿이라면 아이들마다 전시구역을 배정해주세요. 일단 냉장고나 벽 등 전시구역이 정해지면, 먼지가 쌓일 때까지 기다리지 말고 전시 상장을 빨리빨리 가장 최신의 것으로 바꿔주세요! 물론, 이전 것들은 따로 소중하게 보관해야 합니다.

매주 금요일마다 아이와 함께 이번 주에 그렸던 그림하고 글씨연습장, 시험지 등등을 훑어보세요. 아이가 가장 마음에 들어하는 것이 무엇인지 얘기를 나눠보세요. 지난 수요일에 그렸던 코끼리 그림이 가장 자랑스럽다고요? 그럼 코끼리 그림을 액자에 잘 끼워서 거실이나 현관 앞 등 특별한 장소에 걸어주세요. 이렇게 매주마다 최고 작품상을 결정하고, 가족 모두 아이의 그림에 대해 한마디씩 의견을 나눠보세요!

좋은 소식들은 함께 나눌수록 즐거움을 더하기 마련이지요? 대부분의 아이들은 혈기 왕성한 예술가들이랍니다! 학교나 집에서 수많은 그림이랑 글씨 등 다양하고 특이한 자기만의 작품들을 쉴새없이 만들어내지요. 이 작품들을 엄마 아빠랑 곰곰이 살펴보고, 몇 개씩 간추려서 냉장고나 벽 등에 전시하세요. 남는 그림이랑 전시기간이 지난 옛날 그림들은 잘 모아서 할아버지, 할머니나 친척들에게 선물하세요. 아주 보기 드물고 뜻 깊은 작품들이 있다면, 복사를 하거나 사진을 찍어 보관합니다.

아이가 기특하고 자랑스러울 때마다 어떻게 칭찬하시나요? 엄마와 아빠 마음에 넘치는 사랑과 감격을 온 세상 사람들이 깜짝 놀랄 만큼 표현해보세요. 차창이나 범퍼에 붙이는 판박이 글자 스티커들은 주변의 문방용품점에서 손쉽게 구할 수 있답니다. '과학경시대회 1등!' 이라든지, '아동문학가 김나리, 우리 첫째딸 사랑해!' 등 멋진 글귀를 만들어 붙여보세요. 음, 그냥 '우리 아들 만세!'는 어때요?

- 드디어 해냈어! 1등 아들 만만세!
- 정말 축하한다!
- 대단한 아이야! 꼬마장군감이야!
- 너무너무 멋졌어!

아마도 아이들은 기분이 좋다 못해 하늘을 붕붕 날아다니겠죠?

내가 세상에서 제일 좋아하는 책이 바로 이거야

아마 너무너무 좋아해서, 읽지 않고 가슴에 살포시 안고만 있어도 기분이 좋아지는 책이 누구에게나 한두 권쯤 있을 겁니다. 날렵했던 표지도 어느새 가장자리가 동그랗게 닳아가지요.

아직 아이가 각별하게 애정을 쏟는 책이 없다면, 엄마 아빠가 아이와 함께 서점이나 도서관 나들이를 가보는 게 어떨까요? 아이들을 위한 즐겁고 유쾌한 책들이 아주 많을 거예요. 권위 있는 상을 수상한 작품집들도 눈여겨보시기 바랍니다. 칼데콧 메달을 수상한 작품집들도 놓치지 마세요. 일년마다 아이들을 위한 그림동화집 중 최고의 작품을 뽑아 그 저작자에게 주는 상으로, 1938년 이래로 지금까지 계속 이어져 내려오고 있답니다. 가장 최근의 칼데콧 메달 수상작들을 알려드릴게요.

2004 『쌍둥이 빌딩 사이를 걸어간 남자 The Man Who Walked Between The Towers』 그린이, 지은이 : 모디캐이 저스타인

2003 『내 친구 깡총이 My Friend Rabbit』 그린이, 지은이 : 에릭 로만

2002 『아기돼지 세 마리 The Three Pigs』 그린이, 지은이 : 데이비드 위스너

2001 『흠, 대통령이 되고 싶다고 So You Want to Be President?』 그린이 : 데이빗
스몰, 지은이 : 주디스 세인트 조지

2000 『조셉의 조그마한 겨울외투 Joseph Had A Little Overcoat』 그린이, 지은이:
심스 타박

1999 『눈송이 벤트리 Snowflake Bentley』 그린이 : 마리 아자리안, 지은이 : 자크
린느 브릭스 마틴

1998 『라푼젤 Lapunzel』 그린이, 지은이 : 폴 오질린스키

1997 『골렘 Golem』 그린이, 지은이 : 데이빗 위스뉴스키

1996 『버클 형사와 글로리아 Officer Buckle And Gloria』 그린이, 지은이 : 패기
라스만

1995 『연기 피어오르는 밤 Smokey Night』 그린이 : 데이빗 디아즈, 지은이 : 이
브 번팅

1994 『할아버지 여행을 떠나셨네 Grandfather' s Journey』 그린이 : 알렌 세이, 지
은이 : 월터 로레인

1993 『외줄타기 소녀 밀레뜨 Mirette on the High Wire』 그린이, 지은이 : 에밀리
아놀드 맥컬리

1992 『화요일 Tuesday』 그린이, 지은이 : 데이빗 위스너

1922년 이후부터 매해 전년 최고의 미국 어린이를 위한 책에 수여된 뉴
베리 메달 수상작들도 놓치지 마세요. 아이가 글을 읽고 쓸 수 있을 만한

나이라면 엄마 아빠와 함께 큰 소리로 읽어보는 것도 좋겠지요?

가장 최근의 뉴베리 메달 수상작들은 다음과 같습니다.

2004 『생쥐기사 데스페로 The Tale of Despereaux』 그린이 : 티모시 바질 에링,

　　　지은이 : 케이트 디카밀로

2003 『크리스핀의 모험 Crispin : The Cross of Lead』 그린이, 지은이 : 애비

2002 『사금파리 한 조각 A Single Shard』 그린이 : 김세현, 지은이 : 린다 수 박

2001 『1년 전 어느 날 A Year Down Yonder』 지은이 : 리차드 펙

2000 『버디가 아니라 버드란 말이야 Bud, Not Buddy』 지은이 : 크리스토페 폴

　　　커티스

1999 『구멍들 Holes』 지은이 : 루이스 사체

1998 『자욱한 먼지를 뚫고 Out of the Dust』 지은이 : 카렌 헤세

1997 『토요일 날 바라본 세상 The View from Saturday』 지은이 : E. L. 코닉스버그

1996 『산파의 제자 The Midwife's Apprentice』 지은이 : 카렌 커스먼

1995 『두 개의 달이 뜬 사이로 Walk Two Moons』 지은이 : 샤론 크리치

1994 『마음 착한 이 The Giver』 지은이 : 로이스 로우리

1993 『잃어버린 5월 Missing May』 지은이 : 신시아 리란트

1992 『실로 Shiloh』 지은이 : 필리스 레이놀드 나일러

캐롤 터킹튼 작가, 펜실베이니아주 모튼

이번 달, 혹은 다음 달 언제든 좋아요. 커다랗고 통통한 보름달이 환하게 뜨는 선선한 저녁, 온 가족이 모두 하이킹을 떠나봅니다. 서늘하게 빛나는 달빛 아래의 세상은 항상 익숙하게 바라보던 세상과는 전혀 다르게 보일 거예요. 밤이 되면 세상은 전혀 다른 세계로 모습을 바꾸곤 한답니다. 어린아이들이 집 안에서 주로 밤을 보내는 동안, 집 밖의 세상은 낯설고 신기한 소리랑 풍경들로 채워집니다. 자동차가 빵빵거리는 소리도 길게 꼬리를 이어 울리게 마련입니다. 밤까마귀들이 까옥까옥거리는 소리, 고양이들이 야옹거리는 소리, 밤 동물들이 슬쩍 스쳐지나가며 나뭇잎새를 밀치는 소리, 오토바이가 내달리는 소리, 또 나뭇가지 사이사이를 바람이 엉켜 흔드는 소리……. 밤 나들이를 준비하시면서 아이들에게 미리 무엇을 보고 듣게 될지 알려주는 것이 좋겠습니다. 밤의 세상에서 들을 수 있는 수많은 소리들을 녹음한 테이프나 CD 등을 들려주세요. 어머, 이게 어떤 소리지? 무엇이 내는 소리일까? 아이들과 얘기해보세요. 늦은 밤 가족

나들이를 더욱 재미있게 만들 수 있는 방법을 알려드릴게요!

- 해가 져야 행동을 개시하는 야행성 동물들을 찾아보고 싶다면, 아주 어두워지기 한 시간쯤 전에 밖으로 나오는 것이 좋답니다.

- 날씨에 미리 대비하세요. 가을이랑 겨울에는 어둑어둑 해가 지고 나면 정말 추워지거든요. 급격히 낮아지는 일교차에 주의하세요!

- 플래시 전등을 챙기세요. 하지만 꼭 필요할 때가 아니라면 사용하지 않는 것이 좋답니다. 일단 여러분의 눈이 어둠에 익숙해질 때까지 기다려보세요. 조금 지나면 전등으로 보는 것보다 훨씬 많은 것들을 잘 볼 수 있게 된답니다. 하지만 꼬마아이들에게 있어 전등은 정말 매력 넘치는 장난감이라서, 곧 발을 동동 구르며 전등을 켜게 해달라고 졸라댈 겁니다. 그러면 전등 빛의 명도를 약간 낮춰주세요. 빨간색 필름이나 셀로판지로 렌즈를 잘 감싸주세요. 약간 불그스름한 전등 빛은 여러분이 보기에도 편할 거예요. 또 자장자장 잘까 말까 졸고 있는 동물들도 화들짝 놀라 깨지 않을 거예요. 너구리 같은 몇몇의 동물들은 빨간색을 아예 알아보지 못한다고 하니까, 조용히 동물들의 자연스러운 행동을 관찰할 수도 있을 것입니다.

- 동물이나 곤충들이 내는 소리를 관찰하고 싶으시다구요? 그러면 정말 중요한 것이 따로 있답니다. 바로 살금살금 작전이지요! 조용히 움직이고 조용히 귀 기울이는 것이죠. 한낮의 해님이 쨍쨍 뜨겁게 반짝일 때보다 얌전한 달님이 수줍게 웃는 저녁쯤이 공기 중에 수분이 훨씬 많은 때랍니다. 그래서 조그마한 소리도 훨씬 잘 들리게 되어 있어요. 조금만 귀를 기울이면 다양한 소리를 많이많이 들을 수 있을 거예요.

- 여러분의 거주 지역에 따라 밤풍경에도 많은 차이가 있겠죠? 도심이나 아파트 지역이라면 자동차 소리가 제일 많이 들릴 거예요. 하지만 일단 집 밖으로 나와 가까운 공원 안으로 들어가기만 해도, 그 안에 살고 있는 많은 곤충이랑 동물들의 은근한 소리들이 들려온답니다. 가까운 곳에 자연사박물관이라든지, 동물원, 학교 등이 있는지 알아보세요. 주변 이웃들에게 밤 나들이를 떠나볼 만한 곳이 어디 있는지 물어보세요. 풀벌레 소리가 청명하게 들리는 가까운 교외도 좋구요, 조그마한 연못을 만들어놓은 야외카페나 찻집도 좋아요. 누구에게든 선선한 날 밤의 나들이는 즐거운 법! 여러 사람들에게 물어보다 보면 깜짝 놀랄 만큼 좋은 장소를 분명히 찾아낼 수 있을 거예요.

- 산들바람이 상쾌한 봄이라면 가까운 시골 논밭으로 하이킹을 떠나보세요. 개구리들이 촉촉한 논바닥에 엎드려 구애하는 소리가 달빛 아래로 시원하게 울려퍼집니다. 부엉이랑 뜸부기, 또 이름 모를 새들의 노래도 감상해보세요!

- 뜨거운 여름 숲은 풀벌레들의 천국이지요! 모기 같은 벌레들에게 물리지 않으려면 과자랑 간식거리는 되도록 조금만 준비하고요, 긴소매 옷이랑 긴 바지를 입도록 하세요. 미리 물리는 것을 방지해주는 연고나 약을 발라도 좋겠지요.

- 6월과 7월쯤엔 꼬마 다람쥐랑 너구리가 종종걸음으로 공원을 가로지르는 모습을 자주 볼 수 있답니다. 4월이나 5월에 주로 태어난 꼬마 친구들이죠. 이 꼬마 동물들도 여름밤 나들이를 하러 놀러 왔나 봐요!

- 환경학자나 과학자들도 정확한 이유를 발견하지 못하는 가운데, 우리 주변에서 반딧불이가 사라져가고 있답니다. 아마도 공해와 환경오염 때문이겠죠. 만일 운 좋게도 반딧불이를 유리통 안에 잡아넣는 데 성공하셨다면, 반드시

풀어주도록 하세요. 밤 나들이를 끝내고 집으로 돌아갈 때쯤 반딧불이도 집으로 돌려보내 주세요.

- 인적이 뜸한 깊은 숲속으로 밤 나들이를 떠날 수도 있을 것입니다. 못 보던 동물들과 밤중에 마주치게 되었을 때는 되도록 조용히, 가만히 기다리는 것이 좋아요. 얌전한 동물들도 갑작스런 움직임이나 소리에 놀라서 공격적으로 변할 수도 있거든요.

- 가을철 달구경에서 여러분은 겨울 준비에 한창인 동물들을 만나게 될 것입니다. 대부분 먹이를 먹느라 정신없어 보일 거예요. 이맘때 동물들은 평소보다 훨씬 많은 양을 먹어대기 마련이지요. 봄철에 태어난 동물들은 이쯤 되면 자기자신만의 집을 만들고, 혼자서 겨울을 이겨낼 준비를 하게 됩니다. 9월 추석 때야말로 일년 중 가장 아름다운 보름달을 볼 수 있겠죠? 10월 선선한 가을밤 보름달 구경도 놓치지 마세요!

- 한겨울 달구경도 재미있답니다. 물론 춥고 바람 부는 저녁에 달구경을 나서기가 쉽지는 않을 거예요. 커다란 부엉이가 하얗게 눈 내린 숲속 나무에서 눈을 반짝반짝 빛내면서 부엉부엉 하고 울어댈 거예요. 하얀 눈에 반사되어 달빛이 한층 밝고 아름답겠죠?

- 정말 중요한 것! 안전규칙을 반드시 지키도록 하세요. 특히 야외에 조성된 야생동물들이 사는 공원 등에 들어갈 때는 주의사항을 큰 소리로 함께 읽어본 다음 나들이를 시작하세요!

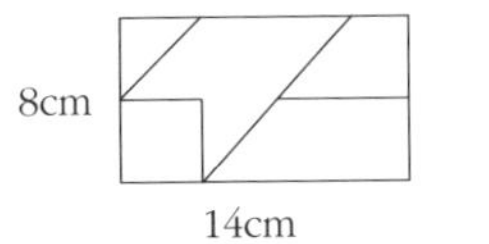

1. 다섯 조각 맞추기

놀이 방법

1. 아래 그림과 같이 다섯 조각 모양판을 만든다.

2. 다음과 같은 모양을 맞춰본다.

3. 새로운 모양을 만들어본다.

2. 개구리 접기

놀이 방법

1. 정사각형의 2배 되는 종이를 서너 장 준비한다.
2. 아래 그림과 같은 순서로 개구리를 접는다.

    (┄┄┄는 안으로 접기, ―·― 는 밖으로 접기)

3. 개구리 머리 부분을 약간 위로 구부리면 뛸 때 뒤집
   어지지 않는다.
4. 완성된 개구리를 가지고 놀아본다.

    - 가족끼리 개구리 멀리뛰기 시합을 해보자.
    - 가족끼리 개구리 높이뛰기 시합을 해보자.
    - 짝을 지어 개구리 레슬링을 해보자(상대방 개구리가 뒤집어지거
      나 상대방 개구리를 올라타면 이긴다).

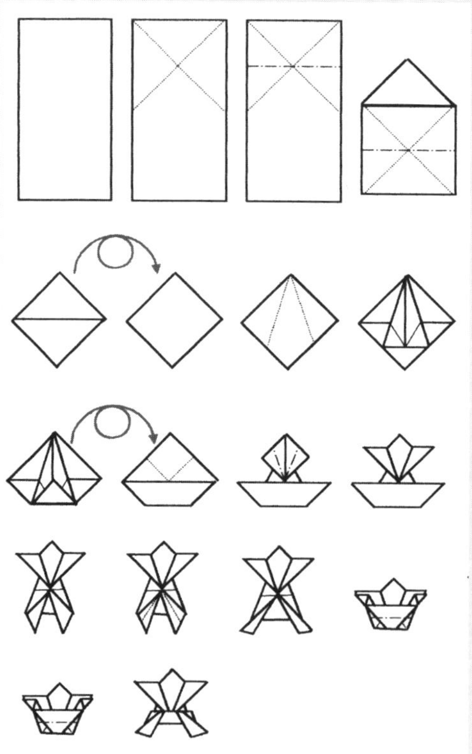

3. 만화 그리기

놀이 방법

1. 기본 표정을 제시한다.

    울기, 웃기, 짜증내기, 화내기, 무서워하기

2. 기본 표정을 다른 모습으로 그려보게 한다.
3. 오늘 자기의 기분을 만화로 그려보게 한다.
4. 다음과 같이 다양하게 활용해볼 수 있다.

    - 자기만의 만화 주인공 그리기
    - 주인공의 다양한 활동 모습 그려보기(예 : 공차기, 달리기, 씨름,
      잠자는 모습, 코 흘리는 모습 등)
    - 오늘 기분을 만화 주인공을 통해 나타내기
    - 4단 만화일기 쓰기

놀이를 재미있게 하려면

① 잘 그리고 못 그리는 것에 신경 쓰지 말고 각자가
   그린 만화를 개성으로 인정한다.
② 처음에는 다양한 표정과 동작을 그려보게 하는 데
   역점을 둔다.
③ 만화 공책을 준비하여 활용한다.

    - 일정 기간이 지나면 만화 공모전을 개최한다.

④ 제한된 시간을 주고 평상시 시간 활용법으로 이용
   하게 한다.

    예) 2분 동안 주인공이 미친 듯이 웃는 모습 그리기

4. 바보 숫자놀이

놀이 방법

1. 두 명이 짝을 짓는다.
2. 한 명이 숫자 0~5 중 하나를 손가락으로 꼽는데 입
   으로는 다른 숫자를 말한다. ('0'은 주먹을 쥔다.)
3. 나머지 사람은 상대방이 말한 숫자의 5의 보수를 손
   가락으로 꼽는다. 역시 입으로는 다른 숫자를 말해
   야 한다.
4. 이렇게 교대로 하다가 손가락을 잘못 꼽거나 자신
   이 꼽은 숫자와 말한 숫자가 같으면 진다.

예) 짝꿍이 4라고 말하면서 손가락 2개를 꼽으면 나는 짝꿍이
　　말한 4의 보수 1을 손가락으로 꼽으면서 1을 제외한 다른
　　숫자를 말한다.

5. 동물 이름 맞히기

준비물: 동물 카드

놀이 방법

1. 먼저 동물이 그려진 그림이나 사진을 준비한다.
2. 술래를 정해 그 사람을 제외한 나머지 사람들에게
　　동물을 보여준다.
3. 술래는 알아맞혀야 할 동물에 관해 궁금한 것을 묻
　　는다.
4. 단계를 정해놓고 가장 빨리 맞힌 사람에게 상을 준다.
　　- 서로 몇 단계까지 가는지를 기록해서 경쟁을 해도 좋다.
　　- 장소나 상황에 따라 놀이 방법을 달리 해도 좋다. 예를 들어
　　　바다에서는 바다생물로, 산에서는 식물을, 평소에는 사물을
　　　대상으로 하는 등 응용이 가능하다.

친구들과 함께 해요!
**나보다는 우리를 먼저 생각하게 만들고
협동심을 키워주는 놀이**

1. 십자놀이

놀이 방법

1. 땅에 십자 모양의 그림을 그린다.
2. 편 나누기 놀이를 통해 편을 나눈다.
3. 공격 편 전원이 출발점에 들어가고 놀이가 시작된다.
4. 공격 편은 시계 반대 방향으로 돌아서 제자리로 돌

아와야 한다.

5. 수비 편은 경계선을 넘어 다니면서 공격 편을 끌어
　　낸다.
6. 선을 밟거나 선 밖으로 나간 사람은 죽는다.
7. 공격 편이라도 세 바퀴를 돌면 죽었던 사람이 모두
　　살아나고 놀이가 다시 시작된다.
8. 세 바퀴를 도는 사이에 공격 패가 모두 죽으면 공격
　　과 수비가 바뀐다.

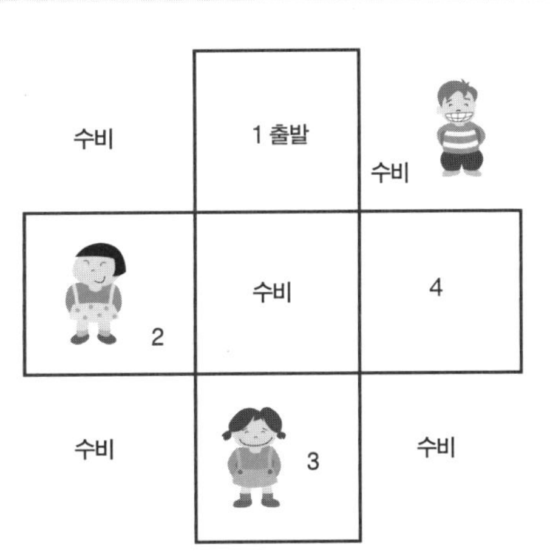

2. 개뼈다귀

놀이 방법

1. 땅에 개뼈다귀 모양의 놀이판을 그린다.
2. 편 나누기 놀이를 통해 편을 나눈다.
3. 공격과 수비를 정한다.
4. 공격 편은 그림 안쪽이 집이고 수비 편은 밖이 집
　　이다.
5. 공격이 원(집)으로 몇 번 갔다 올 것인지 정한다.
　　(예 : 왕복 3~6번)
6. 공격은 수비를 피해 다른 쪽 원(집)으로 간다.
7. 공격은 수비가 끌어당기거나 밀어서 밖으로 나오거

나 금을 밟으면 죽는다.

8. 수비도 공격이 끌어당기거나 밀어서 안으로 들어오
거나 금을 밟으면 죽는다.

9. 공격은 한 사람이라도 정해진 횟수만큼 갔다 오면
죽은 사람은 다시 살아나고 공격할 수 있다.

10. 수비는 상대편이 모두 죽어야 공격할 수 있다.

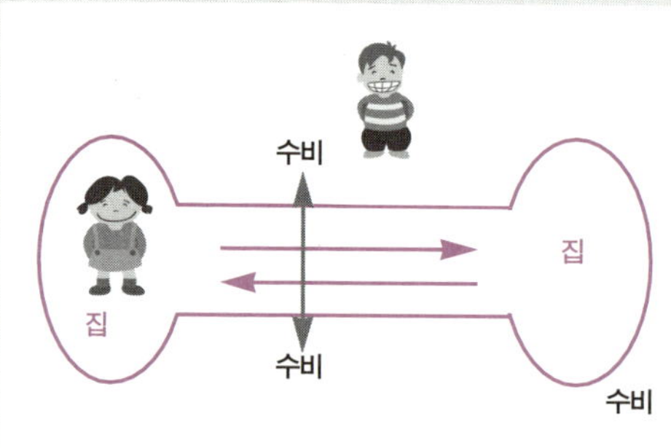

엄마, 아빠 함께 해요!

가족의 소중함과 그 속의 자신이 얼마나 행복한지
알게 되는 놀이

1. 가족 신문 만들기

만드는 방법

1. 가족 전체가 기자가 되어 우리 집 신문을 만들어본다.

2. 먼저 온 가족이 둘러앉아 편집회의를 한다. "어떤
기사를 실을까? 그림은 누가 그릴까? 사진은 어떤
것으로 할까? 지금 우리 가족의 문제점은 무엇일
까? 우리 가족들은 각자 어떤 계획을 세우고 있는
가? 가족들 서로에게 불만은 있는가?" 등을 의논하
는 자리가 되도록 한다.

3. 역할 분담이 되면 신문 이름도 정하고 내용을 채워

나간다.

4. 이번 신문을 계기로 월간, 계간 형식으로 가족간에
계속적인 만남의 장이 되도록 한다.

2. 무엇일까요?

장소: 야외(산이나 바다)

준비물: 맨발로 느낄 수 있는 모든 것(산인 경우 - 나뭇잎, 풀, 새
의 깃털, 솔방울, 도토리 등, 바다인 경우 - 조개, 모래, 자갈,
해초 등)

놀이 방법

1. 일단 아이에게 맨발로 걸어보게 한다.

2. 충분한 시간이 흐른 후 아이의 눈을 천으로 가린다.

3. 미리 준비해둔 재료들의 위를 걷게 하고, 느낌만으
로 맞히게 한다.

4. 시간을 정해 그 안에 맞힐 경우, 이기는 것으로 한다.

5. 재료들을 죽 늘어놓고 그것을 순서대로 맞히게 한
다(아이의 기억력을 향상시키는 데 도움이 된다).

3. 사진을 찍어요

장소: 야외

준비물: 종이, 색연필(혹은 크레파스)

놀이 방법

1. 먼저 사진 찍을 사람과 카메라가 될 사람을 정한다.

2. 카메라가 된 사람은 사진사가 가리키는 곳의 사진
을 찍는다.

3. 원하는 사진을 찍기 위해 사진사가 지시하는 대로
자세를 취한다. 설 수도 있고, 옆으로 누울 수도 있
고 하늘을 향해 똑바로 누울 수도 있다.

4. 사진을 여러 번 찍은 다음 카메라 역할을 했던 사람
은 기억에 남는 풍경을 그린다.

옛날옛날 친구들은 어떻게 놀았을까?

1. 땅따먹기

준비물 : 작은 자갈돌이나 지우개

놀이 방법

1. 땅에 큰 원이나 큰 사각형을 그린다.
2. 원이나 사각형 구석에 자기 손가락의 뼘을 재어 자기 집을 만든다.
3. 가위바위보로 순서를 정한다.
4. 자기 집을 시작으로 돌이나 지우개를 세 번 퉁겨서 자기 집으로 다시 돌아온다.
5. 돌이 지나간 자리의 안쪽이 자기 집이 된다(남의 땅에 들어가더라도 퉁겨서 자기 집으로 돌아오면 남의 땅을 차지할 수 있다).
6. 세 번 이내에 자기 집으로 들어오지 못할 경우 순서가 바뀐다.

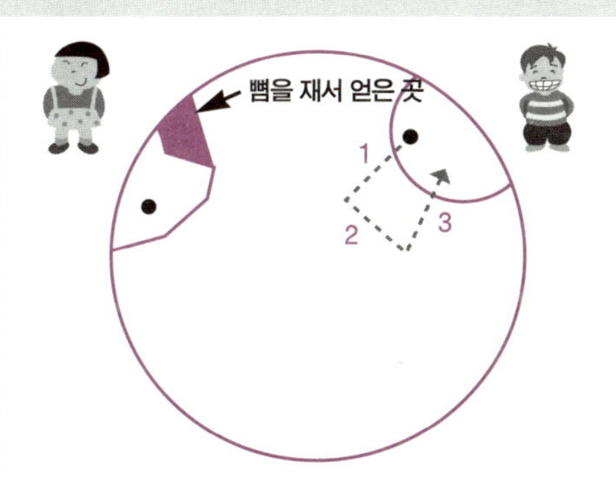

2. 깃대 쓰러뜨리기

준비물 : 긴 막대, 나무젓가락, 나뭇가지 등

놀이 방법

1. 모래나 흙을 산처럼 쌓은 다음 가운데 나뭇가지를 꽂아놓는다.
2. 가위바위보나 다른 놀이로 순서를 정한다.
3. 1등부터 차례대로 가져가고 싶은 만큼 모래를 가져간다. 조금이라도 꼭 가져가야 한다.
4. 모래를 가져가다가 깃대를 쓰러뜨리는 사람이 지게 되고 꼴찌가 된다.
5. 모래를 많이 가져간 순서대로 다시 순서를 정해 반복한다.

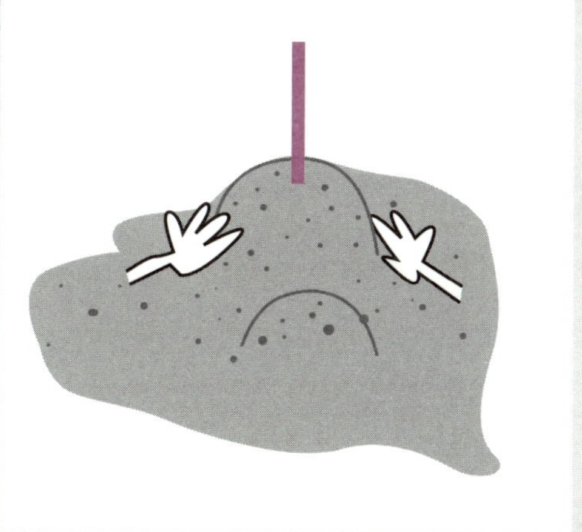

3. 망줍기 (사방치기)

준비물 : 돌이나 나무토막 1개

놀이 방법

1. 땅에 적당한 크기로 그림판을 그린 후 편을 나누고 공격 순서를 정한다.
2. 1, 2, 4, 5, 7, 8번은 두 발을 벌려 딛고, 3, 6번은 한 발로 딛는다.
3. 돌을 1번 칸부터 던진다.
4. 돌이 있는 곳은 발을 디디면 안 된다.
5. 망은 돌아오다가 바로 전 칸에서 줍는다. 즉 1번에

있는 망은 2번에서, 3번에 있는 망은 4, 5칸에서 줍
는다.

6. 만약 2번 칸에서 죽었다면 다음 차례엔 2번부터 시
   작한다.

7. 1번이 성공하면 2번, 3번 계속해 나간다.

8. 8번까지 성공하면 하늘로 던진다. 하늘까지 가서는
   돌을 발등 위에 올려놓고 위로 차 올려 양손으로 잡
   고 다시 돌아오면 된다.

9. 하늘까지 성공하면 이제는 하늘에서 뒤돌아 아무
   칸이나 돌을 던진다.

10. 돌이 들어간 칸은 자기 땅이 된다. 자기 땅에는 표
    시를 하고 두 발로 디딜 수 있다.

11. 다른 사람의 땅에는 들어갈 수 없고 건너뛰어야
    한다.

12. 땅을 많이 차지하거나 상대방이 뛰어넘을 수 없어
    포기하면 놀이에서 이긴다.

4. 얼음땡

놀이 방법

1. 술래를 정한다.

2. 술래는 한 자리에 서서 "시작"을 큰 소리로 외치고
   다른 사람을 잡으러 다닌다.

3. 술래가 손으로 치려고 할 때 얼른 "얼음" 하고 멈추
   어 서면 술래가 칠 수 없다.

4. "얼음" 하고 나서는 움직일 수 없는데 다른 사람이
   와서 "땡" 하고 쳐주면 다시 움직일 수 있다.

5. "얼음" 하기 전에 술래에게 치이거나 "얼음" 하고
   나서 움직이면 그 사람이 술래가 된다.

6. 술래가 바뀌면 다른 사람에게 술래임을 알린 다음
   다시 놀이를 시작한다.

021 우리 가족 특별상 수상식!

금빛으로 반짝이는 트로피나 메달, 또는 파란색 리본 훈장을 준비합니다. 번쩍번쩍 금테를 두르고, 올록볼록 은빛으로 반짝이는 글씨를 적어놓은 상장은 어떨까요? 뭐든 좋아요. 우리 아이가 하루도 빠짐없이 열심히 적어놓은 일기가 한 권을 넘었다구요? 우와, 정말 기념할 만한 일 아니겠어요? 세상의 모든 아이들은 스스로 열심히 노력한 것에 대해 칭찬받고 인정받아야만 합니다. 특히, 있는 힘껏 최선을 다했지만 최고의 자리에 오르지는 못했을 때, 선의의 2등이 되었을 경우라면 더욱 축복받고 칭찬받을 일이랍니다. 왜냐구요? 2등에게는 1등보다 한 번 더 노력하고 한 번 더 성취할 기회가 부상으로 주어지거든요! 아이가 산수시험에서 백 점을 받아왔다구요? "김은지는 X월 산수시험에서 백 점을 받았습니다. 엄마 아빠 모두가 진심으로 축하하고 기뻐합니다!"라는 상장을 준비하세요! 엄마 아빠가 잠깐 집을 비운 동안 우리 큰형이 꼬마 동생의 기저귀도 갈아주고 재워주기까지 했다고요? 정말 기특하지요? '훌륭한 큰형에게 주는 상'을 수여합니다. 생일이나 설날이 되면 그동안 건강하게 잘 자라준 아이에게 특별상을 주는 건 어떨까요? 여러분, 생각해보면 정말 많답니다. 우리 아이가 열심히 생각하고 노력한 것이면 무엇이든 그 의미를 반갑게 축하해주세요. 결과야 어찌 되었든 분명 엄마 아빠의 눈으로 봤을 때 최고로 멋진 우리 아들, 우리 딸이라는 사실을 표현해주세요.

어떤 상장을 준비할까요?

아주 좋은 종이로 만들어진 품위 있는 상장의 느낌이 나는 것일수록 좋아요. 주변의 대형 문구용품점에 가면 쉽게 구할 수 있답니다. 문구까지 적혀서 나오는 상장도 있지만 멋지게 금색으로 테두리만 만들어둔 비어 있는 상장도 있지요. 이럴 경우 여러분 집의 컴퓨터를 이용해서 멋진 상장의 문구를 인쇄해주세요. 자, 상장이 준비되었으면 상장을 넣어서 보관할 액자도 하나 준비합니다. 아이가 좋아하는 색이나 재질의 액자면 뭐든 좋아요. 가족이 주는 특별상을 자주 수여할 예정이라면, 비싼 액자 하나보다는 예쁘고 튼튼한 액자 여러 개를 준비하는 것이 좋겠습니다.

훈장용 리본은 무엇이 좋을까요?

얇고 고운 비단 재질로 된 리본을 조금씩 모아두세요. 아니면 선물용품 가게라든지 원단시장 등에 들러보세요. 정말 예쁘고 특이한 리본들을 많이 찾을 수 있을 겁니다. 리본은 적당하게 넓은 폭의 것으로 고르시고요. 리본의 끝머리는 중간이

‘ㅅ’자가 되도록 잘라주세요. 천 위에 그리거나 쓸 수 있는 컬러 펜을 구해서, 리본 위에 특별상의 명칭과 아이의 이름을 적어줍니다. ‘정리정돈의 왕자’라든지 ‘화분 물주기의 대왕’에서부터 ‘철자시험 1등’, ‘축구왕 이성우’ 등등 아이가 좋아서 히죽 웃어댈 만한 재미있는 문안을 생각해보세요!

어떤 트로피가 좋을까요?

자, 이제 “별로 특별한 일은 아닌데.”라며 아이들의 특별한 업적을 못 본 척 넘기진 않으시겠죠? 기념할 만한 일의 종류와 비슷한 모양의 트로피를 골라보세요. 트로피 앞쪽에 있는 조그마한 금속판에 검은 유성펜으로 아이 이름과 기념할 사건을 적습니다. 물론, 날짜도 잊으시면 안 되겠죠? 예를 들어 야구선수가 힘차게 공을 때리는 모양의 트로피를 구해서 아이가 처음으로 야구경기를 해낸 날을 기념할 수 있겠지요? 금빛으로 빛나는 월계수 모양의 트로피라면 아이의 첫 번째 100점 만점 시험지를 기념하기에 안성맞춤입니다.

축하만찬이나 식사 준비!

지난번 시험보다 10점이나 올랐다고요? 와아, 정말 대단하지요? 시험이나 일상사에서 괄목할 만한 성과를 거둔 아이의 노력과 정성을 칭찬해주셔야죠. 어떤 분야이든 주제를 맞춰서 재미있는 축하 만찬을 준비해보겠습니다. 철자시험에서 백 점을 맞았다고요? 그렇다면 수프나 죽, 빵이나 과자에 ‘ㄱㄴㄷㄹ’철자를 그려주세요. 수프 위에는 빵가루로, 죽 위에는 김가루, 또 빵이나 과자엔 초콜릿 시럽으로 그려주시면 되겠죠? 그리고 식탁 위는 'ㄱㄴㄷㄹ ㅏㅑㅓㅕ'가 쓰인 카드들로 장식해보세요. 카드들을 조합해서 이번 시험에 나왔던 단어들을 만들어 세워둡니다. 카드를 모아모아 '엄마', '나', '아빠'를 만들어 자리마다 붙여주세요. 아니면 단어들을 크고 작게 적어서 커다란 식탁보를 만들어봐도 재미있겠죠?

　야구, 농구, 축구 등의 경기는 공 모양의 사탕이나 초콜릿을 준비해보세요. 케이크 위에 동그란 야구공 모양의 초콜릿을 올린다든지 아니면 직접 오렌지향이 가득한 주황색 시럽으로 농구공을 그려도 좋겠지요? 발포고무 재질의 상장도 재미있어요. '세상에서 가장 유망한 꼬마 야구선수'라고 야구공 모양의 발포고무 장난감 위에 적어봅니다. 수영 교습이 끝나는 마지막 날은 해산물로 특별한 식탁을 준비해보세요. 물고기들이 노니는 식탁보랑 물고기 모양의 젤리를 총총히 박아 넣은 케이크를 준비합니다. 형형색색의 발포고무 물고기 장난감을 준비해서 부상으로 수여하면 어떨까요?

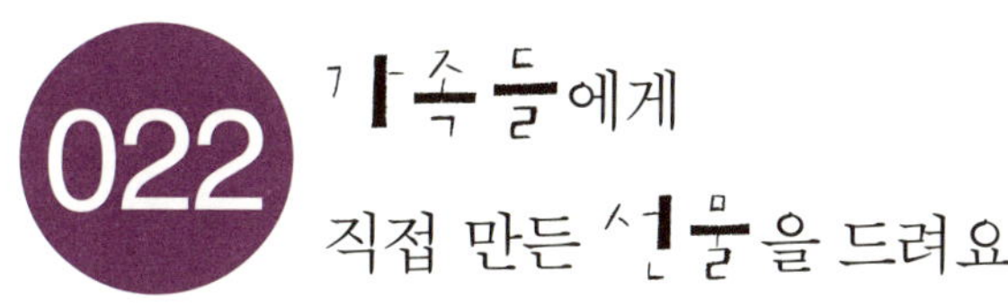

노마 테스타 감독, 델라웨어시 윌밍턴

아이들이 혹은 손자 손녀들이 고사리 손으로 직접 만들어낸 선물만큼 어른들의 마음을 뭉클하게 만드는 보물이 또 있을까요? 값으로 따질 수 없는, 세상에서 단 하나밖에 없는 특별한 사랑이 이 선물에 녹아 있습니다. 아이들도 만드는 내내, 할아버지나 할머니, 혹은 엄마 아빠께 감사하고 사랑하는 마음을 더욱 키워가겠죠!

아이들이 직접 선물을 만들어본다는 것은 그저 근사한 손재주 한두 개를 익힌다는 뜻만이 아닙니다. 세상에서 정말 소중하고 귀중한 것은 값으로 따질 수 없다는 것, 또 손쉽게 언제 어디서든 구할 수 없다는 사실을 배우게 될 거랍니다. 진심 어린 감사의 마음이야말로 사랑하는 사람의 마음을 기쁘게 한다는 것도 알게 되겠죠. 어린아이들이 뭔가를 만들어내자면 아주 약간이긴 하지만 어른들의 도움을 필요로 한답니다. 아이들이 스스로 자기 작품을 만들어낼 수 있도록 재료 준비에서 포장까지 방법을 가르쳐주는 강의나 이벤트 등이 많이 있으니, 학교나 지역기관의 행사를 잘 알아보세요. 아니면 엄마 아빠가 직접 도와주시면 어떨까요? 어렵지 않아요! 다음과 같이 해보세요!

내 손으로 만드는 예술작품

먼저 예술가로 탄생할 우리 아이 마음에 쏙 드는 멋진 액자 하나를 준비합니다. 액자 크기에 맞추어 카드보드지나 두꺼운 종이를 잘라주세요. 이 종이는 이제부터 캔버스가 될 겁니다. 아이가 캔버스 위에 마음껏 예술 혼을 발휘할 수 있도록 도와주세요. 그림을 그려도 좋구요, 짧은 동화나 편지를 써도 좋겠습니다. 시도 좋아요. 선물 드릴 분의 모습을 직접 그리거나 아니면 그분이 좋아하는 것들, 그분을 생각하면 떠오르는 것들을 붙여서 꾸며보세요. 액자 크기에 맞추어 적절히 정돈해주는 것만 부모님이 신경을 써주세요. 무엇을 만들어볼까 정말 무엇이든 상관없어요. 아이들이 만들어보고자 하는 것이면 무엇이든 시도해보도록 격려해주세요. 마지막에 작품의 완성일자하고 예술가의 서명을 써넣는 것, 잊지 마세요!

집에서 만든 석고 장식품

문구점이나 미술용품점에서 쉽게 구할 수 있는 석고가루로 근사한 작품을 만들어봐요. 편지나 서류 위에 올려두어 바람에 날려가지 않도록 정리할 수 있는 서진은 누구에게나 멋진 선물이 되어줄 거예요. 먼저 석고가루 사용법을 잘 읽고 적당한 분량을 덜어냅니다. 얼마만큼의 물과 섞어야 할지, 얼마나 말려야 할지 등은 엄마 아빠가 꼭 챙겨주셔야 할 부분이지요. 석고를 갤 때는 고무처럼 말랑말랑한 재질의 그릇을 사용해야 나중에 치우기도 편하답니다. 원기둥이나 동그란 모양, 삼각기둥의 모양 등 석고 덩어리를 만들어봅니다. 다 만들었으면 적당히 말려주세요. 말리는 동안 석고를 장식할 멋진 그림을 그릴 도구들을 준비합니다. 꼬마 아가들에게는 붓보다는 스펀지 조각이 색칠하기에 편하답니다. 부엌용 스펀지를 자그마한 크기로 잘라주시면 좋아요. 자, 그럼 멋지게 그림도 그리고 색칠도 해볼까요? 완성되었으면 또 한동안 말려주시고, 다음엔 투명한 아크릴 스프레이를 몇 번이고 덧뿌려주세요. 두꺼운 부직포 위에 석고작품을 올려놓고 볼펜이나 연필로 우리의 예술품 밑단에 꼭 맞도록 선을 그어주세요. 부직포를 오려서 석고작품 밑바닥에 풀로 붙이면 끝! 어느 책상에나 어울리는 멋진 서진 작품이 완성되었습니다.

빵 반죽으로 만드는 예술작품

아주 간단한 빵 반죽으로 평생 추억을 간직할 작품을 만들어보겠습니다.

재료

다목적 밀가루 1컵 / 소금 반 컵 / 따뜻한 물 반 컵

1. 밀가루랑 소금이랑 잘 섞은 후에 물을 붓고 반죽을 저어주세요.

2. 엄마 아빠가 반죽을 만드는 것을 도와주시다가 반죽이 퍽퍽하게 모양을 잡아갈 때부터는 아이가 직접 할 수 있도록 해주세요.

3. 기름종이를 두 장 마련해서 반죽의 바닥과 윗부분에 잘 깔아줍니다. 이제 밀대를 사용해서 반죽의 두께가 0.6밀리미터 정도가 될 때까지 밀어줍니다.

4. 윗면에 깔아둔 기름종이를 벗겨서 알루미늄 호일을 깔아놓은 과자 굽는 판 위에 올립니다.

5. 쿠키커터가 따로 있다면 좋겠지만 만일 없거나, 또 날카로워서 아이가 직접 사용하기에 부담이 될 수도 있겠죠. 그렇다면 가볍고 자그마한 플라스틱 물통이나 그릇을 이용해보세요. 이제 이 그릇들로 과자 반죽 위를 꾸욱 눌러서 모양을 잡아주세요. 꾹꾹 다 눌렀으면 필요 없는 부분의 반죽은 따로 제거해주세요.

6. 밀가루를 약간 준비해서 과자 반죽 위에 살며시 뿌려주세요. 그리고 과자 반죽에 일일이 손도장을 찍어줍니다. 너무 힘을 주어 누르면 반죽 바닥이 뚫리니까 조심하세요. 만일 손도장을 찍다가 반죽이 밀렸다면, 반죽을 찍어낼 때 사용한 그릇으로 다시 한 번 모양을 정돈해줍니다.

7. 자, 과자 반죽들을 상온에서 12시간 정도 말려주세요.

8. 반나절이 지나면 반죽들이 꾸덕꾸덕해집니다. 반죽을 뒤집어서 이쑤시개로 꼬마 예술가의 이름하고 서명, 또 만든 날짜를 적어주세요.

9. 뒤집어진 면도 12시간 정도 말려줍니다. 일단 첫 12시간이 지나고 나면 따뜻하다 싶은 온도의 오븐에서 뒷면을 말릴 수 있답니다. 처음부터 오븐에 말리면 반죽 사이의 공기가 팽창해서 애써 찍어낸 손도장 모양이 뭉개질 수도 있거든요. 시간을 두고 상온에서 앞뒷면을 꼼꼼하게 말려주세요!

10. 반죽이 다 마르면 아크릴 물감으로 예쁘게 색칠해주세요. 그 다음엔 투명 아크릴 스프레이를 덧뿌려주셔야 오래오래 보관할 수 있답니다.

023 숨어 있는 창의력을 한껏 표현해볼 기회를 주세요!

창의력이란 무엇일까요? 또 어떻게 표현될까요? 그림이나 콜라주, 조각이랑 노래, 시, 이야기, 춤 등등 예능 활동은 정말 많아요. 하지만 아이가 갑자기 목소리를 높여 자기만의 노래를 부를 때, 또 신문지를 마구 찢어 무엇인가 만들어 온 집안을 어지럽혀 놓는 때처럼, 어느 순간 불꽃이 튀듯 발휘되는 창작의 순간도 있게 마련입니다. 이러한 순간들을 창작이냐 아니면 장난이냐로 이해해주시는 것은 여러분의 몫이지요. 이렇게 별안간 찾아오는 창작의 즐거움을 한층 높일 수 있는 준비물을 미리 준비해두는 것은 어떨까요? 아이의 창의력 상자를 만들어봅니다. 이런 상자 하나만 준비해두면 우리 아이가 시시때때로 뭔가 만들고 싶을 때 준비물이 따로 필요하지 않거든요. 상자에 다음과 같은 준비물들을 모아놓고 '꿈꾸는 상자'라든지 '공작상자' 등등 이름을 붙여보면 더욱 좋겠죠?

준비물

- 어린이용으로 안전하게 만들어진 가위

- 크레용, 마카, 색연필 등등

- 하얀 종이, 색종이, 테두리 선을 그어놓은 종이 등등

- 가벼운 재질의 단단한 카드보드지

- 오래된 잡지들

- 공작용 풀이나 접착제

- 끈이랑 솜

- 리본들

- 펠트 천이나 퀼트 천 조각들

- 천이나 인조털로 만든 동그란 방울들

- 단추랑 구슬

- 폭신폭신한 두꺼운 천 조각

- 수용성 페인트나 물감들

- 찰흙

아이들 마음속에 꽃씨처럼 자리 잡은 재능을 피워올릴 만한 아이디어
는 무엇이 있을까요?

랄랄라 음악을 띄우면 마음도 하늘 저 높이

특별한 주제의 음악을 모아보세요. 두둥둥 북소리가 요란한 음악들이랑

명랑하고 아름다운 피아노 연주곡에 이르기까지, 다양한 테마로 모아봅니다. 다 모았으면 음악을 틀고 마음속에 샘솟는 느낌들을 아이가 다양하게 표현해보도록 합니다. 그림도 그려보고, 종이를 조각조각 잘라 붙여도 보고 또 춤도 춰봐요. 시도 만들어보고 노랫말을 지어 따라 불러봅니다. 라틴 계열의 신나는 리듬에서 모차르트, 베토벤과 같은 정통 클래식, 또 조용조용한 자장가들이랑 군악대들의 행진곡들도 모아서 함께 틀어봐요. 각기 다른 느낌들이 새로운 작품들을 많이많이 만들어낼 수 있을 거예요.

가까운 박물관이나 전시회 찾아가기

주변에 가볼 만한 박물관이나 전시회가 없다고요? 실망하지 마세요. 도서관 등에 들러 미술책이나 사진첩들을 잔뜩 빌려볼까요? 시대에 따라 다양한 그림들, 또 사진들을 보면서 수많은 예술 장르들을 만끽할 수 있을 겁니다. 책에서 본 그대로 그림을 따라 그려보는 것도 좋은 생각입니다. 사진첩에서 본 고궁이나 장소, 동물 등을 따로 찾아가보면 어떨까요? 실제로 보이는 것과 예술작품으로 표현된 모습이 다른 것을 확인하는 것도 큰 즐거움이랍니다.

이야기의 끝 부분은 내게 맡겨요!

아직 아이가 읽은 적 없는 소문난 동화책을 도서관에서 빌려옵니다. 그리고 처음부터 딱 중간까지만 읽도록 합니다. 나머지 부분에 대해 어떤 결말을 내릴까 우리 함께 생각해봅니다. 아이가 남은 부분의 이야기를 지어 낼 수 있도록 지도해주세요. 다 지어냈으면 다시 책을 펴들고 원래의 결말 은 어떻게 되는지 비교해볼까요?

그림 보고 이야기 지어내기

잡지나 카탈로그에서 재미있는 사진들을 골라 오려냅니다. 커다란 모 자 속에 사진들을 넣어 섞어주세요. 번갈아가며 한 명씩 너댓 개의 사진을 골라볼까요? 그리고 차례로 자기 사진에 어울리는 이야기를 지어내봐요.

친구들과 함께 그림대회를 열어요!

하루 저녁 아이의 친구들을 집으로 초대해봐요. 미리 준비한 아이의 공 작상자의 뚜껑을 열고 꼬마 친구들 모두가 한두 개씩 맘에 쏙 드는 재료를 골라볼까요? 마음에 드는 색깔의 색연필이랑 마카들, 또 색종이랑 하얀 종이 등등을 골라잡고 즉석에서 미술대회를 열어보면 어떨까요? 서로 재 료를 바꿔 써서는 안 돼요! 처음에 골라잡은 몇 가지 제한된 재료만으로 작품을 만들어봐야 더욱 재미있거든요. 주제는 미리 정해두는 게 좋겠죠? 외계인이라든지 아니면 해저괴물 등 으스스 무서운 종류에서부터 학교, 외갓집 등등 일상생활에서 쉽게 접할 수 있는 주제도 좋아요!

여름방학하면 생각나는 최고의 놀이장소로는 무엇이 있을까요? 단연 수영장이 으뜸이 아닐까요! 땀이 송송 솟아나는 여름 한낮의 열기를 신나게 무찌를 수 있는 곳이죠! 하지만 수영을 할 줄 모른다면 재미가 조금은 덜할지도 몰라요. 어때요, 물 속에서 자유롭게 왔다갔다할 수 있다면 훨씬 재미있겠죠? 여러 가지 헤엄을 즐길 수 있다면 더욱 신나는 여름방학이 될지도 모르겠네요. 혹시 이번 여름방학엔 파도가 철썩이는 바닷가에 놀러갈 계획이신지요? 그렇다면 더욱 아이가 기본적인 수영을 할 수 있도록 가르쳐줄 필요가 있답니다. 여름방학이 오기 전에 미리 준비한다면 더욱 좋겠죠? 가까운 실내수영장이나 지역기관에 문의해보세요!

아이가 기본적인 수영 동작을 배운 후라면 엄마 아빠도 같이 수영 연습을 할 수 있어요. 어려운 수영 동작을 더 빨리 배울 수 있는 몇 가지 물놀이 방법을 알려드릴게요. 알루미늄 호일에 싼 감자, 또 색색깔의 골프공이랑 동전들을 풀에 던져놓습니다. 쏙 가라앉아서 풀 바닥에 깔릴 만한 자그마한 장난감이라면 뭐든 좋아요. 물 속에 잠수해 들어가 하나씩 꺼내 볼까요? 누가누가 빨리 주워오나 내기도 해보세요! 아직 아이가 물 속을 무서워한다면 고글이나 물안경 등의 기구를 사용해보세요. 엄마 아빠도 함께 물 속에 첨벙 들어가서 같이 물장난을 치다 보면 아이도 훨씬 빨리 물하고 친해질 거랍니다.

수영에 대한 흥미를 돋우기 위해, 또 여름방학 휴가를 위해, 너무너무 예쁜 수영복을 새로 마련해두는 것도 좋은 생각이랍니다. 만일 한겨울이라 수영복을 구하기가 힘들다면, 입던 수영복에 몇 가지 재미있는 장식을 붙여 새롭게 꾸며보면 어떨까요? 단추랑 반짝거리는 금속장식과 퀼트 장식용 화려한 색깔의 천 조각들을 연이어 붙여주세요. 예쁜 색깔의 도톰하고 푹신푹신한 커다란 비치 수건도 새로 준비합니다. 어디서나 볼 수 있는 하얀 수건에 장식을 해도 좋아요. 보통 수건을 세상에서 단 하나밖에 없는 멋진 작품으로 만들 수도 있어요. 새 수건을 당장 꾸미기가 부담스럽다면 헌 수건 위에 먼저 시험을 해보세요. 자, 수건 꾸미기의 방법은 다음과 같습니다.

준비물

아주 커다란 비치수건 / 발포고무 재질의 아이들용 스탬프 도장 / 다양한 크기의 붓 여러 개 / 직물용 물감 여러 개 / 물감 색깔별 종이접시 팔레트 / 면봉 여러 개

1. 먼저 수건을 깨끗하게 세탁합니다. 세탁시 섬유유연제는 절대로 사용하지 마세요.
2. 직물용 물감을 종이접시에 조금씩 짜 둡니다.

3. 물감을 잘 개어 붓으로 고무 스탬프에 잘 바릅니다. 한 군데도 빠짐없이 잘 찍힐 수 있도록 고르게 발라주세요.

4. 면봉으로 너무 많이 발라진 부분이나 물감이 덧나온 부분을 닦아줍니다. 섬세하고 자그마한 디자인보다는 큼직하고 단순한 모양의 스탬프가 잘 찍힌답니다.

5. 수건을 평평하게 펴고 그 위에 스탬프를 꾹 눌러서 찍어주세요.

6. 여러 군데에 다양한 색깔로 찍어 꾸며주세요.

7. 직물용 물감에 쓰여 있는 사용법을 잘 읽어주시고 따로 보관해두세요. 수건을 세탁할 때는 물감 사용법에 따라 따로 세탁합니다.

사용 전에 잠깐!

발포고무 스탬프를 구하기 힘드시다구요? 그럼 만들면 되죠! 적당한 두께의 발포고무판을 토끼나 강아지, 별, 꽃 등의 모양으로 잘라보세요. 강력접착제를 적당한 두께의 나무조각에 바르고, 잘라낸 고무를 붙여주시면 새로운 고무 스탬프 만들기 끝!

025 두둥실 비행기 타고 푸른 하늘 속으로!

루 발란스 수리공, 미시간주 굿 리치

"빨간 마후라는 하늘의 사나이!" 무엇을 의미하는 노래일까요? 우리의 씩씩한 공군 아저씨들을 기리는 노래랍니다! 붕붕 하늘을 나는 비행기만큼 아이들이 좋아하는 것이 또 있을까요! 세계 최초로 비행기를 타고 대서양을 횡단한 찰스 린드버그의 이야기를 찾아 읽어주세요. 우리나라에서는 누가 최초로 비행기 조종사가 되어 하늘을 날았을까요? 도서관이나 서점에서 비행기에 대한 책을 골라 함께 읽어봅니다.

놀이공원에 가면 조그마한 비행기들로 꾸며놓은 탈것들이 꽤 있지요? 또 한강 주변이나 교외의 유원지를 둘러보면 조그마한 경비행장이 있답니다. 이곳에서 2~3인용의 조그마한 경비행기를 타고 하늘을 날아 아래의 경치를 감상할 수 있어요. 비록 작기는 하지만 난생처음으로 하늘을 날아보는 경험은 정말 놀라운 것이랍니다. 바람에 비행기 몸체가 흔들리는 것, 또 윙윙이는 엔진 소리랑 이륙할 때, 착륙할 때의 신기한 느낌들은 정말 특별하지요. 엘리베이터를 타거나 높은 곳으로 올라갔을 때와는 비교할 수 없어요. 정말 하늘의 품에 답삭 안기는 느낌이랍니다.

미국에서는 이러한 특별한 경험을 많은 아이들이 누릴 수 있도록 '꼬마 독수리'라는 프로그램을 시행하고 있답니다. 경비행기 연합회에서 어린이들을 위해 무료로 만든 프로그램이지요! 1992년부터 시행되고 있는 이 프로그램 덕분에 지금까지 수십만 명에 이르는 어린이들이 하늘을 나는 꿈을 이룰 수 있었답니다. 그리고 비행기를 발명하여 세계 최초로 하늘을 날았던 라이트 형제의 100번째 기념행사가 열렸던 2003년에는 총 백만 명에 이르는 어린이 고객들이 하늘을 날게 되었다고 합니다. 이 프로그램을 체험하고 나면 어린이들은 고객 명부에 서명을 남기게 되는데, 바로 이 프로그램의 명부가 세계에서 제일 긴 명부라고 합니다.

아직 우리나라에는 이러한 제도가 없지만, 비행과 관련된 크고 작은 이벤트들이 주변에 꽤 있답니다. 조금만 주의를 기울여 찾아보세요. 국제적인 비행쇼나 군인의 날 등에 공군들이 특별히 벌이는 에어쇼 등이 있다면 미리 달력에 표시를 해둡니다.

026 꼬마 과학자들의 즐거운 과학실험

수잔 샐리 맥거번 프리랜서 기고가, 펜실베이니아주 실링턴

아, 과학! 과학이란 소위 공부에 소질이 있는 아이들만 하는 걸까요? 아니에요! 공부가 항상 지루하고 재미없는 것은 아니랍니다. 약간만 신경을 써서 흥미를 돋우는 실험을 준비해보자고요! 우리 꼬마 장난꾸러기도 누가 그런 말을 했느냐 싶게 과학실험에 열중하게 될 거예요.

꼬마 화산이 펑펑펑!

중간 크기의 플라스틱 병을 하나 준비합니다. 깨끗하게 씻어서 잘 말려주세요. 깔때기를 병 입구에 꽂고 베이킹 소다를 한 스푼 정도 넣어줍니다. 베이킹 소다는 새 것일수록 좋아요. 부엌 싱크대나 목욕탕에 플라스틱 병을 갖다놓고 식초 한 컵을 조금씩 안에 부어 넣습니다. 그러면 부글부글 거품이 끓어오를 거예요! 만일 플라스틱 병이 너무 크다면 거품이 병 입구에서 넘칠락 말락 멈추게 될지도 모르겠네요. 이럴 땐 식초를 조금 더

넣어주시면 된답니다. 식용색소가 있다면 식초 속에 섞어서 넣어주세요. 그러면 빨갛고 노란 거품이 부글부글 끓어오르겠지요? 좀 더 풍성한 거품 화산을 만들고 싶으시다면 식초를 넣기 바로 전에 식기세척제를 몇 방울 넣어주시면 좋답니다. "우왓, 화산이 폭발한다!" 아이들이 너무너무 좋아할 거예요. 하지만 거품 가까이 가지 않는 것이 좋답니다. 부글부글 끓던 거품이 눈 속에 튈 수도 있거든요. 그러니까 이왕이면 눈 주변을 투명한 비닐랩으로 감싸든지 아니면 고글이나 보호안경을 쓰고 관찰하는 것이 좋겠지요? 식기세척제를 몇 방울 더했다면 특히 꼭 챙겨주세요!

풍덩풍덩 스쿠버 다이빙!

깨끗한 유리병에 사이다나 탄산 음료수를 부어주세요. 이제 건포도 몇 알을 유리병에 풍당 넣어봅니다. 보글보글 거품이 날리면서 건포도 알들이 흔들흔들 춤을 춘답니다!

통통 달걀 고무공 만들기!

뜨거운 물에 단단히 익힌 달걀을 껍질째로 유리병에 넣어주세요. 이제 식초를 계란이 약간 잠길 정도의 높이만큼 부어줍니다. 이틀에 한 번씩 식초를 새로 갈아주세요. 한 일주일 정도 지나면 계란의 껍질이 살살 녹아 물렁거리다가 없어진답니다. 일주일 이상이 걸릴지도 모르니까 조금만 인내심을 가지고 지켜봐주세요. 다 됐으면 달걀을 병에서 꺼내 잘 말려주세요. 이제 정말로 통통 튀는 계란 고무공이 탄생했습니다. 너무 힘을 주어 멀리 던지지만 않는다면 말이지요. 바닥에 통통 던져보세요. 진짜로 고무만큼 탄력을 받은 우리의 달걀공이 깡총깡총 튀어오를 거예요. 참 신기하지요? 달걀만이 아니랍니다. 생닭을 손질하다가 남은 다리뼈 등을 달걀하고 똑같이 식초 속에 담가보세요. 일주일쯤 지나면 쫄깃거리는 고무뼈로 탄생한답니다! 아크릴 물감으로 색칠해서 줄에 하나하나 달아놓으면 재미나는 장식품이 되겠지요?

태풍 경보기 만들기

천둥 번개와 함께 몰려오는 무서운 태풍! 미리미리 일기예보를 듣고 대비를 하지만, 우리들만의 특별한 경보기를 만들어보면 어떨까요? 태풍이 얼마만큼 다가왔는지, 또 얼마만큼 물러갔는지 알 수 있는 똑똑한 경보기를 만들어보겠습니다. 어떻게 만드냐구요? 초속을 잘 잴 수 있는 타이머 하나면 된답니다! 번개가 먼저 번쩍거리고 나서 천둥소리가 들리는 사실을 알고 계시나요? 번개가 번쩍한 순간과 천둥이 우르릉 쾅쾅 울리는 시간 사이 몇 초가 걸렸는지 잘 재보세요. 서너 번 간격을 재보면, 태풍의 상황을 어느 정도 예측할 수 있게 된답니다. 번개와 천둥 사이 간격이 점점 가까워진다면 태풍이 가까이 오고 있다는 뜻이지요. 하지만 점점 멀어진다면 태풍이 멀리 물러가고 있다는 뜻이에요. 그럼 태풍이 얼마나 가깝고 얼마나 먼 걸까요? 초 단위를 5로 나누면 1마일 단위로 태풍의 위치를 짐작할 수 있답니다. 참고로 1마일은 약 1.6킬로미터랍니다.

샐러리 잎맥 물들이기

유리병에 물을 가득 담아주세요. 빨강, 노랑 등 식용색소를 몇 방울 떨어뜨립니다. 그리고 싱싱한 샐러리 다발을 꽂아주세요. 잎사귀들을 다듬지 말고 그대로 병에 꽂아줍니다. 몇 시간 정도 지나면 샐러리 줄기의 잎맥이 물들게 된답니다. 파아란 샐러리의 잎맥이 노오랗게 물들면서 샐러리가 어떻게 물을 빨아들이는지 한눈에 볼 수 있게 되겠죠? 우리 몸의 혈관과 비슷한 역할을 한다는 것, 비교해보면 참 신기할 거예요. 샐러리뿐만 아니라 하얀색 카네이션 다발을 대신해도 좋답니다. 꽃봉오리가 맺힌 카네이션이 색소를 빨아들이면 나중에 그 색소 색깔이 은은하게 퍼져 멋진 꽃을 피우게 되거든요!

귀뚜라미 노래로 기온을 맞춰봐요

무더운 여름밤 바깥나들이를 나가면 귀뚜라미 우는 소리에 귀 기울여봅니다. 15초 동안 몇 번 찍찍 소리를 내는지 세어보세요. 그 수에 40을 더하면 화씨 단위의 대략적인 기온을 알 수 있답니다. "에이 설마, 정말 귀뚜라미 소리로 기온을 알 수 있을까?" 의심스러우시면 처음 나들이에는 온도계를 한번 가지고 나가보세요. 정말 맞는지 아닌지 아이들과 함께 직접 확인해보며 놀라운 자연의 법칙들을 경험해보세요. 또한 화씨 단위와 섭씨 단위의 온도를 함께 알아볼 수 있는 온도계를 가지고 나가시면 우리에게 익숙한 섭씨 단위의 온도도 금방 알아낼 수 있겠죠? 참고로 섭씨 0도는 화씨 32도, 섭씨 100도는 화씨 212도랍니다.

스스로 연주하는 음악의 즐거움에 한껏 빠져보기

딩동댕동 고사리 손으로 피아노의 건반을 두드려 〈반짝반짝 작은 별〉 노래를 연주해요. 피아노가 없다고요? 아이들을 위한 간단한 전자키보드 악기를 찾아보세요. 집에 있는 컴퓨터도 건반악기를 대신할 수 있답니다. 피리랑 하모니카도 불어봐요. 숨을 꼭 참았다가 스르르 내쉬면 아름다운 노랫소리가 집 안에 가득하답니다. 어린아이들은 음악과 금방 친구가 되곤 하지요. 아직 구체적인 음악수업을 받기 힘든 어린아이들을 위해서 엄마 아빠가 간단한 악기를 만들어주시는 건 어떨까요? 조그만 호리병박에 사각사각 모래나 조약돌을 넣으면 꼬마아이들도 흔들흔들 흥겹게 즐길 수 있는 악기가 된답니다.

호리병박씨를 구해서 직접 기를 수도 있어요! 직접 기르기가 어렵다면 늦은 여름이나 가을에 시장이나 꽃가게 등에서 쉽게 구할 수 있답니다. 따뜻하고 건조한 곳에서 오래오래 말려주는 것이 제일 좋지만, 장맛비가 내리는 여름이라면 곤란하겠죠? 그렇다면 집 안의 오븐을 활용해보세요. 너무 뜨겁지 않게 오븐을 달구어놓고 호리병박을 넣은 후 몇 시간 정도 구워주세요. 박이 완전히 마르면 이제 구멍을 뚫을 차례랍니다! 조금이라도 물기가 촉촉이 남아 있으면 정성껏 만든 악기에 주름이 쭈글쭈글 생길지도 몰라요. 그러니까 바싹 마르기 전에는 자르지 마세요!

호리병박 악기는 이렇게 만들어요!

준비물

바싹 말린 호리병박 하나 / 호리병박씨, 모래, 콩, 자잘한 조약돌 약간 / 나무 막대기(15센티미터 길이에, 준비한 호리병박의 목 부분보다 약간 좁은 너비여야 한답니다.) / 노끈이나 단단히 꼬아 만든 실 / 강력접착제와 풀 / 다양한 색깔의 아크릴 페인트 / 투명한 아크릴 스프레이

1. 엄마 아빠가 호리병박의 윗부분을 잘라주세요. 중간 허리 부분이 충분히 길다면 손잡이용으로 안성맞춤이랍니다. 이 경우에는 허리 아래쪽으로 선을 긋고 잘라주세요.

2. 자, 우리 꼬마는 길고 폭이 좁은 수저를 구멍에 넣어서 호리병박 속을 꺼내주세요. 샅샅이 잘 꺼내서 씨는 따로 한데 모아둡니다.

3. 이제 속이 텅 빈 호리병박을 잘 말려줍니다. 햇볕에 말려도 좋고, 오븐에 살짝 구워도 좋아요.

4. 다 말랐으면 이제 박 안에 씨앗이랑 모래, 콩, 조약돌 등을 넣어줍니다.

5. 중간 허리 부분이 긴 박이었다면, 잘라놓았던 윗부분과 몸체 부분을 강력접

착제로 붙여줍니다. 흔들흔들 손잡이가 될 테니까 꺾이지 않도록 잘 붙여주세요.

6. 만일 호리병박이 조그맣고, 또 허리 부분 없이 통통한 것이라면 따로 손잡이를 만들어주면 좋겠지요? 준비한 나무 막대기 끝에 접착제를 잘 바르고 호리병박 속에 넣어주세요. 접착제가 마른 후 박 안에 씨앗이랑 모래, 콩 등을 넣어주세요. 그 다음 노끈에 풀을 충분히 발라서 호리병박과 막대기 사이에 빈 부분을 잘 메워가며 감아줍니다. 박과 막대기가 제대로 고정되도록 단단히 감아주세요!

7. 아크릴 페인트로 호리병박을 색칠해주세요. 여러 가지 색깔로 다양한 무늬를 그린 후에 아크릴 스프레이를 뿌려 말려줍니다!

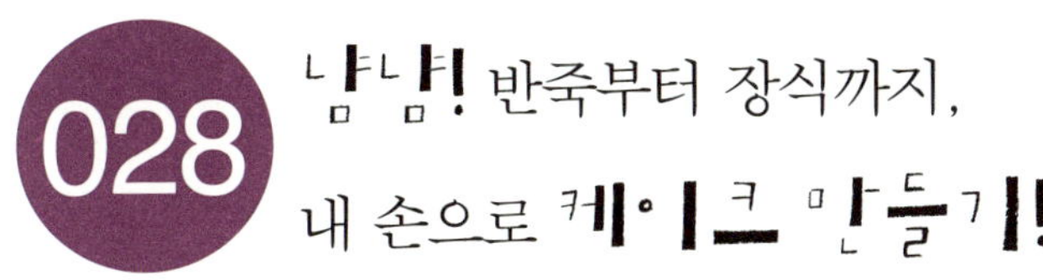

줄리 브래드포드 엄마, 영국 사우샘프턴

빵이나 케이크, 또 피자는 아이들이 정말정말 좋아하는 간식거리지요? 요즘은 빵 만드는 반죽가루, 케이크를 만드는 믹스 등을 슈퍼에서도 손쉽게 구할 수 있어요. 대형 할인마트나 베이커리 용품 판매점에 다양한 종류의 빵, 머핀, 케이크 믹스가 등장한 지도 꽤 되었답니다. 덕분에 엄마들은 집에서 손쉽게 빵과 케이크를 만들고, 또 가끔은 우리 아이들도 함께 만들어서 맛있게 냠냠 먹곤 하잖아요? 사실 믹스를 구해서 집에서 만들어 먹는 경우도 그리 흔하진 않지요. 가까운 베이커리에서 미리 만들어진 빵이나 케이크를 사먹는 경우가 훨씬 많을 거예요. 빵뿐만이 아니라 떡이나 두부 등 많은 음식들도 만들기보다는 사서 먹기가 쉬워졌어요. 너무 손쉽게 음식을 사서 먹다 보니 이 음식은 누가 어떻게 만든 것일까 궁금해지기도 합니다. 아주 옛날, 사람들은 어떻게 음식을 만들어 먹었을까요?

자, 갑자기 쏟아진 소나기 때문에 오후 나들이를 취소한 적 있으시죠? 그럴 때 발을 동동 구르며 안타까워하는 아이를 달랠 간식을 직접 만들어보면 어떨까요? 당연하게 받아들이던 것들에 대해 다시 한번 되돌아보고, 감사할 줄 아는 법을 배우는 기회가 되어주겠죠!

집에서 만드는 아주 특별한 케이크!

준비물

박력분 밀가루 2컵 / 설탕 1컵 / 베이킹파우더 1큰스푼 / 쇼트닝 반 컵 / 소금 반 스푼 / 우유 반 컵 / 아몬드향 가루 1스푼 / 달걀 흰자 4개

1. 박력분 밀가루를 체에 걸러주세요. 베이킹파우더랑 소금을 섞어서 한 번 더 걸러줍니다.

2. 설탕이랑 쇼트닝을 함께 섞어 크림으로 만들어주세요.

3. 설탕크림에 밀가루 섞은 것을 넣고 다시 섞어줍니다. 너무 뻑뻑하면 우유도 조금씩 넣어서 잘 섞어주세요. 너무 치대지 않도록 주의하세요! 부드러운 케이크를 원하신다면 툭툭 꽂듯 주걱을 놀려서 단시간에 섞어주세요!

4. 아몬드향 가루를 살살 뿌려주세요.

5. 달걀 흰자 4개를 넣고 살살 치대주세요.

6. 20센티미터 지름의 케이크 판에 반죽을 담아줍니다. 약 190도의 온도에서 20분 정도 구워줍니다. 다 됐으면 상온에서 식혀주세요.

케이크 장식은 어떻게 만들죠?

준비물

넓적한 판초콜릿 2개 / 버터 1스푼 / 설탕 2컵 / 소금 아주 약간 / 우유 반 컵 / 바닐라향 가루 1스푼

1. 초콜릿을 녹여줍니다. 전자레인지에 넣고 잠깐 돌려주면 간단하게 녹는답니다.

2. 설탕, 우유, 버터랑 소금을 넣어주세요. 약 113도의 오븐에 넣고 거품이 약간 올라올 만큼 익혀주세요.

3. 어느 정도 식으면 바닐라향 가루를 살짝 뿌려서 섞은 후 찰찰 감기도록 저어주세요. 크림이 완성되면 케이크에 살살 발라주시면 됩니다.

4. 마요네즈 튜브에 넣고 케이크 위에 짜주면서 장식해보세요! 그리고 맛있게 먹으면 끝!

시끄러운 우리집 야채밭 가꾸기!

엄마들은 다 알아요. 우리 아이들이 얼마나 호기심이 많고, 또 알고자 하는 열정이 넘치는 꼬마 박사들인지! 일단 무엇인가에 열중하면 반짝반짝 눈을 동그랗게 뜨고, 시간 가는 줄 모르게 빠져든답니다. 문제는 그리 오래 지속되지 않는다는 점이지요. 화단을 만들거나 야채밭을 가꿀 때도 마찬가지랍니다. 아직은 인내심이 부족한 꼬마아이들은 오늘 화분에 씨앗을 심으면 바로 다음날 꽃을 피우길 기대하게 마련입니다. 그 이후로도 조심스레 화분을 관찰하겠지만, 일주일 안으로 예쁜 새싹이 고개를 쏘옥 내밀지 않으면, 낙심해서 포기해버리곤 한답니다. 아이의 진지한 호기심을 계속 불타오르게 해주려면, 빨리빨리 싹을 틔우는 씨앗을 적절히 섞어 심는 지혜가 필요하답니다. 무 종류를 권해드릴게요. 무류는 정말 빠르게 싹을 틔우고 발육하거든요.

뒤뜰이나 앞뜰, 정원이 없는 아파트에 사는 아이들을 위해서는 커다란 화분 몇 개를 베란다에 두세요. 그것도 부담스럽다면 조그만 화분 몇 개만 부엌 창가에 올려놓으셔도 됩니다. 화분도 따로 살 것 없이 직접 만들어보면 어떨까요? 커피통 밑바닥에 구멍을 몇 개 뚫기만 하면 간단한 화분을 만들 수 있거든요. 비닐이나 플라스틱으로 된 통을 준비해서 밑바닥을 약간만 지그재그로 가위질해주세요. 특히 가장자리 부분은 흙을 제대로 담아둘 수 있도록 오려내지 말고 남겨두세요.

당근 키우기

슈퍼나 식료품점에서 당근을 사실 때, 잎사귀가 위에 파릇파릇한 몇 개를 따로 골라내세요. 당근 윗부분을 잘라서 유리그릇에 담고 물을 부어주세요. 하루하루 지날수록 당근의 파아란 잎사귀가 무럭무럭 자라난답니다!

콩깍지가 대롱대롱

콩 몇 알을 화분에 심어봐요! 창가에 주루룩 화분 서너 개를 세워두고요. 콩 몇 알씩을 화분에 심고 물을 촉촉이 줍니다. 같은 종류의 콩보다 각기 다른 종류를 하나씩 심어줍니다. 하루하루 자라나면 콩 줄기가 잘 자랄 수 있도록 나무막대기를 화분 가운데에 꽂아주세요. 콩깍지가 주렁주렁 열리고 파아랗게 익으면 직접 따서 콩밥을 지어 먹어볼까요?

토마토 덤불 만들기

조그만 화분에서도 무성하게 자라나는 토마토야말로 집에서 기르기에 안성맞춤이지요! 토마토에도 여러 종류가 있어요. 훌훌 막대기를 휘감고 오르는 종류 말고도 가시덤불처럼 혼자서도 잘 크는 종류가 있거든요. 무성하게 자라는 토마토 덤불은 베란다, 창가 등 어디에나 어울린답니다. 가까운 원예전문점 또는 꽃집에 들러보세요. '파티오 토마토' 라는 이름의 자그마한 화분들을 쉽게 구할 수 있답니다.

커다란 야채밭을 키울 만큼 여유가 있으시다면 다음 아이디어에 주목!

호박이 마법의 병 속에 주렁주렁

자그마한 서양 호박은 엄마가 추천하는 일등 간식거리지요. 이런 호박을 직접 키워보면 훨씬 재미있을 거예요. 잘 먹지 않던 아이들도 스스로 키운 기특한 호박이라면 가리지 않고 잘 먹을 거예요!

1. 야채밭에 호박씨를 잘 심어주세요.

2. 일단 씨가 싹을 틔우면 덩굴이 올라갈 나무 막대기를 주변에 꽂아주세요. 자그맣고 예쁜 꽃이 피어난 후에 호박 열매가 맺히기 시작한답니다.

3. 조그맣게 열매가 잡히면 비닐 물병이나 사이다병을 달아 열매가 쏙 들어가도록 넣어주세요. 호박 크기를 조절할 수 있으니까 여러 가지 크기의 병을

골고루 매달아주세요.

4. 매일매일 호박을 살펴봐야겠죠? 호박이 병에 꽉 차오를 정도가 되면 이제 수확할 때가 된 거랍니다. 병 속에 호박이라니, 정말 신기하지요? 호박 종류는 뭐든 좋아요. 신기한 병호박을 만들기 위해 특별히 선택할 호박이 따로 있지는 않답니다. 다양한 호박으로 야채밭을 가꾸어보세요!

해바라기가 쨍쨍쨍!

정확하게 말하자면 해바라기가 야채는 아니지요. 하지만 해바라기는 야채밭을 풍성하고 아름답게 꾸며주는 좋은 친구랍니다. 160~180센티미터 정도까지 자라는 키다리 해바라기는 우리 야채밭을 지켜주는 씩씩한 파수꾼이 되어줄 거예요.

해바라기도 종류가 매우 다양하답니다. 특히 대부분의 해바라기는 씨앗을 먹을 수 있는데, 기름에 약간 볶아내면 고소한 간식거리가 돼줄 거예요. 만일 여러분이 심은 해바라기가 먹을 수 없는 종류라 해도 잘라버리지는 마세요. 날씨가 추워지고 씨앗이 무르익어 하나 둘 떨어지면 새들에게는 좋은 먹이거리가 되어줄 거니까요!

야채밭에 거인 탄생!

야채밭을 널찍하게 키울 여유가 된다면 과일이나 채소들을 크게크게 키워보도록 하세요. 무더운 여름날, 농구공만큼 자라난 수박을 뒤뜰에서 잘라오는 것만큼 즐겁고 신나는 일이 또 있을까요? 두 손으로 들고 오기에도 낑낑 무거울 만큼 튼실하게 자라난 수박이 참 기특할 거예요. 호박, 수박 등은 제대로만 키우면 45킬로그램도 넘을 만큼 자라난답니다!

추수감사절이나 추석을 제대로 즐기기 위해 일부러 호박 두어 개를 커다랗게 길러봐도 좋겠지요? 일가친척이 모두 모이면 통통한 호박을 한 덩이씩 선물로 드립니다. 예쁜 리본을 호박 꼭지에 잘 매어주고요. 우리 꼬마 농부가 영차, 직접 들어서 선물로 드리고 큰절도 올리면, 어른들이 정말 좋아하실 거예요!

옥수수도 크게크게 길러보세요. 자라난 옥수수의 낟알만 따로 모아 말려두시면 시시때때로 맛있게 팝콘을 튀겨 먹을 수 있답니다.

030 풍선껌 불다 불다 펑 터뜨리기!

아주 옛날 그리스 사람들이 유향나무의 점액을 잘근잘근 씹어 즐길 때부터 껌의 역사는 시작되었답니다. 정말 오래되었죠? 중앙아메리카의 마야 인디언들은 사포딜라 나무의 수액을 즐겨 씹었다고 합니다. 이때 이것을 치클이라고 불렀다고 하는군요. 또 아메리카 인디언들은 가문비나무의 수액을 즐겨 씹었답니다. 처음으로 껌이 시장에 상품으로 등장한 것은 1848년이었어요. 미국의 존 B. 커티스라는 사람이 가문비나무에서 추출한 수액으로 껌을 만들어 팔기 시작했답니다. 맨 처음 이 껌은 지금 우리가 알고 있는 달콤한 껌의 맛과는 비교할 수 없는 텁텁한 맛이었다고 합니다. 그렇다면 달콤한 풍선껌을 처음으로 세상에 소개한 사람은 누구일까요? 1928년 스물세 살의 회계사였던 월터 다이메어가 플리어 추잉껌 회사에서 처음 만들었다고 하는군요. 다이메어는 '더블 버블'이라는 이름의 회사를 만들었고 껌에 처음으로 핑크색 색소를 첨가했다고 해요. 껌 반죽에 넣을 식용색소가 핑크색밖에 없었기 때문에 어쩔 수 없이 선택한 것이었지만, 결과적으로 풍선껌에 제일 어울리는 색으로 인기를 끌었답니다. 지금까지도 연한 핑크색만큼 풍선껌에 잘 어울리는 색은 없는 것 같아요!

하지만 집에서 만드는 풍선껌만큼은 마음대로 색깔을 정할 수 있겠지요? 풍선껌 재료는 교육용품 판매점에서 구할 수 있답니다.

자, 엄마랑 아빠가 우리 아이와 함께 누가누가 크게 부나 풍선껌 불기 내기를 해볼까요? 지금까지 제일 크게 풍선껌을 분 사람은 누구일까요? 미국 캘리포니아 주에 사는 수잔 몽고메리가 최고 기록 보유자랍니다. 1994년 7월 19일 뉴욕 ABC 텔레비전 프로그램에 나와서 58.4센티미터에 이르는 풍선을 불었다고 하네요.

껌을 씹고 풍선을 호호 불어보는 것도 즐겁지만 요란하고 화려한 껌 포장지랑 색깔들의 조합도 정말 재미나지요? 조그마한 통에 담겨 나오기도 하고, 사탕처럼 덩어리째 팔기도 한답니다. 세상에서 제일 긴 껌포장기계는 1만 450미터라고 합니다. 캐나다 온타리오 주에 사는 게리 뒤셸이라는 사람이 발명했대요. 1965년 3월 11일 세계 최고 기록을 세운 포장기계를 가동했다고 합니다. 지금까지 게리 씨는 79만 2,691개의 껌을 포장했대요. 얼마나 길지 상상이 가시나요?

하지만 껌은 조심해서 씹고 또 버려야 해요. 껌의 끈끈한 특성 때문에 잘못 버리면 옷이나 머리카락에 달라붙기도 하거든요. 일단 한번 달라붙으면 떼어내기가 여간 어려운 것이 아니랍니다. 이럴 때는 땅콩버터나 얼음을 이용하면 좋아요.

껌이 머리카락에 붙어버렸다면 땅콩버터를 약간 덜어서 달라붙은 부분에 잘 비벼줍니다. 버터가 껌과 섞이면서 끈끈함이 가시면 조심스럽게 잘 떼어내세요. 껌이 옷이나 가구에 붙었을 경우에는 얼음조각으로 비벼주세요. 껌이 딱딱하게 굳으면서 떼어내기 쉬워진답니다. 껌 제거용으로 특별히 나온 세제들도 있으니 참고하세요!

가족끼리 떠나는 자동차 여행

엘렌 모이어 가정주부, 네바다주 라스베이거스

조금만 신경 써서 준비하면 지루한 자동차 여행도 즐겁고 흥겨운 파티로 바뀔 수 있답니다. "아직도 도착 안 했어요?" 뒷좌석에서 벌써 몇 번이고 물어오는지 모르겠네요. 지쳐 잠을 청하던 아이들이 칭얼대며 불평합니다. 하지만 이런 불평들도 곧 "벌써 와버렸단 말이에요? 아이참!" 이렇게 바뀔 거예요. 자, 비법을 잘 읽어보세요!

아이에게 길잡이 역할을 맡겨보세요. 여행에 아이가 적극적으로 동참할 수 있도록 역할을 주시면 좋아요. 여행 전에 우리 가족이 찾아갈 길이 어떠할지 지도를 구해 미리 연구해봅니다. 형광펜이나 색연필로 길 위를 그어주세요. 가는 길에서 쉽게 발견할 수 있는 특별한 건물이나 휴게소 등도 미리 표시해둡니다. 마치 여행사에서 준비한 일정을 따라가듯이, 여러분의 여행 일정을 미리 계획해보세요. 점심식사는 어디에서 할지, 언제 어디서 쉴지, 또 저녁식사는 누구와 무엇을 먹을지 등을 자세하게 계획해서 적어보세요. 당일 여행이 아니라 며칠을 두고 떠나는 여행이라면 더더욱 구체적인 계획이 필요하답니다. 특히 아이들이 관심을 갖는 이벤트는 알아보기 쉬운 색깔로 표시해둡니다.

준비만 잘해도 벌써 50점!

먼저 아이들을 위한 여행주머니를 하나씩 만들어봅니다. 한 사람당 하나씩 준비해야 해요! 제일 좋아하는 간식거리(크래커, 씨리얼, 땅콩류나 초코바, 말린 과일 등)랑 장난감, 또 음료수를 잘 넣어주세요. 50킬로미터 정도 혹은 1시간마다 한 번씩 여행주머니에서 맘에 드는 것을 꺼낼 수 있도록 규칙을 정합니다. 장거리 여행이라면 시간을 잘 계산해서 여행주머니에 넣을 것들을 되도록 많이 준비해야겠지요? 가는 길, 돌아오는 길마다 여행주머니의 내용을 알차고 새롭게 꾸며보세요! 몇 박 며칠에 걸친 자동차 여행이라면 하루하루마다 각기 다른 여행주머니를 준비하시기를 권해드립니다.

즉석 가족 노래방!

여행 전에 먼저 가족이 함께 부를 수 있는 노래를 몇 곡 뽑아보세요. 몇 번 연습을 함께 해보는 것도 좋겠지요? 노랫말을 미리 적어서 여행 가기 전에 챙겨두세요. 차를 타고 가다가 모두가 졸릴 무렵, 또는 운전하는 아빠나 엄마가 피곤해질 무렵에 가족 노래를 불러봅니다! 그러려면 라디오를 끄셔야겠죠? 음악 카세트도 끄시구요! 조용해지면 함께 노래를 시작!

간단한 멜로디의 노래라면 엄마랑 아빠는 화음을 맞춰주세요. 미리 합창 곡을 연습하는 것도 좋아요. 친척이나 친지들 앞에서 가족 노래를 함께 부르기로 약속하고, 차를 타고 가는 길에 열심히 연습하세요! 아니면 최근에 배운 영어 노래를 연습해봐도 좋겠죠?

신나는 가나다 게임하기!

자, 길 위의 표지판이랑 교통신호, 또 길거리의 간판들 등에서 글자를 모아보세요. 가나다라마바사아……하까지 제일 먼저 모으는 사람이 1등이랍니다. 똑같이 겹쳐서 글자를 사용하면 안 돼요. 그러니까, '가을'이라는 간판을 먼저 발견한 사람만 '가' 자를 차지할 수 있어요. 이번에 '가' 자를 놓쳤다면, 다음번에 '퇴계로1가' 표지판을 발견하면 '가' 자를 얻을 수 있답니다. '가'에서 '하'까지 아직 완전히 익히지 못한 아이들에게 특히 좋은 게임이랍니다.

표지판에 나온 단어로 끝말잇기 하기!

아이들이 한글 실력에 어느 정도 자신이 있다면 끝말잇기 게임을 해보면 어떨까요? 도로 위의 표지판에 지명이 하나씩 나올 때마다 끝말잇기를 해봐요. 아이들의 수준에 따라 단어를 세 음절짜리로 할지, 아니면 두 음절로 할지 정해주세요. '부산'이라면 '산수유', '산수유'면 '유리창'. 열을 셀 때까지 단어를 생각하지 못하면 벌칙에 따라 벌을 줍니다. 크게 노래를 부르거나 운전하는 아빠 어깨 주물러주기 등등 다양한 벌칙을 종이에 적어 벌칙상자를 따로 만들어두어도 재미나겠죠? 벌칙이 끝나면 다음번 표지판에 나오는 단어로 끝말잇기를 계속합니다!

참, 자동차 여행에서 꼭 기억해서 챙겨둘 두 가지가 있답니다. 심심풀이 카드하고 비닐공이에요. 휴게소에서 잠깐 쉴 때, 또 주유소에서 기름을 넣기 위해 멈췄을 때, 비닐공을 훌훌 불어서 아이들과 잠깐 공놀이를 즐기면 굳었던 근육을 살짝살짝 풀어주기에 딱 좋답니다! 떠날 때가 되면 공 속의 바람을 술술 빼주고 잘 접어서 보관하면 끝이랍니다. 지루하고 조금씩 지쳐갈 때, 카드놀이도 만만치 않은 소일거리지요! 도로에 엄청나게 차가 많아서 우리 차가 한 뼘도 움직이지 않을 때, 또 식당에서 음식 나오길 기다릴 때 심심하세요? 그러면 모두 둘러앉아 카드를 돌려보세요!

케이블TV, 비디오나 DVD 등이 폭넓게 보급되면서 요즘은 집에서도 다양한 종류의 영화를 손쉽게 즐길 수 있게 되었답니다. 하지만 극장에서 직접 표를 끊고, 팝콘을 먹으며 커다란 스크린에 빠져드는 오래된 방법이야말로 참으로 특별하답니다. 많은 사람들과 함께 보기 때문에 그런 건 아닐까요? 특히 〈오즈의 마법사〉의 날아다니는 원숭이들이라든지, 디즈니의 〈판타지아〉에서 교향곡에 맞추어 불을 내뿜는 화산이랑 오로라, 또 〈사운드 오브 뮤직〉에서 폰트랩 대령 가족이 함께 부르는 에델바이스 노래. 이 장면들은 커다란 극장 스크린에서 여러 사람이 어울려 함께 즐기는 것이 더 흥겨울 거예요! 물론 이 영화들은 명작으로 손꼽히는 작품들이니까, 여러분들도 이미 비디오나 텔레비전 영화로 여러 차례 보셨을 거예요. 특히 아이들이 좋아하는 영화들이라면 정말 백 번도 넘게 봤을지도 몰라요. 그러나 극장에서 여럿이 함께 즐기는 영화는 전혀 새로운 감동으로 느껴질 것이랍니다.

자, 주변이나 시내의 극장 프로그램을 잘 알아보세요. 한곳에서 여러 개의 영화를 상영하는 무비 컴플렉스는 대부분 최신작만을 상영하지요? 하지만 클래식 영화나 아동용 영화만을 주로 상영하는 극장들도 있답니다. 버터랑 캐러멜이 잔뜩 얹힌 팝콘을 가슴에 안고 가족 모두가 함께 영화를 즐겨보세요!

드라이브인 영화관도 놓칠 수 없는 즐거움이랍니다. 시원한 야외극장은 무더운 여름날 특히 반갑답니다! 맨 처음으로 드라이브인 야외극장을 만들어낸 사람은 미국의 뉴저지 주에 사는 리처드 홀링스헤드 주니어 씨라고 합니다. 1933년에 500대의 차량을 수용할 수 있는 극장을 최초로 개장했다고 해요. 1950년대에 특히 성행했던 드라이브인 극장은 이제 그다지 인기가 없어져서, 미국 내에서도 천 개 정도만 남아 있다고 합니다. 알래스카, 하와이나 뉴저지, 루이지애나 등의 주에서는 아예 드라이브인 극장을 찾아볼 수가 없다는군요. 우리나라에도 수도권 근교에 이런 드라이브인 극장들이 있지만, 상영작품들이 제한되어 있어 참으로 안타깝습니다.

하지만 드라이브인 극장 대신 또 다른 새로운 극장이 우리 곁에 찾아왔답니다. 바로 3D극장이지요. 마치 현실 속에서 직접 체험하는 듯한 경험을 할 수 있답니다. 따라서 특별히 고안된 안경을 쓰고 관람하기도 하지요. 아마존의 밀림, 캐리비안 바다의 산호초 등등 다양한 주제들에 대해 3D영화가 만들어지고 있어요. 하지만 특별한 처리가 필요하기 때문에 상용영화만큼 자주 또 많이 만들진 못하고 있답니다. 우리나라에서는 놀이공원 등에서 이 영화들을 접할 수 있어요. 아이들을 위한 대규모의 전시회가 열리는 박물관이나 행사장에서도 때때로 입체영화를 상영하니까 꼭 확인해보세요!

　3D 말고 또 엄청난 현실감을 느낄 수 있는 영화로는 아이맥스 영화가 있습니다! 우리나라에서는 63빌딩의 아이맥스 영화관에서 최초로 소개되었답니다. 아이맥스 영화는 객석에 앉은 상태에서 수평 방향 60도, 수직 방향 40도로 가장 자연 상태와 비슷한 구도로 영사막을 설계한 극장에서, 65밀리미터의 커다란 필름에 찍어낸 특별한 영화랍니다. 오늘날까지 최고의 영상품질을 자랑하고 있긴 하지만 3D영화와 마찬가지로 영화 종류가 다양하지 않고 상영관이 많지 않으니 유의하세요. 이런 새로운 종류의 영화들은 관람료가 다른 영화에 비해 비싼 편이랍니다. 미리 예약을 하거나 쿠폰, 단체권 등을 구입한다면 훨씬 저렴하게 이용할 수 있을 거예요!

033 우리 모두 발맞추어 퍼레이드를!

삐뽀삐뽀 경적을 울리는 경찰차나 빨갛고 커다란 소방차를 앞세우고 고적대가 등장합니다. 멋진 제복을 차려입은 고적대원들이 반짝반짝 빛나는 금관악기들을 들고 팡파르를 울리며 행진을 시작하면, 수많은 아이들의 가슴도 벅차게 부풀어오르지요! 하루 종일 쫓아다녀도 싫증나지 않아요! 어떤 퍼레이드라도 좋답니다. 먼 나라 대통령의 한국 방문을 축하하는 퍼레이드, 또 국제경기에서 입상한 우리나라의 자랑스런 선수들을 환영하는 퍼레이드 등 다양한 경축행사에 참가해보세요. 8·15광복절 행사나 어린이날 행사도 잊지 마세요! 어린이날 행사나 놀이공원 내에서 벌어지는 퍼레이드는 훨씬 흥겹고 재미있게 연출되곤 하지요. 알록달록 피에로랑 화사하게 차려입은 무희들이 신나게 뱅글뱅글 돌아가며 춤을 춘답니다! 흩날리는 색종이랑 꽃들, 의젓하고 늠름한 말들이랑 깡충깡충 뛰며 춤추는 치어리더들이 정말 예쁘지요!

자, 이런 퍼레이드를 구경하는 최고의 장소는 어디일까요? 바로 엄마나 아빠의 어깨랍니다! 영차, 우리 꼬마가 퍼레이드를 잘 구경할 수 있도록 목마를 태워주세요! 아이가 목마를 태우기엔 너무 자랐다고요? 그렇다면 조금 더 부지런해져야겠습니다. 좀 더 일찍 서둘러 퍼레이드가 지나는 제일 앞줄의 자리를 잡아놓으세요. 접었다 폈다 할 수 있는 간이 의자랑 조그마한 담요도 따로 준비하시고요. 또 퍼레이드에서 휘날리는 꽃들이랑 색종이, 또는 피에로들이 나눠주는 사탕이나 기념품 등을 담아갈 주머니도 잊지 말고 챙겨주세요!

퍼레이드가 시작되길 기다리는 동안 주위를 한번 훑어보세요. 또 핫도그나 팝콘, 솜사탕이나 아이스크림 등을 먹으며 퍼레이드의 규모가 얼마만 할지, 또 어떤 재미나는 이벤트가 이어질지 알아보세요! 일단 퍼레이드가 시작되면 앞자리에 앉아서 신나게 구경합니다! 고적대의 음악이랑, 사람들의 환성소리가 정말 신나죠? 커다란 장식마차들 사진도 찍고 퍼레이드를 배경으로 멋지게 아이 사진도 찰칵! 찍어줍니다.

어떤 퍼레이드들이 있나 미리 알아보려면 먼저 신문을 잘 살펴보세요. 모두가 쉬는 국경일 퍼레이드야말로 온 가족이 함께 즐길 만한 좋은 기회겠지요? 놀이공원, 테마파크 등에 놀러가실 때는 미리 퍼레이드 공연시간을 알아두는 것이 좋답니다. 서울이 아니라 지방에서도 향토색 그윽한 퍼레이드랑 행사들이 열리고 있으니 꼭 주의 깊게 살펴보세요!

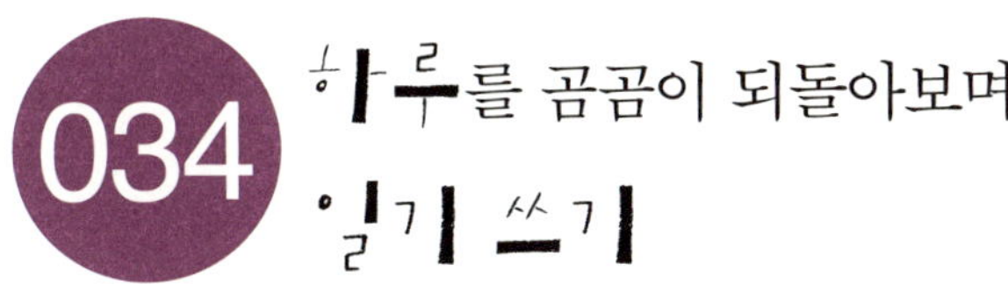

제니퍼 그레일뤼스키 대학생, 미시간주 라일리 Twp

미래를 위한 꿈과 희망을 한 자 한 자 적어 넣는 곳, 가슴이 터질 듯한 모험과 탐험 이야기들이 가득한 곳, 또 빈둥빈둥 게으른 낙서도 끄적이는 곳, 바로 일기장이 아닐까요? 아이에게도 자신만의 이야기를 가득 피워 올리는 나만의 공간이 필요한 법이지요. 일기는 바로 자기 마음의 작은 방이랍니다. 아이에게 일기 쓰는 버릇을 길러주는 것은 그저 좋은 취미 하나를 키워주는 것 이상의 의미가 있습니다. 어린 마음에 깃드는 생각들의 실마리를 하나하나 풀어놓을 마음의 집을 지어주는 것이랍니다.

자, 먼저 아이와 함께 일기장을 만들어볼까요? 일단 크기를 정해봐요. 그림도 그리고 글도 함께 쓸 수 있는 최적의 일기장 크기를 맞춰보세요. 일단 크기를 정하고 나면 두꺼운 카드보드지 두 장을 구해서 속지보다 약간 넓게 잘라줍니다. 한 장은 앞표지로, 남은 한 장은 뒤표지로 쓸 거랍니다. 카드보드지를 예쁘게 꾸며주세요. 예쁜 포장지로 겹겹이 싸주거나 퀼트용 옷감을 붙여주세요. 인조털을 붙여도 폭신폭신한 느낌을 더할 수 있답니다.

스크랩북을 만들기 위해 필요한 대부분의 재료는 문구용품점에서 손쉽게 구할 수 있어요. 색깔별로 속지도 구할 수 있고, 또 희미한 무늬가 아름다운 종이들도 많답니다. 동물 그림이 그려진 종이에서 물방울무늬, 또 스트라이프무늬에 이르기까지, 아이가 가장 좋아하는 종이를 골라서 일기장 속지로 결정! 핑킹가위로 속지 가장자리를 예쁘게 잘라가며 꾸며주세요. 별 모양이나 하트 모양, 동그란 물방울 모양의 펀치로 중간중간 구멍도 뚫어 꾸며봅니다.

스크랩북 전체를 묶기 위한 구멍을 뚫을 때는 삼공펀치나 이공펀치를 구해서 각 간격을 조정해서 한꺼번에 찍어주세요. 간격 사이의 길이를 따로 기록해두면 나중에도 펀치를 찍을 때 정확하게 찍을 수 있겠지요? 일기장 표지에 구멍을 깨끗하게 찍어내려면 표지 위에 종이를 올리고 찍는 것이 좋아요. 표지와 속지를 합쳐서 링 바인더에 꽂을 때는 사이에 투명한 플라스틱 속지를 끼워두세요. 상대적으로 약한 재질의 속지가 밀리지 않게 해주거든요. 자, 다 만들었으면 요모조모로 살펴보고, 부족한 속지를 더하거나 표지 장식을 마무리해주세요.

일기장이 준비되었으니 이제는 일기를 쓸 만한 멋진 펜을 준비해야겠네요. 마카랑 펜, 또 연필 등을 색깔별로 준비합니다. 다 준비 되었나요? 이제 우리 작가의 영감이 꿈틀거리는 순간을 기다리면 되겠지요?

일기도 여러 가지 종류가 있답니다. 어떤 종류가 있는지 한번 알아볼까요?

친한 친구를 위한 일기 쓰기

오랫동안 친하게 지내온 친구를 위해 특별한 일기를 준비해서 선물로 주면 어떨까요? 친구를 위한 그림도 그리고, 시도 지어봐요. 또 동화도 지어 적어봅니다. 잡지에서 특히 마음에 드는 그림이랑 사진을 오려서 붙여보고, 재미나는 만화랑 스티커도 붙여봐요. 말려서 얇게 눌러놓은 꽃이랑 카드를 붙여 한껏 꾸며봅니다. 다 됐으면 예쁜 포장지에 싸서 친구에게 선물하세요!

캠핑 일기

캠핑이나 여행을 떠나 낯선 곳에서 잠을 잘 때마다 쓰는 특별한 일기장을 준비해보세요. 오늘 하루 집을 떠나 무슨 일을 했는지, 누구를 만났고 또 기분은 어떠한지 등등을 있는 그대로 적어두는 일기장입니다. 제일 재미있었던 운동은 무엇이었는지, 무엇을 새롭게 배웠는지, 또 엄마나 아빠가 얼마나 보고 싶었는지 등등 적을 것들이 너무나 많아요! 캠핑에서 새로 만난 친구들의 인사말도 적어넣고요, 이름과 주소랑 사인도 적어봅니다. 계절이 바뀌고 해가 지나면서 무엇과도 바꿀 수 없는 각별한 일기장이 되겠지요?

꿈을 적는 일기장

이 일기장은 침대 머리맡에 보관하도록 합니다. 왜냐구요? 아침에 일찍 깨어나 어제 저녁 내내 꿨던 꿈 이야기를 적는 일기장이거든요. 기억을 더듬어 어떤 꿈을 꾸었는지 잘 적어보아요!

컴퓨터 일기장

요즘 아이들은 아주 어릴 때부터 컴퓨터를 다루곤 하지요? 그렇다면 컴퓨터를 이용해서 일기를 쓰는 것도 그다지 어려운 일만은 아닙니다. 컴퓨터를 능숙하게 다루는 아이라면, 그저 글만 쓰는 것이 아니라 그림도 그리고 또 인터넷에서 사진이랑 그림을 찾아내서 디지털 일기장을 충분히 만들 수 있을 거예요. 그냥 하나의 일기장 파일로 만들 수도 있지만, 가족 홈페이지를 올리고, 우리 아이의 일기장으로 쓸 수 있는 게시판을 하나 만들어주는 것도 방법이랍니다. 그러면 멀리 계신 친지들도 오늘 하루 우리 아이가 얼마나 재미있게 잘 지냈나 볼 수 있겠죠?

외계인 일기장

우리 꼬마가 저 머나먼 우주에서 지구를 찾아온 외계인이라고 가정해볼까요? 전혀 새로운 눈으로 지구를 바라볼 수 있을 거예요! 낯선 외계인의 눈으로 쳐다본 이 세계는 어떠한지, 하루하루 새롭게 발견한 사실들을 일기로 적어봅니다. 불만스러운 점, 잘못되었다고 생각하는 점, 아름답고 훌륭하다고 생각되는 점, 모든 것을 적을 수 있는 외계인 일기장을 따로 마련합니다.

나에게 쓰는 일기장

나는 누구일까? 조금은 어려운 질문을 던져보는 일기장이랍니다. 나는 누구이며 어떤 의미를 가지고 있는 존재인가 물어보면서, 내 자신에게 편지를 써보면 어떨까요? 오늘 하루 동안 좋았던 점이랑 나빴던 점을 솔직 담백하게 돌이켜볼 수 있는 일기장이랍니다.

작품 일기장

가장 멋지고 훌륭한 일기장은, 있는 그대로의 감정과 생각을 솔직하게 표현한 것이랍니다. 아이가 특히 좋아하는 노래나 시, 또 재미있게 본 만화나 그림, 농담 등을 일기장에 적고 수집하도록 격려해주세요. 기쁠 때면 생각나는 노래, 또 슬플 때면 생각나는 그림 등 내 기분을 표현해주는 다양한 자료를 수집해봅니다. 일기장을 꼭 몇 줄의 문장만으로 쓸 필요는 없거든요. 길고 길게 적어 내려가는 일기도 의미가 있겠지만, 이번 해에 처음으로 발견한 코스모스라든지, 좋아하는 노래와 가수 등 아이의 생활을 이루는 많은 것들을 그대로 그려 넣는 일기 또한 소중합니다. 다양한 표현력을 기를 수 있도록 부모님께서 격려해주세요. 또한 일기는 꼭 매일매일 적어야 하는 것은 아니랍니다. 일주일 정도 간격을 두어도 좋고, 또 특별한 이벤트가 있을 때마다 적어도 좋아요. 중요한 것은 나 자신에 대한 진지한 기록으로 아이가 스스로에게 의지가 되는 나만의 공간을 꾸미도록 돕는 것이니까요.

잊지 못할 크리스마스! 추억의 기념품 간직하기

아아, 고사리 손으로 한껏 치장해놓은 크리스마스트리 장식 아래로 크고 작은 선물 꾸러미들이 가득한 성탄절 아침을 기억하시나요? 두 눈을 뜨기가 무섭게 환성을 지릅니다. "산타할아버지가 최고야!" 머리맡에 두었던 빨간 양말은 어느새 불룩하게 배가 불렀어요! 온 가족이 겨울 아침 햇살에 두 눈을 반짝이며 서로를 위해 준비한 크리스마스 선물을 끌러봅니다. 조그마한 나무조각 별이 서툴게 칠한 금빛으로 아찔하게 반짝반짝거리면, 크리스마스의 분위기는 한껏 흥을 더해갑니다. 어린 시절 학교에서 만들어온 아기자기한 크리스마스 장식품들! 두꺼운 부직포를 지그재그로 오려 만든 크리스마스트리랑 작은 별 조각들, 또 찰흙을 빚어 만든 말구유의 아기예수님이랑 성모마리아상……. 어린 시절의 성탄절을 빛내준 장식품들은 단순한 장식 이상의 의미를 갖게 마련입니다. 나무상자에 잘 담아두면 먼 훗날 아이가 자라 한 가정을 꾸려나갈 때 다시 한번 어린 시절 크리스마스의 행복을 확인할 수 있는 축복 어린 선물이 될 거랍니다.

크리스마스 추억의 상자를 오래오래 기념할 만한 것들로 가득 채우려면 먼저 변치 않는 재료들을 제대로 선택하는 것이 중요합니다. 적어도 20년, 30년은 끄떡없이 색깔이 변하지도, 모양이 비틀리지도 않는 것이어야 하겠지요. 아주 어린아이들도 나무 조각 위에 금빛 물감을 바를 수 있고요, 플라스틱 비닐 위에 마카나 펜으로 그림을 그릴 수도 있어요. 발포고무랑 찰흙, 옷감이랑 석고 또 빵 반죽 등으로 여러 가지 장식을 만들어보세요. 무엇을 만들까 고민이시라고요? 12월 크리스마스 시즌에 맞춘 가족 잡지나 육아용 잡지 등을 살펴보세요. 늦가을 이후의 잡지들은 다가오는 크리스마스 특집을 앞 다투어 다루게 마련이지요. 특히 온 가족이 함께 할 수 있는 크리스마스 아이디어랑 장식 만드는 요령을 소개하고 있으니 꼭 참고하세요.

가족 선친의 제사를 지낸다든지, 설날에는 항상 할아버지 할머니 댁을 찾아 세배를 드리는 등 가족이 대대로 지켜온 특별한 전통이 있지요? 이 전통을 기리는 작고 간단한 기념품을 아이가 스스로 만들어보도록 합니다. 함께 노는 윷놀이의 윷을 직접 만들어보구요. 윷과 말이 노는 판을 발포고무 위에 그리고 색칠해보면 어떨까요? 해를 거듭하면서 함께 윷놀이를 하던 가족들의 이름이랑 서명도 뒷면에 적어봅니다. 행복한 우리 가족의 즐거운 한때를 기념할 수 있는 좋은 방법이거든요. 해마다 아이의 생일 식탁에 촛불을 밝혀주는 건 어떨까요? 아이가 자라 성년이 되는 날 더욱 특별할 촛대를 만들어봅니다. 다음 방법을 참고하세요.

준비물

두께 2.5cm, 세로 너비 10cm, 가로 너비 40~50cm정도 되는 나무판 하나 / 초를 받칠 만한 조그마한 나무 접시 하나 / 나무 블록 여러 개. 위에서 준비한 나무판 폭보다 작은 것 / 다양한 색깔의 아크릴 물감 / 나무용 접착제나 강력 접착제

1. 나무 블록들을 아크릴 물감으로 예쁘게 칠해주세요. 오래 봐도 질리지 않는 색깔을 골라서 정성껏 발라주세요. 서늘한 곳에서 오래도록 말려줍니다.

2. 자, 기다란 나무판 위로 나무 블록을 쌓아줍니다. 접착제로 잘 붙여서 꼼꼼히 평평하게 쌓아주세요. 키가 훌쩍 큰 촛대가 멋져 보인다고요? 그러면 나무 블록도 여러 개 겹쳐서 튼튼히 쌓아주셔야 흔들거리지 않는답니다.

3. 초를 꽂아 받칠 나무접시를 맨 위에 올려줍니다. 접시들이 여러 개라면 블록을 크고 작게 겹쳐 쌓아서, 각 블록 위에 하나씩 올려주세요!

아이가 어떤 작품을 만들어내든, 되도록 여러 개를 만들 수 있도록 배려해주세요. 아이는 가족과 친지 모두에게 특별하게 기억할 만한 추억의 상징을 만들고 있는 것이거든요. 할아버지께, 또 멀리 계신 숙모님께 사랑이 가득한 선물이 되어줄 거랍니다. 물론, 엄마 아빠를 위한 최고의 선물이기도 하지요!

036 누가누가 잘하나, 자선 경기대회 벌이기

보석같이 반짝이는 눈을 가진 우리 꼬마 천사들은 정말 착하고 예쁜 마음을 가졌답니다. 함께 나누고 함께 웃고 싶어하는 천사의 마음이 살포시 깃들어 있어요. 슬픔도 예쁜 꼬마 천사들과 함께 나누면 어느새 즐겁게 이겨낼 수 있게 되지요. 어려운 친구나 아픈 사람들을 위해서라면 우리 어린이들은 언제 어디서나 두 손을 걷어들고 힘을 내곤 하지요. 이렇게 착하고 고귀한 마음들을 하나하나 모아 자선 경기대회를 열어봅니다. 그냥 뛰는 것뿐만이 아니구요. 책 읽기 대회, 독후감 대회, 또는 자전거 타기 대회랑 걷기 대회, 줄넘기 대회하고 춤추기 대회! 또 뭘 할 수 있을까요? 노래잔치! 어때요, 셀 수 없이 많죠? 원하는 사람들은 누구나 약간의 참가비를 내고 대회에 참여할 수 있지요. 참가비들을 차곡차곡 모아서 어려운 이웃, 또는 모두를 위한 좋은 일에 쓰도록 해요. 공원에 심을 나무를 산다든지, 어린이들을 위한 조그마한 동물 사육장을 만들 수도 있겠죠? 병 때문에 아프고 힘든 이웃들을 도와줄 수도 있을 거예요.

　자, 주변에 이런 자선대회가 열리고 있다면, 우리 아이랑 가족들이 함께 나가보면 어떻겠어요? 엄마랑 아빠, 또 친구들이랑 이웃 여러분들께 함께 하자고 졸라봐야죠! 자선 대회가 어떤 종류의 것이냐에 따라서 어른들의 도움이 많이 필요할 수도 있어요. 오래 걷기 마라톤이라면, 우리 아이가 걷다가 지쳐서 중도에 포기하지 않도록 일주일 전부터 오래오래 걷기 연습을 시작하도록 이끌어주세요. 자전거 타기 대회라면 자전거 바퀴에 기름도 칠하고 깨끗이 수선해놓아야겠죠? 만약 좀 엉뚱하거나 새로운 대회라면 미리 그 경주에 대한 정보를 찾아보면 재미있을 거예요. 아주 예전부터 사람들은 재미있고 엉뚱한 대회들을 열어서 돈을 모아 어려운 이웃들을 돕는 등 좋은 일에 써왔답니다. 예를 들어 1930년 미국에서는 춤추기 마라톤 대회가 열렸대요. 글쎄 5,154시간 48분 동안 열렸다지 뭐예요. 물론 우리가 그만큼 오래 춤을 춰야만 하는 것은 아니랍니다. 어떤 종류의 대회가 되었든 이기고 지는 것은 중요하지 않아요. 또 얼마만큼 기금이 모였는지도 중요하지 않답니다. 중요한 것은 우리 꼬마 천사들이 다른 사람들을 돕기 위해 스스로 무엇인가를 해냈다는 사실인걸요.

　우리 반 친구 하나가 갑작스럽게 치료하기 힘든 병에 걸렸다든지, 혹은 집에 화재가 발생했다든지, 예기치 않은 슬픈 소식이 전해질 때가 있답니다. 이런 소식에 우리 꼬마 천사의 마음이 무거워졌다면, 우리 가족이 함께 엉뚱하고 재미있는 기금마련 대회를 개최해보면 어떨까요? 어떤 종류의 대회를 열까 가족이 함께 고민해보세요. 친구들하고도 의논하고, 또 친척들과도 함께 상의해보세요. 준비를 제대로 하기 위해서는 경기대회에 대해 많은 정보를 찾아보고 공부도 해야겠죠? 어떤 종류의 대회냐에 따라 어른들의 도움이 많이많이 필요할 수도 있어요. 하지만 되도록 우리 아이들이 자신의 힘만으로 대회를 꾸려나갈 수 있도록, 너무 많은 사람들을 초대하지 않는 게 좋겠죠? 얼마가 되었든 나중에 모아진 기금을 전해 받는 친구나 이웃은 정말 기뻐할 거예요. 소중한 시간과, 관심 그리고 사랑이 없었다면 그 모든 것이 가능할 수 없었을 거란 사실은 누구라도 알 수 있을 테니까요!

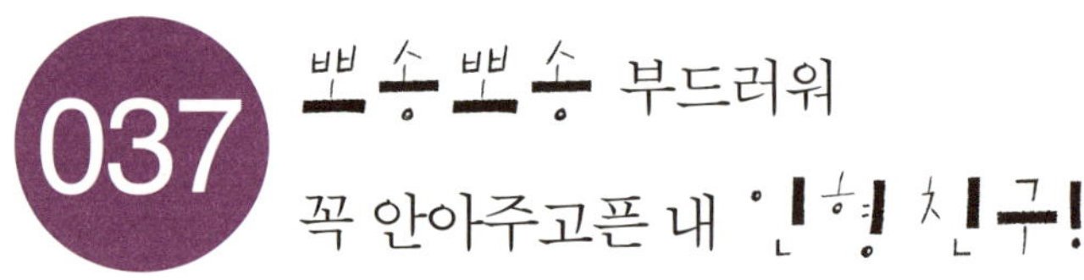

037 뽀송뽀송 부드러워 꼭 안아주고픈 내 인형 친구!

스테이시 맥레이런 주부, 애리조나주 투손

여러분은 어린 시절 좋은 친구였던 곰인형을 기억하고 계시나요? 약간 비뚤어진 단추 눈동자에 보들보들 포근하기만 하던 낡고 닳은 인형 친구 말이에요. 이제 창고 안 장난감 상자 한쪽 구석으로 밀려나 있지만, 이 인형들은 여전히 우리 마음속 깊은 곳에 좋은 친구로 남아 있잖아요!

대부분의 아이들은 이런 조그맣고 친근한 장난감 친구 한두 개와 함께 어린 시절을 보내게 됩니다. 캄캄하고 무서운 밤, 곰인형의 부드럽고 포근한 품에 파고들면 어느새 새록새록 잠이 들지요! 엄마 아빠한테도 말할 수 없었던 비밀 얘기들에 조용히 귀를 기울여주는 변치 않는 친구이기도 해요. 항상 꼭 껴안고 다니던 정다운 인형 친구! 하지만 갑작스런 화재나 홍수, 태풍 또는 다른 자연재해 때문에 헤어지게 될 수도 있답니다. 언제나 힘이 되어주던 좋은 친구를 남겨두고 멀리멀리로 전학을 가야 할 때도 있어요. 이럴 때면 아이는 얼마나 슬플까요? 생각만 해도 마음이 아파옵니다. 아이들이 오래된 인형 친구들과 헤어져서 슬퍼하고 있다면 다음의 방법을 써보세요. 분명 조금이나마 위로가 될 거예요!

새로운 인형 친구들과 만나고 어울려봐요! 침대 위 조그만 선반에 새 인형 친구들의 자리를 마련해주세요. 이별에 아팠던 마음 한구석이 한결 가벼워지겠죠? 인형들이 너무 많다구요? 그러면 인형 중 비슷한 것을 골라내서, 그중 몇 개를 집안 사정이 어려운 이웃 친구들에게 선물해보면 어떨까요? 더 이상 가지고 놀지 않는 싫증난 인형들도 정말 많잖아요? 자, 인형 장난감을 선물로 받을 친구들이 얼마나 기뻐할지 한번 상상해봐요. 어려운 사정 때문에 인형 친구들과 많이많이 사귈 수 없었던 친구들을 행복하게 만들어줄 보드랍고 따뜻한 선물이 되어줄 거예요!

일단 선물할 장난감 인형을 고르세요. 다 골랐나요? 그러면 이제 인형들을 새로 깨끗이 목욕시켜야겠죠?

1. 크고 얇은 베개 커버 속에 인형들을 차곡차곡 담아 세탁기에 넣어줍니다(베개 커버 한 개 속에 여러 개를 넣어도 괜찮아요.)

2. 이제 베개 커버 윗단을 야무지게 접어서, 커다란 안전핀들로 튼튼하게 고정시켜 주세요.

3. 울이나 실크 소재용 세제를 세탁기에 적당량 넣어주세요.

4. 완전히 마를 때까지 서늘한 그늘에서 천천히 말려줍니다.

인형들을 깨끗이 목욕시킨 다음엔 뭘 해야 할까요? 깜찍한 새 옷을 입혀줘야죠! 꼬마 아이들의 고사리 손이라고 무시하지 마세요! 비뚤어진 단추 눈 달기랑 새파랗게 빛나는 리본을 목에 매주는 것쯤이야 충분히 할 수 있거든요! 조그만 천을 이어 붙여서 인형 옷을 만들어줄 수도 있답니다. 인형 친구의 새 옷을 마련하고 또 꾸며주는 건 언제나 재미있어요! 아이들이 인형 옷 입히기 놀이에 열광한다면, 우리 꼬마들 외에도 옆집이나 유치원, 학교 친구들과 함께 해보면 어떨까요? 특히 스카우트 대원 친구들이라면, 새로 꼬까옷을 곱게 차려입은 인형들이 새 주인을 쉽게 만나도록 도와줄 수 있을 겁니다.

인형들의 치장이 끝났나요? 이제 인형들을 새 주인 친구에게 소개해줘야겠죠? 학교나 지역 아동보호시설을 찾아보세요. 경찰서와 소방서도 잊지 말고 확인해보시구요. 이런 관공서에서는 종종 어려운 처지의 어린이들을 위한 행사를 주최하곤 한답니다. 경찰 아저씨랑 선생님들이 인형 친구들을 만나고 싶어하는 아이들에게 새로 예쁘게 단장한 인형들을 데려다주실 거예요! 아무래도 직접 목욕시키고 새 옷도 입혀줬던 우리 아이 손으로 선물하는 게 제일 좋겠죠? 남을 위해 뭔가를 할 수 있다는 것, 또 한 올 한 올, 한 땀 한 땀 힘들었던 작업이 다른 사람들을 얼마나 행복하게 만들어주는지 보람을 느낄 수 있도록 배려해주세요.

038 이것저것 모으고 전시회 열기

    아이들은 뭐든 모으는 것이라면 정말 타고났어요! 그러나 시간을 들여 애써 모은 것들이라도 금방 잊어버리곤 합니다. 애써 모은 물건들을 후미진 벽장 속에 던져버린다면 아무 쓸모도 없게 되어버리죠. 꼬마가 애써 수집한 것들을 재미나고 신나게 전시하고 관리하도록 도와주세요. 오래도록 흥미를 잃지 않고 즐길 수 있는 취미생활의 기반이 닦일 거랍니다. 특히 흔히 찾기 어려운 귀한 물건들을 수집하고 있다면, 모든 사람들이 함께 보고 즐길 수 있도록 며칠 동안 전시회를 열어보세요.

    친지 분들이 멀리 해외나 지방으로 출장, 여행을 갈 때마다 우리 꼬마에게 엽서나 카드를 보내달라고 부탁해봅니다. 우리집 주소랑 우리 꼬마 이름이 적힌 조그마한 명함을 마련해서 친구나 가족들에게 드립니다. 그러면 어디서든 손쉽게 기념엽서나 카드를 보내주실 수 있을 거예요. 머나먼 이국에서 바닷바람이 그윽한 엽서가 아이에게 도착하면, 근사한 액자에 끼워서 오랫동안 감상할 수 있도록 해주세요. 하나 둘 그림엽서가 늘어갈

수록 아이도 지구가 얼마나 크고 넓은지, 세상을 풍요롭게 바라볼 수 있는 안목을 기르게 될 거랍니다.

친지 분들이 외국으로 여행을 갔다 오셨다면, 짤랑짤랑 동전이랑 지폐를 얻어볼까요? 와, 500원짜리 동전보다 커다란 동전도 있고, 금색이랑 은색이랑 예쁘게 섞인 동전도 있네요? 안전핀에 접착제나 실리콘을 발라서 동전 위에 붙여주세요. 거기에 실을 꿰면 근사한 목걸이가 만들어진답니다. 동전에 직접 구멍을 낼 수도 있어요. 여러 개의 동전을 모아서 팔찌랑 목걸이를 만들어볼까요? 여러 가지 색깔이 예쁘장한 지폐는 빳빳하게 다려서 우리 꼬마의 책갈피로 사용합니다!

우리집 우편함에 도착한 편지랑 카드랑 소포들의 정리는 아이와 함께 해보세요. 누가 어디서 보낸 것인지 확인하고, 소인이 찍힌 우표는 아이가 직접 잘라냅니다. 봉투 하나를 준비해서 이렇게 오려낸 우표들을 수집해보세요. 봉투가 가득 차면, 스크랩북이나 넓고 단단한 종이판 위에 우표를 한 장 한 장 붙여 정리하세요. 다 됐으면 액자에 끼워서 아이 방에 걸어줍니다! 다시 봉투에 우표를 모으기 시작하고요. 또 어느 정도 모아지면 두 번째 우표모음 액자를 만들어봅니다!

아이들은 세상의 무엇이든 그렇게 신기하고 재미있나봐요. 흥미를 끄는 것이라면 무조건 모아서 곁에 두길 좋아하지요. 작고 단단한 조약돌들도 아이들 사이에선 정말 인기랍니다. 크고 하얀 차돌이랑 반짝반짝 맨들거리는 작은 돌멩이, 부드럽게 잘 갈린 동글동글한 돌멩이랑 차갑고 묵직한 주먹만한 돌에 이르기까지! 작고 예쁘장한 돌들은 따로 모아두는 방법이 있어요. 돌 밑에 접착제나 실리콘으로 자석을 붙여서 냉장고 문을 장식해봐요. 또 너무 크지만 않다면 우리집 물고기 어항을 꾸미는 데 쓸 수도 있답니다. 새, 나무, 강아지 모양의 돌 등 우리가 일상에서 자주 접하는 것들을 닮은 돌을 모아서 집 안 구석구석을 장식해볼까요?

크고 작은 단추들을 잔뜩 모아봅니다. 퀼트 천이나 우리 아이 침대시트를 장식하기에 안성맞춤이지요! 하나하나 색깔별로 단추들을 빼곡히 달아보세요. 그냥 빈 유리병에 모아놓아도 예쁘답니다. 코르크 마개가 달린 키 큰 유리병에 모아놓으면 울긋불긋 동그란 단추들이 참 예뻐요!

또 무엇이 있을까요? 보들보들한 천으로 만든 크고 작은 인형들도 모아봅니다. 아이 방에 작은 나무벤치를 만들어두고, 그 위에 한 줄로 나란히 앉혀주세요. 인형 친구들이 너무 작다구요? 그럼 플라스틱 고리체인에 하나하나 끼워서 천장에 대롱대롱 매달아두면 어떨까요?

조개껍데기도 놓칠 수 없죠! 모래사장에서 하얗게 반짝이는 조개껍질 하나를 찾아냈을 때 그 즐거움이란 말할 수 없답니다. 바닷가나 숲속, 공원, 놀이터의 모래사장이랑 정원, 연못, 냇가 등에서 얼마든지 발견할 수 있죠! 특이하게 생긴 소라껍질이랑 커다란 진주조개껍질 등은 재활용센터라든지 기념품 가게에서 흔히 찾을 수 있어요. 우리 아이가 하나하나 모아놓은 조개껍질을 어떻게 보관할까요? 네모반듯한 신발 상자에 차곡차곡 모아두고 상자 뚜껑에 처음 조개를 발견한 장소를 적어 표를 붙여줍니다. 조개가 너무 더럽다면 낡은 칫솔로 솔질을 하고 물에 씻어주세요. 베이비오일을 약간만 발라주면 조개껍질이 반짝반짝 예쁘게 윤이 날 거예요! 조개는 어떻게 구별해서 수집하는 게 좋을까요? 어느 화창한 오후, 엄마랑 같이 주변의 자연사박물관이나 도서관에 가서 조개에 관련된 책을 찾아 읽어보세요. 우리 꼬마 박사님은 금방 나름대로의 방법을 생각해낼 수 있을 거예요!

아이들이 좋아하는 것으로는 또 무엇이 있을까요? 공룡, 말, 개 아니면 경주용 자동차? 셀 수 없이 많은 것 같아요! 작은 도자기 그릇들이랑 플라스틱 인형이나 레고 블록 등도 빠지지 않죠! 뭐든 아이들의 관심과 사랑을 받은 것들을 차곡차곡 모을 수 있도록 배려해주세요. 이 수집품들은 어린 시절의 추억을 먹고 나이가 든답니다. 먼 훗날 무엇으로도 대신할 수 없는 기념물이 되어줄 거예요. 때때로 가족만의 작은 전시회를 열어 모두 함께 아이가 애써 수집한 물건들을 감상해보세요!

엄마 아빠 손잡고
라이브 공연 관람하기

화면 가득히 신나는 모험이 펼쳐지는 영화! 영화는 아이들에게 빼놓을 수 없는 관심거리지요. 커다란 화면에 넘쳐흐르는 색깔, 펑펑 터지는 소리들이랑 아삭아삭 씹어 먹는 팝콘까지. 하지만 영화는 가만히 앉아서 배우들의 멋진 모습들만 감상할 뿐이지요. 라이브 공연에 가보신 적이 없다면 한번 시도해볼 만할 겁니다. 지금 막 바이올린의 활 끝에서 울려 퍼지는 음악, 가수의 숨소리까지 생생한 무대는 영화와는 전혀 다른 매력이 넘쳐나지요. 아이들이 특히 좋아하는 분야의 공연을 골라보세요. 음악이나 발레, 또 연극, 무엇이라도 좋아요!

만약 음악 공연을 보러 간다면, 미리 아이에게 공연에서 듣게 될 음악과 작곡가에 대해 소개해주세요. 가까운 도서관에서 음악가의 전기를 읽어보거나 CD로 음악을 먼저 들어봅니다. 함께 저녁을 먹을 때, 자기 전 목욕할 때, 그리고 아이가 서서히 꿈나라로 빠져들 때 이 음악을 들려주세요. 음악과 친해질 수 있는 좋은 방법이지요! 그냥 얌전히 앉아 듣게만 하진 마세요. 춤도 추어보고, 노랫말도 지어 불러보는 등 다양하게 음악을 즐겨보세요. 아무리 찾아봐도 교향악단 정도로 크고 근사한 공연이 주변에 없다고요? 고등학교나 대학의 밴드 아니면 학생들의 조그마한 콘서트면 어때요. 아니면 하루 일정으로 대형 공연 관람여행을 계획해보면 어떨까요?

아주 어릴 때부터 음악 공연장의 긴장과 생생함을 맛본 아이들은 평생 동안 라이브 공연을 즐기게 된답니다. 또 음악을 깊이 사랑하게 되어, 스스로 음악가가 되겠다는 굳은 결심을 하게 될지도 모르지요. 일단 첫 번째 방문은 주변 지역 공연단의 연주회나 학교 등의 소규모 연주회를 찾아보세요. 운 좋게도 대도시에 살고 계시다면, 특히 어린이 관객만을 위한 공연들도 쉽게 찾아낼 수 있을 겁니다. 음악, 연극 등의 다양한 공연만을 전문으로 하는 어린이 전문 극장도 있답니다. 아이가 이런 공연에 진심으로 관심을 보인다면, 이제 보기만 할 게 아니라 직접 해볼 때가 온 것입니다. 어린이들을 대상으로 하는 연극 워크숍이나 음악 교육과정을 소개해주세요. 방학반이나 주말반 등 일련의 교육과정을 통해, 아이 마음에서 스스로 우러난 관심을 더 깊게 성숙시킬 기회를 만나게 될 거랍니다.

크리스마스가 가까운 12월은 뭐니뭐니해도 〈호두까기 인형〉 발레공연이 최고예요! 여러분이 살고 계신 곳이 어디든 〈호두까기 인형〉을 공연하지 않는 나라는 없답니다. 눈이 소복소복 내리는 겨울이 오면 커다란 대도시나 여유로운 관광지 어디서든 수많은 발레단이나 극단들이 〈호두까기 인형〉을 공연하거든요. 자, 이렇게 근사한 공연을 보러 가기 전에 우리도 뭔가 근사하게 준비를 해야겠지요? 하루 일정을 근사하게 계획해보세요! 제일 멋진 옷을 골라 맵시 있게 차려입고, 화려한 호텔이나 카페에서 향기로운 차를 마시며 저녁 무렵 보게 될 공연에 대해 이야기를 나누어봅니다. 발레는 대사가 따로 나오지 않으니까, 공연 전에 간단한 스토리를 알려주는 편이 이해가 쉽겠지요.

라이브 공연 중에는 좌석에 가만히 앉아 있어야 하니까, 어린아이들에게는 은근히 부담스러울 수도 있답니다. 기분 좋은 공연관람을 위해서라도 이왕이면 통로 쪽에 가까운 좌석을 예약하는 게 현명하겠죠? 화장실에 가기도 쉽고, 만약의 경우 일찍 나가야 할 때도 편리하거든요. 인내심이 부족한 꼬마 개구쟁이들은 총 공연시간의 절반 동안도 가만히 앉아 있기가 힘들답니다. 이건 정말 자연스러운 현상이니까, 나무라거나 혼내지 말아주세요! 라이브 공연에 온 이유는 마술에 걸린 듯 생생한 음악에 흠뻑 빠져보려는 것이지, 잘 참은 어린이에게 상을 주기 위한 것이 아니거든요! 비교적 관객이 적은 주간 공연의 박스석은 그다지 비싸지 않아요. 이왕이면, 우리 아이가 좀 더 쉽게 왔다갔다할 수 있고, 또 음료수를 사러 가기 편하고 다른 사람에게 불편을 주지 않는 박스석을 예약하는 것이 좋겠죠? 아이들도 우리 식구만의 작은 공간에서 한결 편안하게 무대에 집중할 수 있을 거랍니다! 황홀한 추억을 만드는 좀 더 손쉬운 방법이 아닐까요?

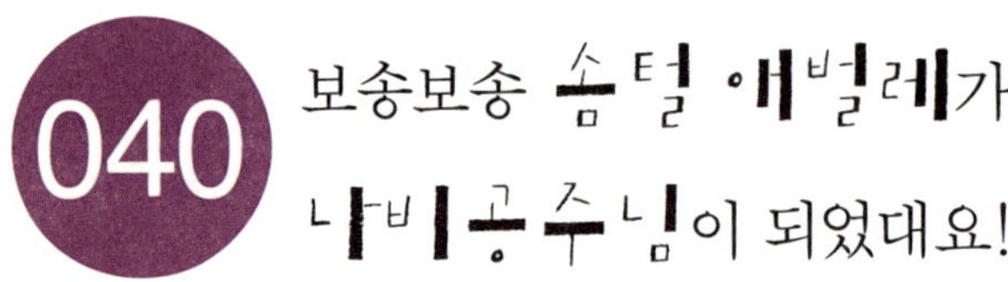 040 보송보송 솜털 애벌레가 나비공주님이 되었대요!

쉐릴 코엔 가정주부, 펜실베이니아주 랑카스터

토실토실한 누에고치엔 과연 무엇이 들어 있을까요? 사실 무엇이 들었든지 상관은 없어요. 이런 털실 같은 덩어리 안에 살아 있는 생명체가 숨어 있다니, 그저 놀라울 따름이지요. 왕나비일 수도 있고 배추흰나비나 호랑나비일 수도 있겠죠. 중요한 점은 전혀 상상도 할 수 없었던 놀라운 존재가 태어나는 생명의 신비를 아이들이 경험한다는 것입니다.

"정말이야? 애벌레가 이 세상에서 제일 예쁜 나비가 된다니! 당장 잡아와서 확인해봐야지!" 아이가 흥분해서 무작정 애벌레 사냥에 나서기 전에 애벌레를 잡아 넣어둘 집을 준비해볼까요?

1. 커다란 종이상자를 준비하세요. 신발 상자면 안성맞춤이죠! 옆면을 잘 잘라서 떼어냅니다. 가로세로 약 3~5센티미터의 가장자리 부분을 남기고 잘라주세요.

2. 투명 플라스틱판이나 셀로판, 비닐로 옆면을 감싸줍니다. 테이프로 비닐을

고정시켜주세요.

3. 이제 종이상자 뚜껑도 커다란 구멍을 내듯 잘라주세요. 그리고 비닐커튼을 쳐주세요. 왜냐구요? 애벌레 친구에게는 충분한 바람이랑 햇빛이 필요하거든요. 이렇게 듬성듬성 구멍을 내고 비닐 창문을 만들어 자주 열어줘야 건강하게 자랄 수 있답니다.

자, 다 만들었나요? 애벌레 집이 만들어졌으면 이제 꼬마 애벌레 친구들을 데려와야겠죠? 참, 애벌레들을 발견했던 나무의 신선하고 파릇파릇한 나뭇잎도 몇 장 넣어줍니다. 나뭇가지도 여러 개 주워 넣어주세요. 나뭇가지가 금세 바작바작 마르지 않게 하는 비밀을 알려드릴게요. 촉촉하게 적신 솜을 나뭇가지 끝에 붙여서, 알루미늄 호일로 감싸듯 싸주면 좋답니다! 애벌레 친구는요, 너무 따가운 햇빛은 싫어하거든요. 낮에는 은근히 햇빛이 드는 서늘한 곳에서, 또 밤에는 너무 춥지 않은 곳에서 따뜻하게 잘 지낼 수 있도록 배려해주세요.

솜털이 보송보송한 애벌레는 아무리 봐도 신기하기만 합니다. 이런 애벌레가 나비가 된다니, 정말 믿어지지 않죠? 애벌레에 대해 책을 구해서 읽어보세요. 자연학습과 곤충들에 대한 책들이 많이 나와 있답니다. 애벌레가 좋아하는 음식이랑 환경에 대해 자세히 알면 알수록 우리집 애벌레 친구도 씩씩하게 무럭무럭 잘 자랄 거예요! 애벌레를 어떻게 키워야 하는지 도대체 알 수가 없다고요? 너무 걱정하지 마세요! 애벌레를 처음 발견한 주변의 흙이랑 싱싱한 나뭇잎만 넣어줘도 잘 자랄 수 있답니다.

애벌레도 물을 마시고 살아요. 소나기가 내린 오후면 공원에 나가서 나뭇잎새에 흘러내리는 빗물을 한 방울 한 방울 모아볼까요? 애벌레 친구에게는 물그릇이 따로 필요하지 않아요! 혹시 오목하게 파인 물그릇에 들어가서 텀벙텀벙 물장난을 치다가 숨이 막혀 죽을 수도 있거든요. 물그릇보다는 빗물에 촉촉이 적신 나뭇잎을 넣어주거나, 젖은 나뭇잎을 넣어주는 편이 훨씬 좋아요. 물에 적신 솜뭉치도 좋아요. 솜뭉치가 다 마르면 다시 적셔서 넣어주면 되지요!

자, 이제 애벌레 친구가 나비꿈을 꾸며 콜콜 잠자는 동안 우리는 뭘 하고 놀까요? 나비에 대한 멋진 동화책이나 그림책을 읽으며, 우리 애벌레가 얼마나 예쁘게 변신할까 상상하고 그림을 그려보면 어떨까요?

짜잔! 드디어 애벌레 친구가 나비가 되어 하늘하늘 날갯짓을 합니다! 나비가 종이상자 집 주변을 날면서 첫 번째 비행을 시작하는 놀라운 순간! 절대로 놓치지 마세요! 새롭게 태어난 어여쁜 나비 친구에게 다른 친구들을 소개시켜 주도록 합시다. 마당이나 창가에 나비가 좋아하는 꽃이랑 풀들을 심어놓아요. 나비덤불, 데이지, 참제비꽃, 헬리오트로프, 접시꽃 등등 나비 친구에게 꼭 어울리는 작고 예쁜 꽃들이 향기를 날리면, 나비도 날개춤을 너울너울 신나게 출 거예요!

유적지

경복궁

조선을 대표하는 궁궐. 태조 4년에 창건되었다가 임진왜란 때 불탄 이후 흥선대원군에 의해 중건되었다. 근정전, 경회루, 향원전 등 옛 모습이 그대로 남아 있어 전통문화의 특성을 느낄 수 있다.

위치: 서울시 종로구 세종로

4 · 19 묘지

4 · 19 혁명은 국민의 힘으로 독재 정치를 무너뜨린 사건으로 이때 죽은 사람들이 묻힌 곳이 바로 4 · 19 묘지이다. 4 · 19 혁명으로 12년에 걸친 이승만 독재 정치는 막을 내리게 되었다.

위치: 서울시 도봉구 수유리

원구단

원구단은 고종이 대한제국 황제 즉위식을 갖고 하늘에 제사를 드린 곳이다. 현재는 황제의 위패를 모신 황궁우만 남아 있다.

위치: 서울시 중구 소공동

탑골공원

1897년 최초의 서양식 공원이 생겼는데 이곳을 파고다공원이라 불렀다. '파고다'는 탑이라는 뜻으로 원래는 절터였으며 원각사 10층 석탑이 서 있었다. 탑골공원은 3 · 1운동이 시작된 곳으로 3 · 1운동 기념 조각들이 있다.

위치: 서울시 종로구 종로 2가동

효창공원

조선 정조의 아들 문효 세자의 묘가 있었으나 다른 곳으로 이장되었다. 지금은 김구, 이봉창, 윤봉길, 백정

기의 묘와 안중근의 가묘 등이 있다. 2002년에는 백범
기념관이 새로 문을 열었다.

위치: 서울시 용산구 효창동

남한산성

사적 제57호. 북한산성과 더불어 서울을 지키는 산성
중 하나이다.

위치: 경기도 광주시 중부면 산성리

행주대첩비

임진왜란 때 권율이 행주산성에서 일본군을 크게 물리
친 것을 기념하여 세운 비이다.

위치: 경기도 고양시 덕양구 행주내동

강화도

고려 왕 고종이 몽골군을 피해 피신했던 곳으로 고려
의 유적과 정족산성, 갑곶진, 광성보 등의 유적지가 많
이 남아 있다.

위치: 인천광역시

수원 화성

조선 정조 때 세운 성으로 정약용이 만든 거중기를 이
용해 돌을 날랐다.

위치: 경기도 수원시 장안구 연무동

명성황후 기념관

조선의 마지막 국모인 명성황후를 기념하는 곳으로 그
옆에는 명성황후가 태어나 어린 시절을 보낸 집을 복
원해놓았다.

위치: 경기도 여주군 여주읍 능현리

공룡화석지

경남 고성 덕명리 상족암

남해 고성의 바닷가. 썰물로 드러난 암반으로 나가면
백악기에 한반도에 떼 지어 살았던 공룡들의 발자국
흔적을 만나볼 수 있다. 바닷물이 고여 있는 작은 웅덩
이를 쉽게 볼 수 있는데, 지름 40cm 안팎의 크기와 모
양이 비슷한 것들끼리 일정한 간격을 유지하고 있다.

위치: 상족암군립공원에서 사천 방향으로 27km

경남 마산 고현리

바닷가의 자그마한 언덕길을 넘어 조선소 앞 암반에
경상남도 기념물 105호로 지정된 공룡발자국이 있다.
또한 파식작용으로 드러난 지층면에 조각류 이구아나
룡과에 속하는 초식성 공룡의 발자국 4백여 개가 있
다. 근처 마산 구마고속도로 옆 9백여 평의 암반에 가
면 단일 행로로는 국내 최대인 백악기 전기의 공룡발
자국 1백 66개를 볼 수 있다.

위치: 진동면 진동리 1035번 지방도와 갈리는 삼거리에서 국
도를 따라 500m 직진 작은 마을길에서 좌회전해서
1.2km

경남 울주 천전리계곡

경남 태화강 상류인 대곡천의 천전리계곡에는 세계적
인 선사유적인 천전리각석(국보 147호)과 반구대암각
화(국보 285호)가 있으며, 부근 계곡 암반에는 2백 개가
넘는 초식공룡 발자국이 찍혀 있다.

위치: 경부고속도로 언양IC에서 35번 국도 경주 방향으로
6km 북진 오른쪽에 '천전리각석' 이정표를 보고 우회
전 마을길을 따라 2.5km

경북 의성 제오리

공룡의 골격 화석이 최초로 발견된 곳이다. 의성 제오

리의 공룡발자국 화석은 천연기념물 373호로 1989년 지방도로 확장공사 중 산허리 부분을 잘라내면서 드러난 바위 경사면에서 발견됐다.

위치 : 봉양초등학교 앞 삼거리에서 우회전 지방도 타고 금성 방향으로 10km, 28번 국도와 만나는 삼거리에서 좌회전, 28번 국도를 타고 1.3km 간 뒤 우회전해서 1.8km

전남 해남 황산면 우항리

해남군 황산면 우항리 해안 일대는 중생대 백악기 공룡들이 살던 호수로 호남 지역에선 처음으로 공룡발자국 화석(천연기념물 394호)이 발견됐다. 중생대 백악기 후기 공룡이 서식했음을 보여주는 2백여 개의 공룡 발자국 화석이 잘 보존되어 있고, 물결화석, 규화목 등과 함께 세계에서 가장 오래된 물갈퀴새 발자국 화석이 발견되었다.

위치 : 해남에서 18번 국도 진도 방향으로 17km, 우항리 삼거리에서 우회전해서 1.5km

여의도 샛강 생태공원

방치돼 있던 샛강과 한강변을 정비해 만든 생태공원으로 다양한 곤충, 어류 등이 서식하는 자연학습장이다. 산책로 동서쪽으로 생태연못과 여의못, 자연관찰시설, 늪, 미나리꽝, 자전거도로 등이 있다. 연못에는 물고기와 부들, 물옥잠 등 습지성 식물과 이를 은신처로 한 물고기, 버들치, 참붕어 등 다양한 어류가 서식하고 있다.

위치 : 지하철 5호선 여의나루역 3번 출구(무료입장)

문의 : 02-3780-0570

길동 자연생태공원

약 2만 5천 평의 대지에 자연학습을 목적으로 조성된 공원으로 수생 식물이나 조류뿐 아니라 산림도 관찰할 수 있고, 저수지와 개울, 철새 탐조대, 초가집, 야외 강의장 등 다양한 시설이 마련되어 있다. 요일별로 계절에 맞는 생태 학습 프로그램이 운영되는데 15명이 정

원이므로 미리 예약을 해야 한다.

위치 : 지하철 5호선 강동역과 천호역, 2호선 잠실역과 강변역에서 연계 버스 이용(무료입장)

문의 : 02-472-2770, parks.seoul.co.kr/kildong

민속박물관

국립중앙박물관

고고학, 미술, 역사 관련 유물이 모여 있는 종합박물관. 선사시대부터 근대에 이르는 각 분야의 문화재를 비롯해 중국, 일본, 중앙아시아 등 주변국가의 문화재까지 총 13만여 점의 유물을 소장하고 있으며 4천 5백여 점의 유물을 전시중이다. 전통염색 재료를 보존하기 위해 조성한 전통염료 식물원에서는 관람객이 직접 염색을 해볼 수도 있다.

위치: 서울시 종로구 세종로(만 18세 이하 무료입장, 월요일 휴관)

문의: 02-398-5000, www.museum.go.kr

국립민속박물관

선사시대부터 조선시대에 이르기까지 한민족의 생활사와 농경문화, 수렵, 어로 등 생업과 의식주 생활을 살필 수 있는 관련자료와 모형을 복원, 전시해놓았다. 또한 우리 한국인들의 생활사를 엿볼 수 있는 관혼상제의 모습, 서당의 모습, 민속놀이, 상거래 도구, 전통악기, 화폐 등 전시관별로 방대하고 다양한 자료를 갖춰놓았다.

위치: 서울시 종로구 삼청동(만 18세 이하 무료입장, 화요일 휴관)

문의: 02-734-1346, www.nfm.go.kr

궁중유물전시관

덕수궁 안의 르네상스식 석조 건물인 석조전은 1992
년부터 궁중유물전시관으로 사용되고 있다. 이곳에는
조선왕조 5백 년 동안 궁궐에서 사용하던 각종 유물과
유품이 전시되어 있다. 매주 토요일마다 각종 복식이
나 궁중 음식 관련 문화 강좌를 들을 수 있다.

위치: 서울 중구 정동 덕수궁 내(무료입장, 월요일 휴관)

문의: 02-771-9952, www.royal museum.go.kr

옹기민속박물관

서민생활 깊숙이 자리했던 우리 옹기 문화의 전반적인
모습을 살펴보고 이해할 수 있다. 옹기전시실에는 식생
활 옹기를 비롯한 주거생활용과 악기용 옹기, 업단지,
신주단지 등 민간 신앙용 옹기가 전시되어 있다. 또한
야외에는 다양한 농기구와 연장이 전시되어 있다.

위치: 서울시 도봉구 쌍문동

문의: 02-900-0900, www. onggimuseum.org

세중옛돌박물관

1만여 점의 다양한 석물을 체계적으로 연구 보존하기
위해 설립된 박물관으로, 민간신앙 및 불교신앙과 관
련된 석등을 비롯해 생활용구인 우물, 돌솥, 맷돌, 주
춧돌, 해시계 등에 이르기까지 다양한 석물을 만날 수
있다.

위치: 경기도 용인시 양지면 양지리

문의: 031-321-7001, www.oldstonemuseum.com

가회박물관

서울시 종로구 가회동 골목 한 자락에 소박하게 자리
잡은 한옥 박물관으로 직접 부적을 찍고 탁본을 해볼
수 있다. 2백 50여 점의 민화와 7백 50점의 부적, 1백
50여 점의 전적류 및 기타 민속자료 2백 50여 점 등 총
1천 5백여 점의 유물이 소장되어 있다.

위치: 서울시 종로구 가회동

문의: 02-741-0466, www.gahoemuseum.org

강화역사박물관

강화도의 과거와 현재를 확실하게 이해할 수 있는 곳.
석기시대부터 청동기시대까지의 생활상, 고려시대부
터 조선시대에 이르는 문화유물 및 몽고의 침입과 병
자호란에 이르기까지 선조들의 국난 극복사를 한눈에
볼 수 있다.

위치: 인천시 강화군 강화읍 갑곶리

문의: 032-933-2178

서울역사박물관

서울역사박물관은 선사시대부터 현재까지 서울의 역
사와 문화를 한눈에 볼 수 있는 곳으로 경희궁 터에 자
리잡고 있다. 소장 유물 2만 3천여 점 가운데 시민들이
기증한 유물 1만 3천여 점과 해시계, 고지도, 족보, 민
속품, 축음기, 금동 불상, 도자기 등이 전시되어 있다.

위치: 서울시 종로구 신문로 2가(어린이 무료입장, 월요일 휴관)

문의: 02-724-0114, www.museum.seoul.kr

어린이민속박물관

교과서를 통해서만 접할 수 있던 우리 민속문화를 직
접 체험해볼 수 있는 박물관. 한복 차림새의 아바타 만
들기, 영상으로 김치 만들어보기, 고무줄 놀이하기 등
민속생활을 체험할 수 있는 다양한 전시공간이 마련되
어 있다.

위치: 서울 종로구 삼청동 국립민속박물관 내(19세 미만 무료입
장, 화요일 휴관)

문의: 02-734-1346, www.kidsnfm.go.kr

음악박물관

참소리축음기 오디오박물관

세계 유일의 축음기 박물관. 에디슨의 발명품과 더불어 1백년 소리의 역사를 한눈에 볼 수 있는 곳으로 손성목 박물관장이 40여 년간 60여 개국에서 모은 축음기를 소장하고 있다.

위치: 강원도 강릉시 송정동

문의: 033-652-2500, www.edison.or.kr

국립국악원 국악박물관

우리나라 최초의 국악 전문 자료관. 국악기 53점과 외국악기 1백 40여 점이 전시된 악기전시실을 비롯해 국악사실과 음향영상실, 고문헌실 외에 명인실, 죽헌실 등이 있다.

위치: 서울 서초동 예술의 전당 옆(무료입장, 월요일 휴관)

문의: 02-580-3130, www.ncktpa.go.kr

국악음반박물관

우리나라 최초의 국악음반 박물관. '국악 지킴이'로 통하는 노재명 씨가 16년 동안 모은 국악음반과 영상물, 고문헌, 악기 등 3만 5천여 점의 자료를 토대로 세웠다. 20세기 한국음반 1백년사를 살펴볼 수 있는 10인치 LP 음반에서부터 일제시대 유성기 판, 최근 CD 음반까지 국악음반의 95% 정도가 모여 있다.

위치: 경기도 양평군 서종면 수입리(무료입장, 일요일에만 개방)

문의: 031-772-9838(서울사무소: 02-417-7775),

www.hearkorea.com

고창 판소리박물관

우리나라 판소리의 대가인 동리 신재효 선생(1812~1884)을 기념하기 위해 지어졌다. 판소리 2백 년 역사를 한눈에 보여주며 고창의 옛 지도와 신재효 선생의 두상 및 유품이 전시돼 있다. 체험장 발림마당에서는 판소리를 듣고 영상물을 통해 발성법과 추임새, 북 치는 법 등을 배울 수 있다.

위치: 전북 고창 고창읍성 앞(어린이 무료입장, 월요일 휴관)

문의: 063-560-2761, 063-564-8425,

www.pansorimuseum.com

외국박물관

아프리카 미술박물관

한종훈 관장이 20여 년간 수집한 개인소장품 4백 50여 점을 전시해놓은 곳. 17세기 말에서 20세기 초에 걸친 아프리카 30여 개국 70여 부족의 작품들로 채워져 있다. 다양한 종류의 가면, 장식용과 호신용으로 사용한 동물 모양의 장신구, 추장이 사용하던 의자, 곡식창고 문짝, 북, 조각상 등이 전시되어 있다.

위치: 서울시 종로구 동숭동

문의: 02-741-0436

지구촌민속박물관

세계 각국의 풍습과 생활을 한자리에서 둘러볼 수 있는 곳. 아시아, 유럽, 아메리카, 오세아니아, 아프리카관 등의 상설 전시관과 세계 인형전, 넬슨 만델라전, 희귀 가면전, 희귀 지팡이전, 등기구 특별전 등의 특별 전시관을 운영하고 있다.

위치: 서울시 용산 남산타워 내

문의: 02-773-9590

티베트박물관

신영수 관장이 10년간 티베트를 여행하며 수집한 라마

승 의복과 제기, 불상, 만다라 등의 유물들을 전시해놓
았다. 불교미술, 생활용품, 복식으로 나뉘어 3백여 점
을 전시하고 있다. 티베트인의 불교미술뿐 아니라 일
상생활에 숨은 미의식까지 체험할 수 있는 기회. 티베
트의 명상음악과 차(茶)가 무료로 제공된다.

위치: 서울시 종로구 소격동

문의: 02-735-8149, www.tibetmuseum.co.kr

중남미박물관

중남미문화원 병설 박물관. 중남미 지역에서 출토된
유물들과 17세기 이후의 중남미 문화를 보여주는 생활
도구들이 전시된 곳으로 고대에서 현대에 이르기까지
중남미 각국의 찬란했던 문화유산과 역사, 생활상을
볼 수 있다.

위치: 경기도 고양시 덕양구 고양동

문의: 031-962-9291, www.latina.or.kr

이색박물관

목아박물관

불교 목조각가로 유명한 무형문화재 제108호 목아 박
찬수 선생이 설립한 박물관. 우리나라 불상 조각은 물
론 목조각 작품, 불교 소품 등을 전시하고 있다.

위치: 경기 여주군 강천면 이호리

문의: 031-885-9952, www.moka.or.kr

유럽자기박물관

2002년 5월 복전영자 관장이 소더비와 크리스티 경매
시장을 통해 수집해온 9백여 점의 유럽자기를 모아 만
들었다. 독일의 마이센, 프랑스의 세브르, 영국의 로열
우스터와 로열 덜튼, 덴마크의 로열 코펜하겐, 헝가리
의 헤렌드를 비롯해 이탈리아, 체코, 폴란드, 일본, 한
국 등의 자기 명품들을 접할 수 있다.

위치: 경기도 부천시 원미구 춘의동(월요일, 공휴일 다음날, 명절
연휴 휴관)

문의: 032-661-0238

서울대학교 의학박물관

서울대학병원 안에 있는 박물관으로 다양한 의학 자료
가 전시되어 있다. 상아로 만든 청진기, 뇌하수체 스푼
등 우리나라에 서양의 근대 의학이 들어오면서 사용했
던 여러 의료 기기와 책들을 볼 수 있다. 인체의 장기
표본을 보며 간단한 의학 실험을 해보는 '의료기구체
험반'과 심장에 관해 심도 있게 공부해보는 '심장의
이해반' 등이 마련되어 있다.

위치: 서울시 종로구 동숭동(무료입장)

문의: 02-760-2636, www.medicalmuseum.org

교통박물관

삼륜차부터 경주용 자동차에 이르기까지 세계 각국의
명차들을 한자리에서 볼 수 있다. 국내외의 자동차 50
여 대와 모터사이클 15대, 자전거, 마차 등 각종 교통
수단의 실물과 모형, 관련 부품, 장식품, 자동차용품,
기념품, 예술품 등 총 7백여 점이 전시되어 있다.

위치: 경기도 용인시 포곡면 유운리(월요일 휴관)

문의: 031-320-9900, www.museum.samsungfire.com

만화박물관

한국 만화의 역사를 한눈에 볼 수 있는 곳. 만화특별시
를 자처하는 부천시와 부천만화정보센터가 수집, 소장
해온 귀중한 자료들을 전시하고 있다. 초기 만화 제작
과정을 직접 체험할 수 있는 체험학습실이 있고 추억
속의 옛날 만화방, 로버트 태권V의 조종실 등을 재현
해놓았다.

위치: 경기도 부천시 부천종합운동장 내(월요일 휴관)

문의: 032-661-3745, www.comicsmuseum.org

삼성출판박물관

출판과 관련된 각종 자료가 망라되어 있는 박물관. 고려시대부터 현대에 이르기까지 출판의 역사를 한눈에 볼 수 있으며 고활자, 인쇄기기 등과 문방사우 보물 3점, '금강반야바라밀경'을 포함한 문화재급 유물 10여 점을 포함해 출판인쇄자료 20만여 점이 전시돼 있다.

위치: 서울시 종로구 구기동(일요일 휴관)

문의: 02-2679-4597

등잔박물관

멀리서 보면 마치 횃불이나 등대처럼 보이는 이곳은 수원 화성 성곽의 이미지를 따서 지하 1층, 지상 3층 규모로 지어졌다. 2백여 년 전의 화촉에서부터 신라와 백제시대의 토기등잔, 고려시대의 청동촛대 등 5백여 점의 등잔 관련 유물이 테마별로 전시돼 있다.

위치: 경기도 용인시 모현면 능원리(월요일부터 수요일까지 휴관)

문의: 031-334-0797, www.deungjan.or.kr

마사박물관

잊혀지고 없어진 5천년 마馬 문화의 전통을 올바로 세우기 위해 만들어진 박물관. 붉은 벽돌로 지어진 아담한 전시관에는 각종 마 문화 관련 유물이 체계적으로 전시돼 있다. 토제말과 철제말을 비롯해 청동기시대의 청동말, 백자로 구워 만든 백자말에 말의 안장과 발걸이, 방울, 마패, 채찍 등이 고스란히 진열돼 있다.

위치: 경기도 과천경마장 내(무료입장)

문의: 02-509-1283

조흥금융박물관

조흥은행이 창립 1백주년을 기념해 만든 금융박물관은 우리나라의 금융발전 과정을 한눈에 볼 수 있는 곳이다. 조흥은행 광화문지점 3층에 자리 잡은 이곳에선 조선시대에 사용하던 각종 어음과 부기, 셈할 때 사용하던 산가지 등이 전시되어 있다.

위치: 서울시 중구 태평로(무료입장)

문의: 02-738-6806

신문박물관

서울 광화문 동아미디어센터 3·4층에 자리하고 있으며 우리나라 첫 신문인 《한성순보》에서 현재까지의 모든 신문이 전시돼 있고 직접 신문을 만드는 체험학습까지 해볼 수 있다.

위치: 서울시 종로구 세종로(월요일 휴관)

문의: 02-2020-1830, www.presseum.org

경찰박물관

1995년 국립경찰 창설 50주년을 기념해 개관된 곳으로 경찰에 관한 모든 역사를 알 수 있다. 조선시대부터 오늘에 이르기까지 우리나라 경찰의 변천사와 경찰용품, 경찰차는 물론 세계 여러 나라의 경찰 복장과 장비 등도 전시돼 있다.

위치: 서울 종로구 내자동(무료입장, 공휴일 휴관)

문의: 02-733-9779, www.smpa.go.kr

김치박물관

김치 관련 문헌 자료를 비롯해 3백 50여 종에 이르는 옹기류와 지방별 김치의 모형 등을 전시하고 있다. 김치의 기원과 역사를 알려주고 계절별, 지역별, 장소별로 발달된 향토 김치를 소개한다. 또한 김치 만들기와 저장의 지혜, 김치의 영양학적 효능에 대해 알아보고 시식할 수도 있다.

위치: 서울 삼성동 코엑스몰(월요일 휴관)

문의: 02-6002-6456, www.kimchimuseum.co.kr

사전자수박물관

전통 자수작품을 통해 한국 여인의 정서와 솜씨를 느낄 수 있는 곳. 규방 공예품인 고자수 유물 및 전통 보자기, 침장 등의 염직물 3천여 점을 전시하고 있다. 보물급 소장품인 고려병풍을 비롯하여 진귀한 각종 자수 제품을 볼 수 있다.

위치: 서울 강남구 논현동(무료입장, 토요일 및 공휴일 휴관)

문의: 02-515-5114

축구박물관

우리나라 축구의 역사를 한눈에 살필 수 있는 곳. 1960년대 어느 무명 선수가 신었던 축구화를 비롯해 1990년대 남북 단일팀 유니폼, 태극 마크를 달고 첫 출전한 1948년 런던 올림픽의 유니폼 등의 축구 자료와 시대별 주요한 축구 역사를 정리해놓았다.

위치: 서울 종로구 신문로 1가(무료입장, 일요일 휴관)

문의: 02-2002-0707

철도박물관

철도 관련 역사 유물과 운수, 운전, 차량, 전기신호, 통신용품 등이 전시되어 있고 모형철도 파노라마실과 모의 작동시설물 등이 있다. 옥외 전시장에는 증기기관차, 전 대통령의 전용 귀빈객차, 비둘기, 통일호 객차, 화차 등 여러 종류의 기차들이 전시돼 있다.

위치: 경기도 의왕시 월암동

문의: 031-461-3610, www.korail.go.kr/2003/museum

누에박물관

누에치기의 발전사, 전통 명주베틀, 누에와 실크를 이용한 각종 제품을 전시하고 있으며 누에고치로 실을 짜 옷감을 만드는 과정을 볼 수 있다. 또한 곤충생태 관찰관을 마련하여 각종 나비류와 국내 희귀 곤충표본도 전시하고 있다. 나비가 좋아하는 개취와 산초 등 각종 자생식물을 볼 수 있고 애벌레를 만져보고 직접 키우는 체험과 물레 돌리기 체험을 할 수 있다.

위치: 경기도 화성시 향남면 하길리(무료입장)

문의: 031-353-6220, www.silk-town.co.kr

자연생태박물관

살아 있는 하늘소, 꿀벌이 꿀을 모으는 과정 등 85종 7천 7백여 가지의 자연생태물이 전시되어 있다. 공룡화석전시관에는 중생대 공룡인 티라노사우르스의 골격을 비롯해 각종 공룡화석과 공룡 알, 공룡 뼈가 진열돼 있다. 3차원 입체영상관에서는 다큐멘터리와 공룡영화를 상영한다.

위치: 경기도 부천시 원미구 춘의동

문의: 032-320-2570

민속마을

남산골 한옥마을

서울 여러 곳에 흩어져 있던 한옥을 복원해 전통 한옥의 아름다움을 느낄 수 있는 곳. 주변 산책로를 따라 연못과 정자를 지어 운치를 더하고 있으며 정문 입구에는 야외공연장을 마련해 연극, 놀이, 춤 등을 공연하고 있다. 조선시대 사대부 집부터 평민의 집까지 다섯 채의 한옥이 있다.

위치: 서울시 중구 필동 2가

문의: 02-2266-6937, www.fpcp.or.kr

용인 한국민속촌

조선시대 후기 생활상을 한눈에 볼 수 있도록 재현해 놓았다. 당시의 사농공상 계층별 문화와 세시풍속을 그대로 묘사해 놓았으며, 지방별로 특색을 갖춘 농가,

민가, 관가, 관아, 서원, 한약방, 서당, 대장간, 저자(시장)거리를 비롯하여 99칸 양반주택 등을 그대로 되살려 놓아 역사공부를 하기에 안성맞춤이다.

위치: 경기도 용인시 기흥읍

문의: 031-286-2111

아산 외암리 민속마을

5백여 년 전 이 마을에 정착한 예안 이씨 일가가 지금껏 살고 있는 집성촌이다. 문중에 걸출한 인물들이 많아 큰집들이 들어서기 시작했고 옛집, 옛 마을의 모습이 그대로 보전되어 있어 80여 가구 모두가 소중한 문화재나 다름없다. 민속 유물은 물론 디딜방아, 연자방아, 물레방아, 초가지붕 정자 등이 있다. 국가 지정 민속자료 제195호인 아산 외암참판댁과 보물 536호로 지정된 석조약사여래입상은 꼭 들러보아야 할 곳.

위치: 충남 아산시 송악면

문의: 041-540-2468

청풍 문화재단지

1982년부터 3년에 걸쳐 충주댐 건설로 수몰 위기에 놓인 43점의 문화재가 옮겨져 만들어진 문화재 마을. 보물 2점, 지방유형문화재 10점을 포함하여 총 1천 1백여 점의 유물들을 전시하고 있다. 팔영루 등의 고풍스런 건물과 열녀비 등의 문화재들이 조화롭게 배치돼 있으며, 특히 한벽루 전망이 일품이다.

위치: 충북 제천시 청풍면

문의: 043-647-7003

안동 하회마을

조선 유교문화의 전통이 그대로 살아 있는 곳으로 아름다운 낙동강변의 기암절벽과 송림, 모래사장을 배경으로 대표적인 사대부 전통가옥과 서원부터 최하층민의 흙벽 초가집까지 1백 30여 호의 집이 모여 있다. 이곳은 현존하는 가장 오래된 탈인 하회탈로 유명하며 병산탈, 초랭이, 양반, 백정탈 등 9개의 하회탈이 국보 제121호로 지정되어 있다.

위치 : 안동시 풍천면 하회리

문의 : 054-854-3669, www.hahoe.or.kr

양동 민속마을

조선시대 경주 지방의 유교문화를 볼 수 있는 마을. 나지막한 설창산을 배경으로 1백 50여 채의 고풍스러운 가옥과 15개소의 정자와 비각, 강학당 등 조선시대 전통 가옥들이 빼곡히 들어차 있다. 남부지방 가옥의 전형적인 모습과 우리 씨족사회의 질서를 잘 간직하고 있는 곳으로 1984년 중요 민속자료 제189호로 지정되었다.

위치 : 경북 경주시 강동면

문의 : 054-762-4213

지리산 청학동마을

청학동은 협곡을 끼고 자리한 작은 산간 마을로 아직도 옛 모습을 간직하고 있다. 30여 가구 2백여 명이 모여 사는 청학동 마을은 주민들이 지금도 상투를 틀고 한복을 입고 생활하며 서당에서 훈장에게 가르침을 받고 예의를 소중히 여긴다.

위치 : 경남 하동군 횡천면

문의 : 055-883-1750

낙안읍성 민속마을

드라마 〈대장금〉과 영화 〈취화선〉 등의 촬영지로 유명한 곳. 주민이 모두 초가집에서 거주하고 있다. 낙안읍성 내 민박이 가능하며 짚풀 공예, 길쌈 시연, 대장간과 서당 견학 등의 체험 프로그램이 있다.

위치 : 전남 순천시 낙안면

문의 : 061-749-3347

외국문화체험명소

중남미문화원

멕시코 정부에서 기증한 '코요아칸' 대문과 스페인풍
으로 잘 꾸며놓은 정원이 입구에서부터 이국적인 분위
기를 느끼게 한다. 5천여 평의 공간에 1천 5백여 점의
중남미 문화유산을 소장하고 있다. 주중 점심시간에는
스페인 전통요리도 맛볼 수 있다.

위치: 경기도 고양시 덕양구 고양동

문의: 031-962-9291, www.latina.or.kr

몽골문화촌

유목생활을 하는 몽골민족이 이동하기 편리하도록 만
든 천막 형태의 전통가옥인 '겔'을 비롯해 다리미, 떡
살, 절구 등 우리에게도 친숙한 물건들을 발견할 수 있
다. 중앙에 자리 잡은 대형 겔에는 몽골 역대 지도자들
의 초상화와 무속신앙용품, 전통의상 등 몽골인의 생
활풍습을 보여주는 물건들이 전시돼 있다.

위치: 경기도 마석 천마산 입구(월요일 휴관)

문의: 031-592-0747

이슬람성원

1976년 지어진 이슬람성원은 한국이슬람협회 사무실
과 선교사무실이 있는 1층과 예배실이 있는 2·3층으
로 구성된 사원 건물과 부속 건물이 있다. 예배실 벽면
이 쿠란으로 빼곡히 적혀 있다.

위치: 서울 이태원 소방서 근처(무료입장)

문의: 02-793-6908, www.koreaislam.org

프랑스타운 서래마을

서울 서초구 반포동에 자리한 이곳에는 주한 프랑스인
의 절반에 이르는 인원이 모여 산다. 프랑스 국기를 상
징하는 삼색선 보도블록과 프랑스풍 가로등, 프랑스어
로 쓰인 버스정류장, 와인숍과 빵 가게 등이 이국적인
분위기를 자아낸다. 이곳에서는 다양한 품종의 와인과
와인 잔을 구입할 수 있다.

인천 차이나타운

인천시 중구 선린동에 위치한 이곳은 중국인들의 삶의
체취를 고스란히 엿볼 수 있는 곳. 중국인들의 전통복
장과 민속품을 파는 상점, 중국식 물만두를 파는 가게,
중국풍의 문구를 파는 문구점과 중국 특유의 붉은색과
금색 글자로 요란하게 장식한 중국요리집 등이 있다.

다국적 마을, 경기 안산시 원곡본동

이곳 마을 주민의 절반은 외국인. 방글라데시, 중국,
인도네시아 등 다양한 나라의 문화가 얽혀서 독특한
분위기를 자아낸다. 거리 곳곳에 방글라데시인들의 주
식인 양고기 카레와 인도네시아식 커피를 파는 전문식
당이 있다.

내가 그린 그림! 어때요, 잘생겼지요?

한 다섯 살 때쯤이었을까요? 엄마 아빠도 아마 기억하실 거예요. 어린 시절 직접 그린 나의 얼굴들! 눈동자가 얼굴 밖으로 떨어질 듯 아슬아슬 달려 있고, 머리카락은 팔뚝만큼 두꺼운데다 몇 개 되지도 않았죠? 이렇게 사랑스럽고 우스꽝스러운 그림들을 아직까지 간직하고 계시나요? 여덟 살 무렵 처음으로 학교 미술시간에 그린 내 얼굴, 또 우리 가족의 모습들은 어떠했나요?

아이의 생일 때마다 잊지 않고 챙길 수 있는 전통 한 가지를 만들어보세요. 바로 생일을 맞은 우리 아이가 자기 얼굴을 그리고, 이 그림을 매년 한 장씩 보관해두는 것이죠. 하얗고 단단한 종이랑 크레용, 색연필, 거울 등을 준비하세요. 그리고 우리 아이가 멋지게 자기 모습을 그리도록 해주세요. 외롭게 혼자 있는 모습이 싫다면, 아이가 제일 좋아하는 장난감, 혹은 제일 갖고 싶었던 생일선물 등을 함께 그려도 재미있겠죠?

자! 꼬마 화가의 자화상이 완성됐으면 이제 소중하게 보관해야겠죠! 특별히 아이가 좋아하는 액자에 그림을 끼워서 다른 사진들 사이에 걸어둡니다. 다른 가족들의 사진이랑 우리 아이의 옹알이 시절 찍어둔 사진들 틈에 머리를 몸통보다 더 크게 그린 재미나는 자화상이 걸려 있다니, 생각만 해도 너무 즐거워요! 해가 바뀌어 다시 생일이 돌아오면, 이전에 그렸던 그림은 따로 종이상자나 스크랩북에 소중하게 보관하시고, 새로 그린 그림을 액자에 끼워 넣어주세요!

우리 아이 키 높이만큼 커다란 종이에 그려본다면 어떨까요? 자, 먼저 제일 큼직한 흰 종이들을 마루 위에 펴놓고 가장자리를 테이프로 이어 붙여줍니다. 그리고 종이 한가운데 아이가 눕는 거예요! 크레용 하나를 들고 몸의 윤곽선을 따라서 쭉 그려줍니다! 이제 벌떡 일어나서 머리카락도 색칠하고, 눈, 코, 입도 그려 넣고, 제일 좋아하는 옷도 입히듯 그려내면 되겠죠? 내 키만큼 크게 그린 내 그림이 한 장 한 장 쌓이면, 해마다 우리 아이가 얼마만큼 자랐는지 기억하기도 쉽답니다.

종이 말고 합판과 아크릴 물감을 사용해서 그려보면 어떨까요? 일반 물감보다 오래도록 변하지 않을 거예요. 영원히 간직할 만한 보물을 만드는 기분으로 그려봅니다!

1. 커다란 나무나 플라스틱 합판 위에 아이를 눕히고 윤곽선을 그려주세요.

2. 조심스럽게 실톱이나 가위로 선에 맞춰 잘라줍니다.

3. 성기게 잘린 가장자리들은 사포로 쓱싹쓱싹 문지르세요.

4. 합판 위에 흰 라텍스를 바르고 완전히 말려줍니다.

5. 얼굴이랑 몸을 채워 넣듯 그려주세요. 이때 아크릴 공예 물감을 사용하세요.

6. 실이랑, 천, 인형 등을 붙여가며 색칠해주세요!

7. 실제 아이가 입는 옷을 입혀둘 수도 있어요! 속옷을 그려 넣고 인형 놀이하듯 틈이 날 때마다 옷을 갈아입혀요. 어때요? 나를 꼭 닮은 마네킹이 만들어졌죠?

8. 침대 옆에 세워두고 멋진 점퍼를 걸쳐두거나 야구모자를 씌워놓아도 좋아요. 이렇게 깜찍하고 귀여운 옷걸이가 세상 어디에 있겠어요?

042 여름에는 모래성을, 겨울에는 하얀 눈의 요새를!

함박눈이 내리면 하얀 눈 벽을 쌓아 멋진 요새를 만들어봐요! 차가운 눈과 고슬고슬 부드러운 모래는 전혀 느낌이 다르긴 하지만, 요새나 성 쌓기 방법은 거의 비슷하답니다. 눈으로 근사한 성을 지어 올릴 수 있다면, 해변가의 모래로도 멋진 모래성을 지을 수 있을 거예요! 훌륭한 모래성과 눈 요새를 만들기 위한 기본은 바로 좋은 재료랍니다. 최고로 멋진 성을 쌓기 위해선 적당히 젖은 모래나 내린 지 얼마 안 된 싱싱한 눈을 사용해야 해요.

모래나 눈으로 건물을 지어 올리려면 집에서도 쉽게 구할 수 있는 도구를 잘 이용해서 벽돌용 본으로 사용할 수 있답니다.

- 우유 상자 : 윗부분을 뜯기 전 상태 그대로 접어서 스테이플러를 사용해 단단히 붙여주세요. 밑바닥은 뚫어줍니다. 이제 눈이나 모래를 가득 담아 찍어내면 삼각지붕의 전망대가 탄생합니다! 윗부분마저 잘라내면 네모반듯한 밑면

만으로 사각 벽돌을 찍어낼 수도 있어요. 벽돌을 하나 둘 계속 찍어내어 쌓으면 그럴듯한 담벽을 만들어낼 수 있겠죠?

- 미트로프 팬 : 중간이나 미니 사이즈 벽돌을 만드는 데 그만이죠!
- 2리터짜리 플라스틱 음료병 : 병마개 윗부분을 칼이나 가위로 잘라냅니다. 탑이랑 기둥 만들기용으로 사용하려면 밑 부분만 막아두고 본을 뜨세요. 뾰족한 탑 꼭대기를 만들려면 윗부분 대신 밑 부분을 잘라 본을 뜹니다!
- 플라스틱 수저랑 칼 : 눈을 퍼내기도 하고, 네모반듯한 눈판을 만들고 원하는 만큼 칼로 잘라냅니다.
- 젤리 만드는 틀, 깔때기, 플라스틱 버터 통, 머핀 틀, 그외에도 다양한 모양과 크기의 그릇들이 너무너무 많아요! 깨지지 않는 튼튼한 재질의 그릇이라면 얼마든지 상상력을 발휘해서 멋진 도구로 사용할 수 있답니다.

하지만 아무래도 음식을 담는 그릇인데, 모래를 담기엔 꺼림칙할 수도 있겠죠? 그렇다면 눈이랑 모래가 달라붙지 않도록 코팅 처리를 해주는 스프레이를 뿌려주세요. 이렇게 하면 그릇을 그대로 사용할 수 있고, 또 눈이랑 모래도 틀에 달라붙지 않으니까요. 게다가 잘 떠지기까지 해서, 틀에 맞게 예쁜 모양으로 쏭덩쏭덩 벽돌을 빨리 만들 수 있답니다! 차가운 물에 식용색소를 약간 넣고 마요네즈 튜브 통 등에 넣어서 눈이나 모래에 뿌리면 알록달록 색깔을 입힐 수 있어요.

한 가지 더! 얼음 목걸이 만드는 방법을 알려드릴게요! 별 모양이나 꽃 모양, 조그마한 원형 용기 등에 색깔을 곱게 입힌 물을 넣고 실을 약간만 담가놓으면, 멋진 얼음 목걸이를 만들 수 있어요. 몇 시간이 지나 얼음이 꽁꽁 얼면 냉동실에서 꺼내 목에 걸쳐보세요. 햇빛이 쨍쨍한 한낮의 더위도 금방 식을 거예요! 얼음 조각을 판에서 떼어내는 게 어렵다면 틀을 따뜻한 물에 1~2분 정도 담가두면 됩니다! 눈으로 만든 근사한 요새에서 얼음 목걸이를 하고 사진을 찍으면? 얼음나라의 왕자, 공주마냥 정말 멋있겠죠?

차가운 눈 봉우리를 들락날락거리며 신나게 눈싸움도 하구요! 또 해변가에 파도가 밀려와 모래성을 씻어낼 때까지 뛰어놀아요. 시간 가는 줄 모르게 놀다 보면 해님이 뉘엿뉘엿 서쪽 편으로 발걸음을 옮길 거예요! 마시멜로를 잔뜩 넣은 진한 핫초코 한 잔이면 신나는 오늘 하루 끝!

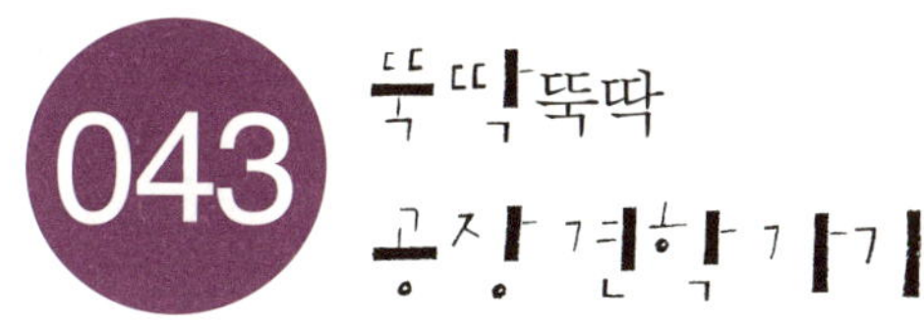

베키 발란스 초등학교 선생님, 미시간주 굿리치

"엄마, 있잖아요, TV는 어떻게 해야 만들 수 있어요?", "아빠, 콜라는 어떻게 만들어요?" 엄마 아빠 여러분, 맞습니다! 여러분들이 지금까지 천만 번도 넘게 들어온 바로 그 질문들입니다. "그건 말이지……." 잠깐! 설명 대신에 직접 그 과정을 보여준다면 어떨까요? 아이들이 제일 좋아하는 과자랑 음료수, 장난감들을 만드는 공장들은 어린이 고객을 위한 견학 프로그램을 운영하고 있답니다. 처음부터 끝까지 물건이 어떻게 만들어지는지 단번에 볼 수 있지요! 여러분이 사시는 지역이나 휴가를 보낼 만한 지역에 있는 공장이나 회사에 견학 프로그램을 문의해보세요.

견학할 만한 공장을 찾았으면 먼저 몇 살부터 견학이 가능한지, 날짜와 운영시간, 견학에 드는 비용, 그밖의 제한 사항, 또 사은품 등의 기타 사항들에 대해 알아봅니다. 가능하다면 미리 예약을 하거나 편한 날짜와 시간으로 약속을 받아둡니다. 직접 공장 견학을 할 수 없는 어린이 고객들을 위해서는 많은 회사들이 인터넷을 통해 '가상 견학'을 제공하고 있으니 참고하세요.

그냥 무작정 아이와 손을 잡고 지역 TV방송국이나 라디오 방송국, 제과점, 식당, 소방서 아니면 경찰서, 병원, 기타 다른 가게들을 들러보는 것도 좋은 생각입니다. 공식적인 견학프로그램을 운영하지 않더라도 어린이 친구 여러분은 어디서나 반가운 손님인걸요! 미리 전화로 양해만 구할 수 있다면 우리 가족만의 견학을 추진해볼 수 있을 거예요!

행복의 빛깔은 어떤 색일까?

모름지기 크레용이란 어린이들의 창의력을 대변해주는 가장 좋은 친구들 중 하나이지요! 단정한 사각상자에 들어 있는 새 크레용 친구들은 어떻게 만들어지는 걸까요? 쓰고 남은 크레용으로는 초를 만들어볼 수도 있다던데, 어떻게 만들면 될까요?

아이스크림이 있어 신나는 여름!

무더운 여름날 아이스크림 공장에 견학을 가볼까요? 아이가 제일 좋아하는 아이스크림의 제조사를 확인해서 전화를 걸거나 인터넷 웹사이트를 찾아보세요. 그야말로 더위를 단번에 날릴 수 있는 맛있고 시원한 나들이가 되어줄 거예요!

우유 농장 견학가기

여러분의 휴일을 싱그럽게 푸르른 농장에서 보낼 수 있다면? 생각만 해도 신선하네요. 젖소들이 푸른 목장에서 풀을 뜯는 모습도 구경하고, 우유가 어떻게 만들어지는지 확인해보세요! 그냥 우유뿐이 아니지요! 생크림이랑 치즈도 어떻게 만들어지나 배울 수 있구요, 또 신선한 먹을거리들을 조금씩 맛볼 수도 있답니다. 우유제조 판매원이나 가까운 농장에 연락해보세요! 멀리 떨어진 곳도 상관없어요! 친구들을 모아모아 함께 버스를 빌린다면 더욱 즐거운 단체여행을 할 수 있답니다.

꼭 꺼안고 말 테야! 푹신푹신 곰인형!

남자아이 여자아이 할 것 없이 곰인형은 거의 모든 아이들의 다정한 친구랍니다! 최근 한국에도 테디베어를 소재로 한 박물관이나 전시회, 또 상점들이 많이 늘어나고 있어요. 멀리 제주도에는 아주 커다란 테디베어 박물관이 있답니다! 가까운 YWCA나 어머니 친목회 등에서 테디베어 만들기 모임이 있는지 확인해보세요. 복슬복슬한 천이랑 단추 몇 개로 직접 다정한 곰인형 친구를 만들어볼 수 있거든요!

와싹바싹 과자 공장 견학

감자칩, 빼빼로, 치즈과자랑 크래커, 비스킷, 프레첼이랑 사탕에 이르기까지! 여러분 가족이 제일 좋아하는 과자를 정해서 그것을 만드는 회사의 공장을 찾아가보세요. 맛있는 과자를 만드는 비법을 직접 확인할 수 있을 거예요. 제과회사에서는 대부분 아이스크림도 같이 만들게 마련인데, 단 한 번 방문으로 맛있는 호기심들을 모두모두 풀 수 있을지 미리 확인해보 세요!

044 우리집 앞길이나 주차칸 바닥에 그림 그리기

우리집 대문에서 현관까지 이어진 길, 또는 자동차를 세워두는 네모난 주차칸을 꾸며볼까요? 시멘트나 콘크리트 바닥이 심심하잖아요! 우리 가족 얼굴이랑 이름을 써놓을 수도 있고, 좋아하는 꽃이랑 나무 화분들로 장식을 할 수도 있겠지요? 아니면 페인트나 물감으로 선을 긋고 깡충깡충 땅따먹기 놀이판을 만들 수도 있구요! 커다란 칠판마냥 그림을 그렸다가 지웠다가 해보세요. 봄이 돌아올 즈음이면 커다랗게 방긋방긋 꽃송이가 핀 데이지화분을 늘어놓고요. 생일이면 색깔별로 다양한 축하 풍선들을 쭉 달아봅니다. 구구단 외우기 시험을 앞두고, 연습장으로 이용할 수도 있어요! 가을에 낙엽이 지면 낙엽으로 바닥을 장식해가며 시를 지어 적어보세요!

머지않아 비가 촉촉이 내리면, 길 위에 그려놓은 그림들은 모두 깨끗이 닦여 내려가겠죠? 다시 해님이 쨍쨍 뜨면 형형색색 분필을 챙겨들고 또 다른 그림을 그리러 나가자고요! 자, 예쁜 빛깔의 분필 만드는 방법을 일러드릴게요!

재료

신문, 왁스종이, 매스킹 테이프, 석고 한 컵, 세제액, 액체 템페라 페인트, 플라스틱 컵, 두꺼운 도화지, 풀, 나무 막대기, 숟가락

1. 작업 공간이 더러워지지 않게 신문지를 깔아주세요.

2. 화장지 가운데 속 밑 부분에 왁스종이를 깔고 단단히 테이프를 붙여줍니다.

3. 양을 정확하게 측정해서 플라스틱 컵에 석고를 부어주세요.

4. 1/3 정도 차게 석고를 붓고, 물을 한 숟가락 넣습니다. 이제 세제를 몇 방울 떨어뜨리고 석고가 완전히 녹을 때까지 저어주세요.

5. 원하는 색깔의 템페라 페인트를 1~3숟가락 정도 섞어주세요. 석고가 다 마르고 나면 색깔이 젖었을 때보다 어두워지니까 주의하세요.

6. 혼합물이 약간 굳을 때까지 저어주세요.

7. 두꺼운 도화지로 원하는 굵기와 길이로 원통을 만든 다음 여기에 혼합물을 가득 부어주세요.

8. 따뜻한 접시 위에 올려놓고 서늘하고 바람이 잘 드는 곳에 건조시킵니다.

9. 분필이 다 마르면 도화지를 뜯어 없애주세요.

10. 자, 또 필요한 색깔이 있나요? 무슨 색깔이든 문제없다니까요! 간단히 만들 수 있겠죠?

아이가 자라 어른이 된다는 것은, 기쁘기도 하지만 슬프기도 한 일입니다. 뽀얗고 포동포동한 뺨이랑 장난기 어린 눈동자로 세상의 모든 것을 신나고 재미있게만 바라보던 이 시기도 언젠가는 추억이 되어버리니 말이지요. 우리 꼬마 왕자님이 학교 대항 축구경기에서 마지막 승리의 골을 차넣었던 그 순간! 어린 시절의 그 감격을 어른이 되어서도 지금처럼 똑같이 가슴 벅차게 기억할 수 있을까요? 우리 꼬마 왕자님의 생일파티에서 큰소리로 모두가 따라 불렀던 바로 그 노래가 무엇이었는지, 생일파티를 위해 온통 집 안을 한가득 장식해놓은 색깔이 무엇이었는지 기억할 수 있을까요? 우리집에 찾아왔던 손님들, 제일 좋아했던 장난감, 책, TV쇼, 가수, 노래, 심지어 제일 친했던 친구들도 지금처럼 생생하게 기억할까요?

달력의 맨 끝장이 달랑거릴 무렵, 새 달력을 준비하면서, 아이가 일년 동안 정말 기억에 남는 일들을 기록해볼 수 있도록 배려해주세요. 나중에 커서 의젓한 어른이 된 십 년 후 혹은 몇 년 후 어느 날을 정해서, 그날이 되어야만 볼 수 있는 비밀스런 편지를 써보면 어떨까요? 미래의 나에게 편지를 쓰면서 잊혀져버릴지도 모를 오늘의 기억들을 소중하게 간직할 수 있답니다.

편지를 쓰기 전, 하나씩 꼬박꼬박 일년 동안 일어났던 모든 사건들을 되새겨보려면 어떻게 해야 할까 아이와 의논해볼까요? 아마도 달력을 다시 펴보면서, 매달마다 일어났던 일들을 기억해내고 써내려가는 게 제일 쉬울 거예요. 주제별로, 아니면 생각나는 대로, 마음 가는 대로 써봐도 상관없어요. 이렇게 연말이 다가오기 전에, 미리 한달에 한 번씩 기억할 만한 사건들을 메모해두고, 신문이나 잡지의 기사들을 오려 모아두고 정리해두는 버릇을 키워두면 좋겠죠? 가족의 다이어리나 달력을 하나 만들어, 하루하루 있었던 일들을 짤막하게 적어두는 것도 좋은 방법이랍니다.

우리 아이가 너무 어려서 글을 쓸 수가 없다구요? 그러면 엄마나 아빠가 대신 써주시면 어떨까요? 아니면 우리 아이가 카세트테이프나 컴퓨터에 '나에게 보내는 편지'를 직접 녹음할 수도 있을 거예요! 지난 일년 동안 즐거웠던 일들을 하나하나 생각해보고, 얼마나 행복하고 신이 났었는지 빠짐없이 말해봅니다. 아이의 생각이랑 행동, 다른 사람에게 받은 영향들, 사랑했던 사람들이랑 슬퍼하고 가슴 아팠던 일들을 모두모두 기록해두세요!

자, 편지를 다 썼나요? 그럼 이제 편지를 꾸며볼까요? 그해의 기념할 만한 사건을 찍은 사진이나 신문기사, 시험지, 그림이랑 가족 스케줄을 복사한 것들을 차례대로 정리해서 붙여주세요. 엄마나 아빠도 흠뻑 빠져버릴 만큼 열중해보세요. 이제 커다란 봉투를 준비해서 만든 것들을 모두 함께 넣어두고 꼭꼭 풀칠을 해서 봉해줍니다. 봉투 위에는 아이의 이름이랑 "새해의 5월 5일까지는 절대로 열어볼 수 없음!"이라고 빨간 글씨로 경고를 적어줍니다. 18살이나 21살, 25살이 된 생일날도 좋구요. 언제라도 좋아요. 이 소중한 편지를 열어보기에 적당한 날을 정해서 적어주세요. 일년마다 쓰는 편지들은 안전한 곳에 소중히 보관해야겠지요?

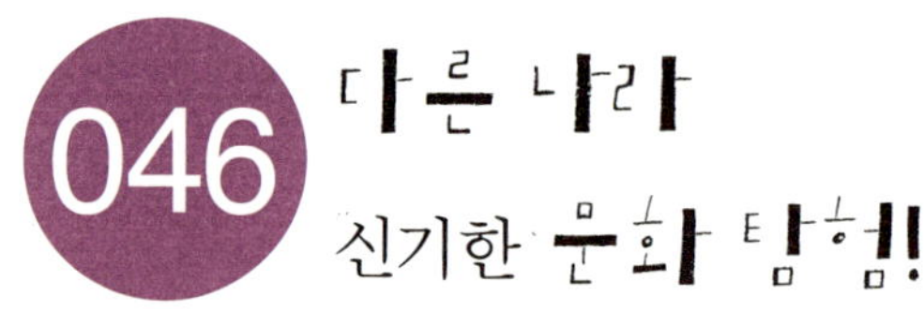

046 다른 나라 신기한 문화 탐험!

샤론 내이어 작가, 뉴저지주 이스트 하노버

브라질, 독일, 중국, 스페인, 노르웨이, 멕시코, 태국, 케냐, 호주, 페루, 가나, 스웨덴, 오스트리아, 아일랜드, 이탈리아, 폴란드, 포르투갈, 일본, 베네수엘라, 짐바브웨, 프랑스, 인도, 과테말라, 뉴질랜드, 러시아……

우와, 정말 세상은 넓고도 넓지요? 이름부터 너무너무 다양한 나라들이 많아요! 우리가 직접 가서 살아볼 수는 없지만, 경험할 수 있는 방법은 얼마든지 있답니다.

우리 아이가 특히 관심을 갖고 있는 곳이랑, 언젠가 꼭 가보고 싶다고 생각하는 곳이 어디인지 얘기를 나눠보세요. 도서관에 가면 여러 나라의 문화랑 풍토에 대한 책들이 너무너무 많이 있답니다! 가까운 여행사에 들러 가이드북을 찾아보세요. 아이들이 컴퓨터를 잘 다룰 수 있다면 인터넷을 통해 여러 나라들에 대한 다양한 정보를 얻을 수 있을 겁니다.

어디어디 숨었니? — 산이랑 들판은 어디에 있지요? 호수랑 화산도 있나요? 날씨는 어떤가요? 그 나라에서만 볼 수 있는 신기한 동물들은 무엇일까요? 사람들은 어떻게 생겼나요? 무슨 말을 쓰지요? 무엇을 먹나요? 그들이 살고 있는 집은 어떻게 생겼나요? 국경일이랑 축제로는 무엇이 있나요? 제일 좋아하는 놀이거리로는 무엇이 있나요? 그 나라의 지도를 구해봅니다. 되도록이면 알록달록 색깔이 예쁜 커다란 것으로 구해보세요! 또는 그 나라랑 그 나라 사람들이 나오는 비디오나 TV프로그램을 찾아보세요.

이런 새롭고 신기한 나라들에 대해 알아보는 것만으로도 우리 아이들은 들떠서 어쩔 줄 모를걸요? 한나절 내내 공부하다 보면 어느새 그 나라에 대한 꼬마 박사가 되어 있을 거예요! 아주 어린아이들은 어느 정도 정보에 만족하게 되겠지만, 조금 큰 아이들의 경우라면 일주일, 혹은 그 이상의 시간을 들여 그 나라에 대해 더 깊이 알고자 할 수도 있답니다.

만약 가까운 곳이라면 아이와 그 나라를 여행하는 계획도 세워보세요. 뭘 타고 어떻게 갈 수 있을지, 또 얼마나 머물 것인지 그리고 비용이 얼마나 들지도 계산해봅니다. 특히 가보고 싶은 도시나 유적지 등의 목록도 아이와 함께 만들어보세요.

여행 도중 어떻게 의사소통을 해야 할지도 고민입니다. 카세트나 비디오테이프만으로 언어를 단시간 내에 배우기란 아무래도 어려울 수밖에요. 꼭 필요한 단어들만이라도 완벽하게 배워가자구요! 예를 들면 '호텔',

'식당', '시장', '병원', '경찰서' 같은 것들이 있겠죠? 발음도 비슷하게, 또 글씨도 제대로 알아볼 수 있도록 며칠에 걸쳐 외우고 공부합니다.

우리나라에서도 흔하게 구할 수 있는 재료라면, 관심 있는 나라의 전통 음식을 집에서 아이와 함께 직접 만들어 먹어봐도 재미있겠죠!

자, 이런 식으로 지구상의 수많은 나라에 대해 알아보고, 방문도 해보았다면 이제 우리의 눈높이를 우주 속으로 키워볼까요? 금성을 여행한다면 어떨까요? 저 멀리 달나라는 어떨까요? 아이의 상상력을 총동원해서 이야기를 만들어보아요! "외계인들은 어떻게 생겼을까?", "금성에 사는 사람들은 어떤 말을 쓸까?", "꼭 가볼 만한 곳은 어떤 곳일까?", "금성 사람들은 아마 일요일 대신 금요일을 휴일로 삼고 있을 것 같아! 그리고 금성 사람들이 제일 좋아하는 것은 금덩어리야! 금박지에 싸인 초콜릿만 먹고 살지도 몰라!"

우리 함께 금성을 여행할 때 필요한 여권을 만들어보면 어떨까요? 언젠가 꼭 필요할지도 몰라요! 금성 대통령의 도장은 커다란 별무늬 스티커가 어떻겠어요?

047 내가 되고 싶은 사람은 이렇게 입고 다닌다구!

번쩍번쩍 빛나는 갑옷을 입고 못된 용을 무찌르는 기사! 나무 위에 올라가 어쩔 줄 몰라 하며 벌벌 떠는 새끼고양이를 구출해주는 마음씨 착한 소방관, 악어들이 득실대는 강 한복판에 하늘을 찌를 듯 솟은 성에 갇혀 사는 공주님, 또 누구에게나 사랑받는 재롱둥이 어릿광대를 흉내 내어 볼까요? 제대로 차려입을 수만 있다면, 비 내리는 심심한 날 집에서도 흥미 만점의 연극놀이를 즐길 수 있을 거예요!

파티용품 판매점이나 어린이 전용 쇼핑몰에서 무대용 옷이랑 소품들을 간단히 구할 수 있답니다! 무엇이 필요한지 한번 확인해보세요.

- 반짝반짝 구슬이 잔뜩 달린 지갑

- 크고 작은 스카프들

- 플라스틱으로 된 주먹만한 보석반지랑 목걸이

- 여러 가지 모양의 넥타이

- 가운

- 신발(샌들이랑 하이힐 등 여러 가지가 있지요!)

- 여러 가지 셔츠

- 모자(어린이 모자, 선원 모자, 간호원 모자, 소방관 헬멧이랑 경찰관 모자)

여러 가지 직업을 흉내 내는 놀이를 하려면 아예 이런 준비물들을 한곳에 모아둘 수 있도록 상자를 하나 마련하는 것이 좋겠지요. 상자 안에 무엇을 모아두든 별로 중요하지는 않답니다. 약간의 상상력만 있으면 아이들은 마치 요술같이, 별것 아닌 물건들도 필요한 것으로 만들어버릴 수 있거든요. 엄마 아빠가 옆에서 조금만 도와주셔도 아이의 상상력이 무럭무럭 자라나잖아요? 자, 다음의 재료들을 가지고 무엇을 할 수 있을까 궁리해보세요!

- 갑옷 : 커다랗고 두꺼운 종이랑 알루미늄 호일만으로 번쩍번쩍 강철 갑옷이랑 칼을 만들 수 있답니다.

- 가면 : 발포고무랑 얇은 종이로 아이 스스로 거뜬히 가면을 만들 수 있답니다. 발포고무랑 얇은 종이를 얼굴 크기만큼, 또는 반만 가릴 정도의 크기로 잘라주세요. 가면의 양 끝부분에 구멍을 뚫어 고무줄을 끼워주세요. 자, 이제 가면에 그림을 그리고 색칠을 해줍니다. 사자, 호랑이, 곰, 강아지 심지어는 제일 좋아하는 만화 주인공도 만들 수 있답니다.

- 의사 / 간호사 : 희고 네모난 종이랑 면으로 된 실로 가면을 만들어보세요. 청진기나 주사기, 또 의사 선생님이 쓰는 도구랑 하얀색 가운도 준비하면 더욱

좋아요.

- 왕 / 여왕 : 중간 정도의 두꺼운 종이에 왕관을 그리고 오려줍니다. 아이가 물
감도 칠하고 보석도 붙여가며 멋지게 꾸미도록 도와주세요. 왕관의 끝을 이
어 붙여 동그랗게 원을 만들고, 이음새 부분을 스테이플러로 꼭꼭 박아줍니
다. 왕이나 여왕들이 입는 기다란 옷하고, 또 망토처럼 화려한 의상을 더해보
세요.

세상에 하나밖에 없는 초콜릿 달걀 만들기

제일 좋아하는 동화책 속의 주인공이랑, 주인공들이 항상 갖고 다니던 물건들을 실제 세상에 가져올 수만 있다면? 책 속의 세상을 현실에서 즐기는 또 다른 방법이겠지요? 마치 옛날 원시인들처럼 저녁식사를 큼지막한 돌 접시 위에 차려도 보고요. 『잭과 콩나무』에서 봤을 법한 알콩달콩 초록색 콩을 화분에 심어도 봅니다. 아이의 방 천장에 우주비행사들이 날아다니는 별이 반짝 달이 반짝하는 우주 한복판으로 꾸며봅니다. 특히 아이가 좋아하고 사랑하는 책이 무엇인지 눈여겨보시고, 그 책 속에 나오는 무엇이라도 함께 만들어보세요. 비스킷이랑 빵으로 『헨젤과 그레텔』에 나오는 과자집도 만들 수 있고요. '빨간 망토'도 만들어 입어볼까요? 빨간 무용신발도 하나 구해서 신나는 음악에 맞춰 춤도 춰보구요. 동화책에 나오는 간단한 소품을 구해서, 동화 속 주인공이 된 양 한순간을 만끽해볼 수 있도록 배려해주세요!

발명왕 에디슨이나 어린이날을 만든 방정환 선생 등 아이가 잘 알고 있는 위인들을 우리끼리 기념하는 것도 재미있답니다! 또 동화 속에 나오는 인물들의 생일마다 생일 축하파티를 대신 열어줘도 즐겁겠지요? 시우스 박사가 지은 시리즈별로 나와 있는 동화책을 알고 계신지요? 미국 등 영어권에서는 이미 고전이 된 어린이용 동화 시리즈랍니다. 초록색 달걀 시리즈가 특히 유명한데, 이 시리즈를 한 권씩 읽을 때마다 초록 물을 들인 달걀을 하나씩 까먹으면 재미있어요. 아니면 초콜릿으로 달걀을 만들어 먹을 수도 있는데, 다음 방법을 참고하세요!

1. 두 컵 정도의 화이트 초콜릿 또는 바닐라 칩을 커다란 비닐에 넣으세요. 물이나 공기가 새지 않는 지퍼백이 좋습니다. 지퍼백을 꼭 잠그고, 따뜻한 물이 담긴 그릇 속에 넣어줍니다. 칩이 어느 정도 녹을 때까지 계속해서 따뜻한 물을 넣어주세요.

2. 지퍼백을 물에서 꺼낸 다음, 아직 녹지 않은 작은 조각들은 쿵쿵 손으로 찧어 부셔서 부드럽게 반죽해주세요.

3. 지퍼백의 구석을 약간만 잘라내서, 기름종이를 깔아놓은 쿠키 철판 위에 500원짜리 동전만한 크기로 초콜릿을 짜주세요.

4. 반죽이 조그만 계란 모양이 되도록 철판에 뒹굴뒹굴 굴려줍니다.

5. 짜놓은 초콜릿의 중간쯤에 M&M 초콜릿('M' 자가 찍힌 면을 밑으로)을 박아 넣습니다. 초콜릿은 금방 굳어버리니까 빨리빨리 하는 게 중요해요!

6. 이제 딱딱하게 굳도록 말립니다. 공기가 들어가지 않는 밀폐 용기에 넣어 보관합니다. 다양한 크기별로 30~40개 정도 만들어주세요.

049 이랴 이랴, 신나는 말타기

노마 테스타 감독, 델라웨어시 윌밍턴

어린 시절 누구나 망아지 친구를 기르고 싶어하지요. 초롱초롱 반짝이는 예쁜 눈에, 부드럽게 윤이 흐르는 갈기가 아름다운 망아지는 아이들의 책에서도 항상 등장하는 최고의 친구랍니다. 아이들은 이 망아지 친구를 꿈꾸면서 아주 구체적으로 말을 키울 계획까지 세우곤 한답니다. "응, 학교 갔다 와서 먹이를 줘야지, 그리고 빗질도 해줘야 하는데, 내가 쓰는 나무빗을 써도 될까? 그리고 산책도 해야 해. 산책은 우리 아파트 건너 공원으로 가야지!" 하지만 유감스럽게도, 말을 집 가까이에서 키우기란 그리 쉬운 일이 아닙니다. 아이들이 불가능한 꿈을 너무 구체적으로 세워버리기 전에, 엄마 아빠가 좀 더 현실적으로 말과 친해질 수 있도록 배려해주시면 어떨까요? 말을 키우기는 어렵지만, 말 등에 올라타 껑충껑충 승마를 즐기는 것은 그리 어려운 일이 아니니까요!

말을 타는 법을 가르치는 어린이 승마교실이나, 비교적 쉬운 코스로 간단하게 말을 탈 수 있는 가까운 교외의 승마장을 찾아보세요. 만약 아이가 말을 타본 적이 전혀 없다면, 먼저 적당한 연습을 시켜주는 승마장을 찾아야 할 거예요. 참! 안전 장비도 잊지 말고 갖추어야 합니다. 머리를 보호해주는 튼튼한 승마용 모자랑 신발도 따로 준비하세요. 어디서나 신고 다니는 운동화나 스니커즈는 절대 안 돼요! 처음부터 모든 것을 새로 사야 하나 고민이시라면, 승마장에서 대여해주는 물품들은 무엇이 있나 먼저 확인해보세요. 아이가 말 타는 것을 정말 좋아하는지, 또 계속 타기를 원하는지 확실해질 때까지는 비싼 승마 장비를 마련하느라 애쓸 필요는 없을 거예요!

한 번 말을 타보고 난 후, 그뒤로 며칠 동안 온통 말 이야기뿐인데다 눈까지 초롱초롱 반짝이면서 승마장에 갈 날만 손꼽아 기다리고 있다고요? 정말 말에 대한 사랑에 흠뻑 빠진 모양이네요! 그렇다면 승마장에서 아이가 간단하게 할 만한 일들을 알아보세요. 그냥 한 번 타는 것으로는 만족할 수 없을 만큼 말에 대한 관심이 지극하다면, 말이 마구간에서 어떻게 지내는지 많은 것이 알고 싶어지겠죠! 말에게 물을 떠다주는 일 등 간단한 허드렛일을 도울 수 있을 거예요. 마구간에는 항상 크고 작게 거들 일이 있으니까요! 그럼에도 불구하고 아이가 꼭 말을 키워야겠다고 사정사정 한다면 정말 난처하겠죠. 도심 한복판, 또는 자그마한 뒷마당에서 망아지 친구가 얼마나 답답해할지 설명해주세요. 커다란 들판에서 뛰어노는 것이 망아지 친구에게는 훨씬 이롭다는 사실을 말이지요!

망아지 친구를 기르겠다고 떼를 쓰는 날이면 저녁에 아이와 함께 말이 등장하는 동화책을 읽어보면 어떨까요? 어디 한번 큰 소리로 책을 읽어봐요!

050 나만의 보물창고 만들기

짤랑짤랑 은빛 나는 행운의 동전, 공원을 산책하다가 발견한 조그마한 참새 알, 내가 짝사랑하는 옆 반 은진이가 준 생일카드, 운동장 모래사장에서 발견한 정말 멋지고 근사한 돌멩이, 지난 여름방학 바닷가에서 주운 바싹 마른 불가사리……,

　왜 사람들은 보물 상자를 따로 만들어 숨겨둘까요? 보물이 너무 많아서? 그것보다는 다른 사람들이 전혀 모르는 곳에 나만의 비밀을 간직할 수 있다는 즐거움 때문이 아닐까요? 장난꾸러기 동생이나 새침데기 언니가 절대로 알아낼 수 없는 어딘가에 나만의 소중한 비밀을 간직할 수 있다면! 때로는 엄마 아빠도 몰래 나의 보물을 간직해둘 수 있는 보물 상자를 만들어봅니다! 값으로 따질 수 없는 어린 시절의 기념물들을 스스로 아끼고 챙길 수 있는 습관을 길러주세요. 자, 나만의 특별한 보물 상자를 만들기 위해서 다음 방법을 참고하세요!

1. 종이상자를 고르세요. 단단한 판지로 된 옷상자나 신발상자 중에서 적당한
   것을 골라줍니다.

2. 상자를 포장할 종이를 골라볼까요? 예쁜 포장지, 허름한 스크랩북 종이, 튼
   튼한 작업용 종이 또는 낡은 지도 중 맘에 드는 것을 골라보세요.

3. 종이는 상자의 크기에 맞춰 네모나게 잘라주세요.

4. 흰 풀과 물을 2대 1의 비율로 섞어서 종이에 살짝 발라주세요.

5. 상자 겉면에 붙여줍니다. 종이에 따라 여러 겹을 붙여야 할 수도 있습니다.

6. 상자가 완전히 마르면 다양한 색깔의 반짝이는 물감으로 상자 안팎을 색칠
   해서 꾸며주세요!

농장 체험하기!

미셸 파콜카 초등학교 선생님, 미시간주 산포드

멀리 시골에서 농사를 짓는 가족이 있나요? 만약 있다면 한달에 두세 번 놀러갈 정도로 가깝게 지내시는지요? 만일 그렇지 못하다면 대부분의 아이들은 농사에 대한 경험이 전혀 없을 것입니다. 아마 반찬이 어떤 과정을 거쳐 밥상에 오르게 되는지 전혀 모르고 있기가 쉽지요.

아이들도 우유가 소의 젖에서 나오고, 닭이 달걀을 낳고, 양의 털을 깎아서 천을 만든다는 것쯤은 알고 있어요. 그렇지만 우유를 마실 때, 오믈렛을 만들어 먹을 때, 아니면 추운 겨울 따뜻한 스웨터를 입을 때마다 그 사실을 기억해내기란 아무래도 쉽지 않을 거예요. 커다란 슈퍼나 쇼핑센터에 가득한 과일이랑 채소도 누군가 애써 재배한 것쯤은 알지만, 이 과일이랑 채소가 햇빛을 받으며 들판에서 무럭무럭 자라나는 모습을 상상하기란 힘들겠지요. TV나 책을 통해 매일 아침 수탉이 "꼬끼오!" 하고 사람들을 깨운다는 것을 읽었지만, 진짜 수탉 울음소리가 어떠한지, 어떻게 홰를 치는지 알 수 없답니다.

자, 우리 아이들에게 우유가 어떻게 우리 식탁에 오르는지, 맛있는 밥이 어떻게 한 알의 쌀에서 만들어지는지 알려줘야겠다는 생각이 드시나요? 그렇다면 이제야말로 '주말농장'을 방문할 계획을 세울 때입니다. '주말 농장'이나 '교육농장'은 대개 교외의 작은 들판에서 몇 마리의 소와 양, 염소, 닭, 돼지 같은 가축을 키우는 작은 규모의 농장이랍니다. 특히 우리 나라는 서울 근처 교외에 이런 자그마한 농장들이 굉장히 많답니다. 동물 들에게 먹이도 주고, 우유도 짜보고, 달걀도 모으고, 또 몽실몽실 열린 토 마토도 직접 따보고, 파릇파릇한 상추도 솎아내 봅니다!

만약 이런 식의 '주말농장'이나 '교육농장'을 쉽게 찾을 수 없다면 학 교나 지역 YMCA, 교육기관 등에 연락해보세요. 놀이동산 등의 공원에서 도 교육을 목적으로 운영되는 소규모의 농장이 있답니다. 아예 대관령 등 에 있는 대규모 농장을 찾아가는 것도 좋은 생각입니다. '교육농장'도 아 이에게 훨씬 체계적인 경험을 제공해줄 수 있지만, 진짜 대규모의 농장은 실제로 작업이 어떻게 진행되는지 보여줄 거예요. 예를 들어 더 이상 사람 의 손으로 우유를 짜지 않는다는 것 등을 직접 보게 되겠죠? 커다란 냉장 고랑 여러 가지 기계들이 분주하게 움직이는 것을 보면서, 아이들은 현장 에 대해 훨씬 더 많이 배우게 될 거예요.

우리 아이가 모험심에 대해서 둘째가라면 서러운 모험대장이라고요? 그렇다면 아예 하루 이틀 정도를 농장에서 보내보면 어떨까요? 약간의 돈 을 지불하면 숙식을 함께 제공하는 농장도 있답니다. 복잡하고 분주한 도 심에서 벗어나, 싱그럽고 상쾌한 농장에서 새롭고 신기한 경험으로 하루 이틀이 시간 가는 줄 모르게 지나갈 거예요! 아침 식사를 위해 우리 아이가 직접 달걀도 모으고, 우유도 짜고, 또 쌀도 씻어보고 과일도 따볼까요? 주말농장에 대해 알아보려면 인터넷 검색 엔진을 활용해보세요. 가축들을 기를 수준까지는 아니지만, 요즘은 많은 가족들이 자기들만의 조그마한 밭에서 가지가지 채소들을 직접 기르는 즐거움에 흠뻑 빠져 있답니다! 미처 생각지 못했던 정보들이 가득할 거예요!

엄마 아빠가 사랑하는 내 아이를 상처와 고통, 혼란으로부터 보호하는 것은 제2의 본능이라 할 수 있지요. 하지만 우리 아이가 판단한 것이 최선의 선택이 될 수 있도록 도와주는 것 또한 엄마 아빠의 몫이랍니다. 엄마 아빠는 이제 다 자란 어른이니까, 우리 아이들보다야 훨씬 많은 경험을 했을 거예요. 그 경험 중엔 얼마나 많은 실수와 시행착오가 있었나요? 아이들이 설사 잘못된 판단을 하더라도, 엄마 아빠도 겪었을 시행착오를 스스로 깨우쳐 가는 과정이라 생각하며 여유를 가지고 바라봐주세요. 실수할 것이 뻔한 상황이더라도 아이가 실수를 통해 스스로 진실을 체득할 수 있도록 기다려주는 것 또한 엄마 아빠의 배려랍니다.

사실 어린이들은 아주 어렸을 때부터 스스로 판단을 시작합니다. 엄마 아빠가 맞벌이 부부라면 아침 시간은 언제나 분주하기 마련이지요! 우리 아이가 오늘 입을 셔츠랑 바지를 스스로 골라보게 하면 어떨까요? 오늘은 꽤 추운 날인데 아이가 고른 것이 너무 얇은 셔츠라고요? 우스꽝스러운 점박이 셔츠를 입고 가겠다고 우긴단 말이죠? 파란색 셔츠에 파란색 바지, 파란색 양말에다가 파란색 모자를 쓰고 가겠다고 고집인가요? 아이의 선택을 존중하면서 실패 없는 선택이 되도록 도와주려면, 선택에 제한을 가하는 것이 중요합니다. 바지는 엄마가 고르고, 셔츠만 아이가 고른다든지, 몇 가지 엄마가 골라놓은 것 중에 아이가 최종 결정을 내리게 하면 어떨까요? 점심 도시락으로 소시지 반찬이 좋을지, 참치샐러드가 좋을지 몇 가지 추천된 메뉴 중에서 고르는 것이라면 아이나 엄마 모두 만족할 만한 선택이 될 거예요!

엄마 아빠가 아이가 직접 옳은 선택을 할 수 있도록 돕는 동안, 때로는 옳지 않은 선택을 할 수도 있다는 것! 그렇다면 매우 좋지 않은 결과를 초래할 수도 있다는 것을 가르쳐줄 수 있답니다. 예를 들어, 거실에 잔뜩 늘어놓은 장난감을 내 손으로 치우지 않는다면, 엄마가 장난감을 대신 치워주시겠죠? 내 할 일을 내가 하지 않았으니, 나중에 엄마가 부탁하는 심부름으로 반드시 갚아주어야 한답니다. 오늘 하루 숙제를 하지 않고 밖에 나가 신나게 놀았다면, 그 다음날 야구 연습에서 빠진 채 친구들이 운동장에서 뛰어다니는 동안 혼자 교실에 남아 보충숙제를 해야 하겠죠?

아이가 한 살 한 살 나이가 들어가면서 더 많은 결정과 선택을 스스로 할 수 있도록 배려해주세요. 아이가 내려야 할 결정과 판단이 너무 심각한 것만 아니라면, 설사 좋지 않은 결과를 초래할지라도 스스로 선택하고 책임질 수 있도록 놔둡니다. 문제를 풀고 답을 선택해가면서 때로는 부정적인 결과가 나타나더라도 스스로 대면할 줄 알아야 한답니다.

만약 아이가 스스로 판단을 내릴 준비가 되지 않았다고 생각하신다면,

엄마 아빠가 옆에서 상황을 알기 쉽게 설명해주세요. 무엇을 선택할 수 있
는지, 그것들을 선택한다면 결과는 어떻게 바뀔지 이야기해보세요. 그렇
게 아이가 최선의 결정을 하도록 배려해주시고, 일단 내린 결정에 대해서
는 전폭적으로 믿어주시는 것 잊지 마세요!

053 박람회, 카니발, 놀이동산에서 하루 종일 신나게 놀기!

로버트 드반티에 기술 컨설턴트, 미시간주 마운틴 플레전트

어린 시절 거대한 박람회장이랑 카니발, 놀이동산에서 가족과 함께 보낸 추억들은 솜사탕처럼 달콤하게 기억된답니다. 그날만큼은 모든 것이 마술에 걸린 듯 너무너무 신나고, 맛있고, 즐겁기만 합니다. 솜사탕, 프렌치프라이, 레모네이드를 배가 빵빵하게 부풀어오를 만큼 먹어치우고, 어지러워 하늘이 핑핑 돌 때까지 아홉 번도 넘게 롤러코스트를 타고, 곰인형 하나를 뽑기 위해 3주치 용돈을 다 써버려도 행복하고 즐겁기만 해요! 그냥 꼬마 개구쟁이 마음 그대로 모든 것을 잊고 신나게 즐기는 천국이지요!

놀이동산이야 시간을 내서 서울 근교로 나가면 되지만, 아무래도 주말에는 많은 가족들이 몰리기 때문에 복잡한 게 사실입니다. 서울 도심 박람회랑 전시 행사들을 눈여겨보세요. 코엑스나 세종문화회관 등 규모가 큰 전시장이나 박람회장의 행사는 인터넷 홈페이지 등을 통해 금방 확인할 수 있답니다. 요즘은 박물관 등에서 아이들의 눈높이에 맞춘 행사들을 많이 하고 있으니, 이 또한 놓치지 마세요. 코엑스 같은 경우 각 나라의 문물

이나 채소, 애완동물, 과일이랑 꽃 등을 모아 전시하기도 하고, 게임쇼나 자동차 전시회, 사탕이랑 과자 전시회 등 화려하고 다채로운 행사로 일년 내내 꽉 짜여져 있답니다. 해마다 고양시 호수공원에서 열리는 꽃박람회도 잊지 마세요! 좀 더 시야를 넓히면 우리나라 각 지역마다 열리는 유명한 토산물 행사에 대해서도 알 수 있을 거예요! 많은 지역에서 그곳의 최상급 농작물과 이름난 산업을 축하하기 위한 행사를 가지고 있답니다. 이런 행사들은 먼 지역의 사람들까지 불러모아 그 지역의 특색을 알리고 즐길 수 있는 좋은 기회를 제공하곤 하지요. 한참 밀감을 거둘 무렵의 제주도 감귤 축제처럼 곶감이랑 사과 등등 신토불이의 많은 지방 특산물들을 기념하기 위한 축제랑 잔치도 많이많이 있답니다. 이런 행사에 참여하다 보면 온 가족이 신나게 어울려 주말을 뜻 깊게 보낼 수 있을 거예요! 마냥 복잡한 건물에 들어가 전시 복도를 걸어 다니기만 했다면 박람회를 제대로 즐겼다고 말할 수 없겠죠? 시간과 여건이 된다면 아이가 직접 보고, 듣고, 참여할 수 있는 행사들을 즐겨 찾아다녀 보세요! 아이가 처음으로 경험하는 세상의 많은 것들을 함께 공유하며, 엄마 아빠도 그 순간 다시 어린 시절로 돌아가보면 어떨까요?

054 엄마랑 아빠가 어린 시절 살았던 곳은 어디일까?

"어휴, 말썽꾸러기! 아빠가 너만 했을 때는 말이지!", "엄마가 어렸을 때는 말이야." 자, 엄마 아빠가 하루도 빼놓지 않고 하는 말 중에 하나가 바로 이것 아닐까요? 하지만 그야 말뿐이지, 엄마 아빠가 어렸을 적 매일같이 뛰어다니던 골목골목을 직접 보여주신 적은 과연 있으신지요?

엄마 아빠의 고향은 어디신지요? 직업을 바꾸느라, 또 다른 곳으로 부임하면서, 또는 다른 사정 때문에 여러 번 이사를 해오셨지요? 지금 엄마 아빠는 어린 시절 자랐던 곳과 멀리 떨어진 곳에 살고 있을지도 모릅니다. 엄마 아빠가 우리 꼬마대장과 꼭 같은 나이였을 때 살았던 곳을 방문해보세요. 엄마 아빠의 추억이 어린 곳곳을 우리 함께 찾아가봐요!

엄마 아빠가 졸업한 초등학교를 찾아가볼까요? 엄마가 그린 산타클로스 그림이 걸려 있었던 벽이랑, 숙제 노트를 바꿔 들고 어쩔 줄 몰라 울상 짓던 교실, 상장을 받던 조회대랑 하늘에 둥둥 떠가는 구름을 바라보며 생각에 잠겼던 창가에 다시 한 번 머물러봅니다. 운동장 한 바퀴만큼이나 지루하고 멀었던 교무실까지 가는 길을 우리 함께 걸어봐요.

중학교랑 대학 캠퍼스를 찾아보는 것도 즐거운 나들이가 될 거예요. 학교 로고가 크게 박힌 이제는 낡아버린 스웨터나 재킷을 꺼내 입으면 더욱 좋겠죠? 그리고 엄마 아빠가 예전에 다녔던 고등학교나 대학교의 축제랑 체육대회도 가봅니다. 이기고 지는 건 정말 상관없어요! 아주 먼 옛날 엄마 아빠가 친구들과 함께 승리를 축하하고 실패를 위로했던 그 피자 가게랑 레스토랑이 아직도 있나요? 그때 즐겨 먹던 메뉴 그대로 추억을 기념해보면 어떨까요?

엄마 아빠가 자랐던 집 근처의 숲을 걸어보세요. 길고 지루한 여름날이면 항상 찾아가 서늘한 그늘에서 몇 시간이고 빈둥거렸던 그 커다란 은행나무를 찾아보세요. 나무에 기대어 책을 읽다가 졸기도 하고, 가을이면 책갈피 사이에 나뭇잎을 끼워두곤 하던 바로 그 다정한 나무 친구가 아직도 그 자리에 있나요?

어느 더운 여름날, 야구 연습이 끝나면 할아버지가 항상 아빠를 데려가곤 했던 그 아이스크림 가게에 가보세요! 할머니 몰래 할아버지랑 아빠랑 단둘이만 갔던 곳들! 식사 전에 간식 먹는 것만큼은 하늘이 두 쪽이 나도 안 된다던 할머니가 알면서도 모른 체 눈감아주셨던 특별한 군것질 나들이. 또 다른 무엇을 기억하시나요? 아이와 함께 나눌 수 있는 추억들이라면 무엇이든 좋아요! 아이는 아빠랑 엄마가 정말로 자기 자신만큼 어렸다는 것을 확인할 수 있을 거구요. 그리고 할아버지, 할머니에 대해서도 다른 관점에서 생각할 수 있게 되겠죠!

엄마 아빠가 어릴 적 항상 들렀던 문방구에도 가봐요! 할머니께서는 그

곳에서 엄마나 아빠가 온갖 잡다한 것들에 정신이 팔려 있는 걸 항상 걱정하셨었죠! 풍선껌이랑 카드, 콜라 등 음료수들을 비밀리에 사먹었던 은밀한 장소랍니다! 꼬깃꼬깃 접어놓은 용돈을 눈 깜짝할 사이에 다 써버리던 그곳은 아직도 그 자리에 그대로 있는지요?

꼬마 신사 숙녀가 근사한 식당에서 정찬을!

대부분의 아이들은 꼬마 숙녀, 신사마냥 근사하게 정장을 차려입을 기회가 별로 없답니다. 특별한 가족행사, 즉, 할머니 할아버지의 생신이라든지, 결혼식 외에는 거의 없지요? 정장을 입으면 걸음걸이부터 신경이 많이 쓰이게 돼요. 특히 특별한 행사의 만찬은 또 하나의 고민거리입니다. 무슨 포크랑 수저가 이렇게 많은지! 끊임없이 나오는 음식들을 어떻게 해결해야 할지 머리가 지끈지끈 아파요. 그렇다면 미리 엄마랑 아빠랑 정찬 매너를 배우고 멋진 레스토랑에서 실습을 해보면 어떨까요?

정찬 테이블 예법을 알기 쉽게 풀이해놓은 책이나 자료를 도서관 등에서 찾아보세요. 꼬마 숙녀, 신사들의 테이블 매너를 가르쳐주는 특별한 예절 프로그램을 운영하는 레스토랑들도 있으니 한번쯤 문의해보세요. 먼저 커다란 하얀 종이를 가족들 수만큼 준비해서 탁자 위에 펴둡니다. 자, 배운 대로 복습해볼까요? 아이가 은그릇, 접시 등을 어떻게 배열하는지 테이블 차리는 법을 그려보세요. 진짜 정찬 접시, 아니면 종이 접시나 은색 플라스틱도 좋아요. 몇 번이고 되풀이해서 아이가 완벽하게 테이블을 세팅하고 먹는 예법에 익숙해지도록 합니다. 여러 번 연습한 후에는 정말 좋은 테이블보랑 식기들을 멋지게 준비해 진짜 정찬을 마련해보세요.

멋진 도자기와 크리스털로 한껏 멋을 내보세요. 테이블 냅킨도 멋들어진 모양으로 접어봅니다. 잡지랑 책을 찾아보면 꽃 모양이랑 모자 모양으로 재치 있게 냅킨 접는 법을 쉽게 배울 수 있을 거예요. 색종이 접는 것이랑 다를 바 없거든요! 아이가 가족들을 위해 특별히 냅킨을 모두 접어내면 더욱 뜻 깊을 거예요! 냅킨을 다 접고 나면 테이블 좌석 하나하나마다 자그마한 이름표를 달아놓습니다. 온 가족이 이렇게 테이블 세팅과 매너를 완벽하게 습득하면, 멋진 정장을 차려입고 근사한 식당에 가서 그동안 배운 것을 뽐내봐요!

서양식 테이블 예법도 중요하지만, 우리나라 고유의 식탁 차림법도 익혀두면 재미있답니다. 집안에 제사가 있는 날이면 우리 아이들이 왜 사과랑 고기반찬을 놓는 위치가 다른지, 절은 몇 번을 해야 하는지, 술은 몇 잔을 올려야 하는지 궁금해하지 않던가요? 아이에게 제사 예절에 대해서 할머니나 할아버님이 직접 가르쳐주시는 것도 좋을 거예요! 제사 음식 종류에 대해서도, 또 어떻게 정성껏 그 음식들을 만들어내는지도 알려주세요. 간단한 송편이나 떡을 만드는 것쯤은 아이들도 직접 도울 수 있답니다. 일단 한번 배우고 나서 온 가족이 함께 모여 제사를 드리면, 아이들도 집안 행사를 훨씬 뜻 깊게 받아들이고 존중하게 되지 않을까요?

캐롤 터킹턴 작가, 펜실베이니아주 몬톤

세상에 게임을 싫어하는 아이들이 정말 있을까요? 그렇다면 우리 스스로 게임을 만들어 즐겨본다면 어떨까요? 자칭 우리 가족 게임왕이라는 우리 아이와 함께 가족들만의 특별한 보드게임을 만들어봅니다. 먼저 주제를 정해야겠죠! 자, 번쩍이는 우주선과 별들이 가득한 우주가 좋을까요? 제일 좋아하는 책이랑 만화 주인공들을 등장시켜 볼까요? 어떤 주제를 정해야 할지 모르겠다고요? 그렇다면 아이가 제일 좋아하는 영화, 취미, 운동에서부터 출발해서 상세한 사항을 정해보세요. 엄마 아빠보다는 여러 가지 게임에 대해 잘 알고 있는 아이의 의견을 최대한 존중해서 어떤 게임을 만들어갈지 상의해봅니다. 어떤 게임을 만들까? 규칙을 정해보세요. 조각 맞추기, 카드 맞추기 등 여러 가지 방법들이 있을 거예요. 어느 정도 게임의 원칙이 정해지면, 게임판이랑 말 등을 구하거나 직접 만들어보도록 합니다. 자, 그럼 시작해볼까요!

보드

첫 번째로 게임판으로 사용할 보드를 찾아봅니다. 창고 세일이나 알뜰 시장에 가서 낡은 보드게임을 찾아보거나 더 이상 사용하지 않는 게임판을 재활용할 수 있답니다. 아주 새롭고 특이한 게임판을 만들고 싶다고요? 그렇다면 두꺼운 판지를 구해서 적당한 크기로 잘라줍니다. 디자인을 바꾸고 싶거나 실수로 망쳤을 땐 얇은 새 종이를 한 꺼풀 더 입히면 되니까 너무 걱정하지 마세요! 아니면 흔히 구할 수 있는 커다란 선물포장용 종이의 하얀 뒷면을 보드 위에 쫙 붙여주면 된답니다.

회전판 / 주사위

빙글빙글 돌아가는 회전판을 만들어 우리 아이가 결정한 규칙에 따라서 돌리고 다트를 던져볼까요? 아니면 회전판 위에 주사위를 또르르 굴려봐도 좋겠죠? 주사위는 이미 다른 게임에서 사용하고 있던 것이어도 좋지만 이번 기회에 새로 만들어도 좋아요. 문방구나 학용품 가게에 가면 아무것도 적히지 않은 네모난 나무나 플라스틱 주사위를 구할 수 있답니다. 숫자를 적어 넣기도 하고, 벌칙을 적어 넣는 등 다양하게 응용해보세요!

조각 게임

다른 게임에서 사용하던 조각조각들을 빌려다 쓰거나 아니면 새로 만들어볼 수 있겠죠. 단추, 병뚜껑, 구슬, 말린 파스타 면발, 동전, 돌멩이 등을 다양하게 사용할 수 있어요. 찰흙으로 세상에서 둘도 없는 우리만의 조그만 조각을 만들 수 있답니다. 또 공작용 형형색색의 고무들로 이것저것 만들어 간단히 공기 중에 말리기만 하면 원하는 모양의 조각품을 만들 수 있어요.

상자

게임에 활용할 판이랑 말이 완성되었나요? 이제 이 모든 것을 잘 넣어 보관할 상자가 필요하겠네요! 재활용 상자들을 이용해서 만들어볼까요? 하얀 종이로 상자의 뚜껑이랑 겉면을 싸주고 예쁘게 색칠해서 꾸며주세요. 어떤 주제의 게임이냐에 따라 다양한 그림을 그리고 장식할 수 있답니다. 판을 응용해서 즐기는 보드게임보다 퍼즐을 더욱 좋아한다면 이미 있는 퍼즐들을 재활용해서 만들 수도 있을 거예요. 먼저 헌 퍼즐을 다 맞추어놓고 뒷면으로 돌려볼까요? 하얀 뒷면에 아이랑 엄마랑 원하는 새로운 그림을 그리고 색칠해주세요. 서늘한 곳에서 말린 다음엔 퍼즐을 부수고, 새로운 그림을 맞추어봅니다! 어때요, 만들기 쉽겠죠?

057 잊을 수 없는 내 마음속의 선생님!

엄마 아빠 마음에도 영원토록 기억될 만한 존경하는 선생님이 한두 분 계실 거예요. 철없던 어린 시절 사랑으로 보살펴주시고 더 멀리, 더 높이 꿈꿀 수 있도록 격려해주시던 고마우신 선생님들! 영원한 마음의 스승님들입니다. 책상 위에 올라가 큰 소리로 시를 읽어주시던 선생님! 어느 날 두루마기 도포를 입고 나타나 삼일절 독립의 의미에 대해 연설해주시던 선생님! 감자 두 알만으로 전구에 불을 밝히는 놀라운 경험을 선사해주신 선생님! 일기장 구석구석에 사랑에 가득 찬 메시지를 적어주시고, 아무도 모르는 고민을 진지하게 함께 걱정해주시던 선생님은 이 세상에서 무엇과도 바꿀 수 없는 마음의 재산입니다.

아이에게 그렇게 기억될 만한 선생님이 없다면, 엄마 아빠가 대신 그 역할을 해줄 수 있답니다. 엄마 아빠의 역할 중에는 아이의 인생에서 없어서는 안 될 가르침을 선사해주는 선생님의 몫이 있기도 하니까요.

- 아이 연령 대에 맞춰 익혀둘 만한 단어와 그 철자를 이용해 낱말 찾기 퍼즐을 만듭니다. 아니면 단어 중 몇 글자를 가려두고 스무고개 놀이를 통해 설명해가며 맞춰볼 수도 있답니다. 십자말풀이 등 너무 어렵지 않은 단어들로 퍼즐을 만들어주세요.

- 초콜릿 조각들이랑 조그마한 과자랑 건포도들로 산수 문제를 풀어봐요. 분수의 개념을 이해하는 데 조그마한 간식거리만큼 좋은 재료가 또 없거든요!

- 방송국에서 일반 시청자들이 관람할 수 있는 강좌나 공연 등에 아이와 함께 찾아가봅니다. 일반 학원 등에서 개최하는 공개강좌도 함께 해보세요!

- 영화 속에 나오는 고고학자를 흉내내 볼까요? 먼저 엄마나 아빠가 플라스틱 공룡들을 모래상자에 담아 뒷마당에 묻어주세요. 그리고 머나먼 옛날 공룡들이 살던 시대에 대해 아이와 이야기해보세요. 이제 공룡들이 묻힌 위치를 아이에게 알려줍니다. 너무 정확하게 알려주시진 말고요. 공룡에 대한 여러 가지 문제를 내보고 맞힌 숫자만큼 힌트를 주면 좋겠죠? 드디어 발견했나요? 자, 그럼 이제 지역 박물관이나 전시회, 또는 도서관에 있는 공룡 모형이나 사진을 보러 나들이를 떠날 차례랍니다!

- 백분율을 연습하거나 막대그래프를 이해하기 위해 다양한 색깔의 사탕 묶음을 사용해보세요. 드디어 백분율 문제를 풀어냈나요? 문제의 답이 된 사탕들은 모두 우리 아이의 것!

- 기억할 만한 역사 속의 일들을 찾아볼까요? 도서관에 찾아가서 신문이랑 잡지들을 잘 찾아봅니다. 먼저 시간을 정해야겠죠? 100년 전? 아니면 50년 전? 어느 만큼의 과거를 거슬러 올라갈지 아이와 결정해주세요. 연도를 결정했으면 그 연도에 일어났던 사건들을 찾고 연구해봅니다. 특히 기억해둘 만

한 사건이랑 사람들로는 무엇이 있나요? 아이가 스스로 자료를 찾고 연구할 수 있는 연습이 될 거랍니다. 조사를 마쳤으면 그 연도에 이미 살아 계셨던 할머니나 할아버지와 함께 사건들에 대해 얘기해보세요. 참! 아이가 태어난 날 어떤 사건이 있었는지, 그날 신문을 찾아보는 것도 잊지 마세요!

내가 좋아하는 배우, 운동선수에게 팬레터 보내기

아이들은 스타들에게 열광합니다. 확인해보세요. 우리 아이도 예외는 아닐걸요. 멋진 춤을 추는 가수, 영화배우나 작가, 운동선수 중 한두 명 정도는 이름은 물론 특기사항까지 꼬박꼬박 외우고 있을 겁니다. 우주비행사, 탐험가 등 아이가 한두 번 읽어보았을 위인전에서 특별히 기억하고 마음에 담고 있는 사람들도 있기 마련이지요! 우리집 친지들 중에서 아이가 특별히 좋아하고 따르는 분들도 있을 것입니다.

하지만 대부분의 경우 텔레비전이나 신문 잡지에서 그 모습을 보고 어떤 일을 하는지 읽는 것으로만 만족하게 마련이지요. 음, 우리 아이 마음의 영웅에게 직접 팬레터를 써 보내면 어떨까요? 궁금한 것도 몇 가지 물어보고, 사인이나 사진을 받고 싶다고 청해보세요. 왜 멋있게 생각하는지, 그 모습을 본받아 우리 아이는 어떤 어른으로 자라야겠다고 결심하게 되었는지 마음속 생각을 적어봅니다. 스타를 생각하면 그저 수줍은 나머지, 편지를 쓰기가 쉽지 않은 아이들도 있을 거예요. 엄마 아빠가 다음과 같이 배려해주시면, 편지 쓰기도 훨씬 쉽고 또 답장을 받기도 쉬워질 것입니다.

- 아이가 스타에게 하고 싶은 말을 소리 내어 말해봅니다. 엄마나 아빠가 컴퓨터로 아이가 하는 말을 그대로 입력해주세요.
- 편지는 되도록 간단하게 쓰는 것이 좋답니다! 아이의 마음속의 영웅은 다른 사람들에게도 많은 편지를 받는 유명인사이기 때문에 너무 긴 편지는 부담스러울지도 몰라요!
- 미리 우표를 붙인 회신용 봉투를 함께 넣어 보냅니다. 스타들이란 아무래도 일일이 팬레터에 답장하기가 쉽지 않겠죠. 하루에도 수천 통의 팬레터를 받을 테니 말이에요! 또 답장을 보내던 중 아이의 이름과 주소가 뒤바뀔지도 몰라요! 이렇게 미리 상대방을 배려한 회신용 봉투를 넣어 보낸다면 답장을 받을 확률이 훨씬 높아진답니다.
- 편지를 다 쓰고 나면, 잡지나 인터넷에서 유명인사들의 주소를 찾아보세요. 직접 사는 곳의 주소를 찾을 순 없더라도, 스타들을 관리하는 매니지먼트 회사의 주소를 대신 쓸 수 있으니 참고하세요. 인터넷의 이메일 주소를 찾았다면, 보내기가 훨씬 편리할 뿐 아니라 이메일을 받아 읽어보았는지 아닌지도 확인할 수 있으니 더욱 좋겠지요?
- 때때로 편지가 배달되지 못하고 돌아오기도 한답니다. 편지를 보내놓고 답장이 오기만 학수고대 기다리는 아이의 마음은 초조할 수밖에요. 아이에게 스타들도 우리처럼 '보통' 사람이라고 설명해주세요. 이름만으로 우체부아저씨가 모든 걸 전달해줄 순 없거든요. 혹시 주소를 옮겼거나 이사를 했다면 편지가 전해지지 않을 수도 있어요. 또한 너무너무 바쁘기 때문에 일일이 확인할

수 없으리란 것도 참고해야 하겠지요.

스타에게 쓰는 편지도 즐겁지만, 다른 의미의 편지들도 시도해보면 어떨까요? 새로 나온 과자나 음료에 대해 칭찬할 만한 점이나 나쁜 점 등을 지적해서 편지를 써봅니다. 초콜릿이 너무 조금밖에 안 들어 있다든지, 음료가 너무 톡 쏘는 것 같다는 등 자신의 의견을 힘 있게 표현하도록 배려해주세요. 나의 생각을 다른 사람들에게 구체적으로 전달하고 표현하는 것이 얼마나 대단한 것인지, 아이가 느끼고 실천하게 될 것입니다.

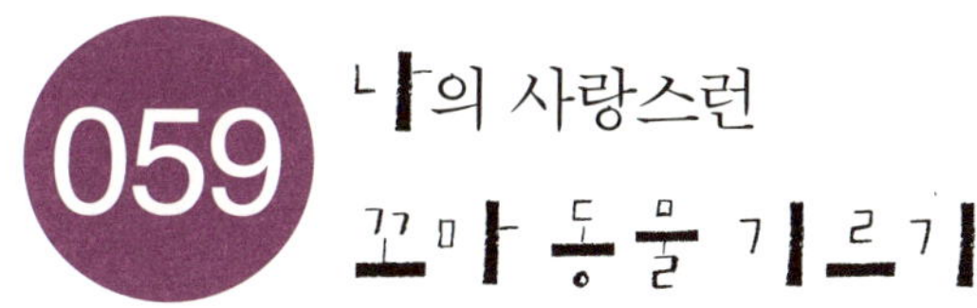

카르멘 비젠 영업과장, 일리노이주 플레인필드

059 나의 사랑스런 꼬마 동물 기르기

귀여운 강아지를 기르는 친구집에 놀러갔다 온 날이면, 혹은 예쁜 토끼나 애완용 돼지가 나오는 TV프로그램을 보고 난 후면 아이들은 정신없이 애완동물을 사달라고 졸라댑니다. 크리스마스 선물로 혹은 생일 선물로, 항상 사달라고 노래 부르던 자전거랑 게임기를 포기하더라도 갖고 싶은 게 바로 애완동물이지요. 하지만 막상 기르기란 그리 쉽지 않다는 것을 엄마 아빠는 너무나 잘 알고 계시지요? 꼬마 강아지 하나를 기르자면 꽤 많은 시간, 정성과 돈이 들게 된답니다.

애완동물을 기르고 싶어 어쩔 줄 몰라 하는 기간이 좀 길다 싶을 정도로 심각해진다면, 일단 짧은 시간 동안만이라도 동물들과 놀 수 있도록 배려해주세요. 햄스터를 기르는 이웃집에 자주 놀러간다든지, 기니피그나 조그만 새들을 키우는 동네 애완동물 전문 숍에도 가봅니다. 길 잃은 동물들을 보살펴주는 지역기관도 잊지 마세요. 또 학교에서도 저마다의 작은 우리에서 꼬마 동물들을 키우고 있지요? 여름방학 동안 아이가 학교의 작은 우리에 사는 동물들을 돌보도록 지원해보면 어떨까요? 만약 아이가 그 책임을 다하지 못한다면, 집에서 직접 애완동물을 기르는 게 그리 쉽게 결정할 일이 아니라는 것을 납득하게 될 것입니다. 만일 제대로 해낸다면, 이번엔 엄마 아빠도 애완동물 기르기를 진지하게 생각해볼 차례입니다. 그러나 기르더라도 아이가 한몫 단단히 해낸다면 어려울 것도 없겠지요?

자, 여러 가지 과제를 모두 완수해내고, 아이와 가족들 모두 애완동물을 받아들일 준비가 되었나요? 이제 어떤 동물을 기르는 것이 좋을까 고를 차례입니다. 예를 들어, 낮 시간에 집에 아무도 없다면 강아지는 되도록 피하시는 것이 좋답니다. 빈집에서 너무 외로워하다가 병이 날지도 모르거든요. 동물을 고를 때는 동물병원이나 애완동물 숍에 가서 한번 상의해보세요. 애완동물에 대한 잡지도 구해서 온 가족이 함께 읽어봅니다. 정보를 많이 수집할수록 좋은 선택을 할 수 있으니까요. 이렇게 해서 맞이한 새 가족은 10년에서 12년 정도 여러분과 함께 할 거예요. 참, 지역 동물보호소에 들르는 것도 잊지 마세요. 보호소는 새 주인을 찾는 예쁘고 착한 동물들로 가득하답니다. 문제가 있어서라기보다, 가족이 다른 지역으로 이사를 가야 했다든지, 알레르기 등의 문제 때문에 전 주인과 헤어진 동물들이 많으니, 이중에서 골라보는 것도 한 방법이겠죠?

만약 여러분이 맹인용 안내견이라든지 수렵견 등의 특별한 품종을 찾고 있다면, 주변의 동물병원이나 수의사에게 물어보는 게 제일 빠르답니다. 특별한 훈련소 등을 소개해줄 수 있거든요. 이런 곳에서는 골든리트리버나 비글 아니면 그레이하운드 같은 종의 동물들에게 특별한 훈련을 시킨답니다. 여러 가지 사정상 규정을 통과하지 못한 동물들이 있기 마련이지요. 또 버려졌거나 새로운 주인을 찾기 위해 그곳으로 보내진 동물들도 많이 있답니다.

아파트에 살고 있기 때문에, 또는 가족들이 집을 비우는 시간이 너무 많아서, 건강 문제로, 여러 가지 사정 때문에 어쩔 수 없이 애완동물을 기를 수 없을 수도 있습니다. 그렇지만 다른 방법들이 항상 있기 마련이랍니다! 매일 방과 후에 집 근처에 사시는 할머니나 할아버지를 위해 개를 산책시켜주면 어떨까요? 특히 비가 오거나 눈이 오는 날이면 할머니 할아버지가 얼마나 고마워하시겠어요? 지역 동물보호소에 연락해서 아이들이 도울 일은 없는지도 한번 물어보세요.

알레르기로부터 아이를 보호하려면, 우리 가족에게 적당한 애완동물로 무엇이 좋을지 의사선생님과 상의해보세요. 엄마나 아빠도 어린 시절 강아지나 고양이를 키워보신 적이 있을지도 모르겠네요. 애완동물에 대해 어떻게 생각하고, 또 기억하시나요? 애완동물은 가족 전체에게 책임감과 비용을 부담시키는 반면, 무조건적인 사랑과 우정을 평생에 걸쳐 가르쳐주지요. 선택은 온 가족이 함께 신중하게 내리도록 하세요!

060 취미생활은 이것저것 다채롭게!

한가하고 나른한 오후, 그저 잠깐이라도 쉬고 싶은 엄마나 아빠 품에 뛰어들어 "놀아줘! 나 심심해!" 하고 칭얼대는 아이 때문에 난처했던 적이 한두 번 정도는 있으실 거예요. 요즘 들어 부쩍 아이의 이런 투정이 늘었다면 이제야말로 아이에게 취미를 찾아주어야 할 때가 온 거랍니다.

취미를 고를 때는 무엇보다 실제 생활에서 가능해야 한다는 것 잊지 마세요. 우리 아이가 말을 너무 좋아한다고요? 뒤뜰에 망아지 한 마리를 키우게 된다면 그보다 좋을 순 없겠죠. 하지만 우리 가족이 도심 중심지의 아파트에 살고 있다면 어떻게 하죠? 이럴 경우 말을 키우는 것이 그다지 현명한 선택은 아닐 것 같습니다. 아이가 정말 오랜 시간에 걸쳐 관심을 기울이고 즐길 만한 것을 선택하는 게 중요하답니다. 만약 아이가 엄마나 아빠의 취미에 관심을 보인다면, 정말 금상첨화가 아닐까요? 함께 즐기고 가꿔나가는 취미생활이야말로 두 배, 세 배 신나고 재미날 테니까요!

만약 아이가 엄마나 아빠의 취미에 별로 관심을 보이지 않았다면, 엄마나 아빠가 아이와 즐길 만한 새로운 관심 분야를 함께 찾아보세요. 일단 선입견을 버리고, 여러 가지를 다양하게 시도해보세요. 엄마 아빠의 친지나 이웃들은 무슨 취미를 갖고 있는지 알아보세요. 새로운 취미를 소개해주고 가르쳐줄 만한 동호회나 엄마들의 모임 등도 알아봅니다. 오히려 수소문을 통해서 꽤 높은 수준의 아마추어 전문가들을 찾아낼 수도 있어요!

일단 아이가 취미를 선택했고 또 그 취미를 제대로 즐길 수 있게 도와줄 전문가를 구했다면, 엄마 아빠도 아이의 취미에 대해 최대한 많은 것을 배우고 이해할 수 있도록 노력해보세요. 취미 한 가지만 같이하더라도 엄마 아빠와 아이 사이에 오고가는 대화가 얼마나 많아지겠어요? 함께 하는 시간도 심심하지 않고, 훨씬 신나고 재미나게 보낼 수 있을 거예요! 또한 취미생활에 필요한 물건들을 살 때도 서로 의논해서 결정할 수 있겠죠? "첫술에 배부르랴."라는 속담이 있답니다. 애써서 한 가지를 선택했더라도, 무엇이든 새로 배우기란 항상 어렵고 힘든 법이지요. 포기하지 말고 계속하는 것이 중요합니다. 일단 결정했으면 시간을 두고 노력하는 여유, 그리고 인내를 갖도록 노력해보세요. 설사 실패하더라도, 좋았던 기억으로 남을 수 있도록 즐겨보세요! 어쨌든 이것은 아니다라는 사실을 알아냈으니, 다른 새로운 것을 찾아내기에 도움이 될 것입니다.

세상에는 정말 많은 취미들이 있답니다. 다음을 참고하세요!

- 그릇이나 타일 등을 직접 빚어 만드는 도예
- 진흙이랑 찰흙을 손으로 빚어 만드는 조소
- 뜨개질

- 바느질

- 스테인드글라스 만들기

- 하모니카 연주하기

- 사진 찍기

- 경주용 차 미니어처 모으기

- 수채화 그리기

- 활쏘기

- 자전거 타기

- 수영

- 다양한 장난감 모형 만들기

- 우표 모으기

- 판지 공예

- 모형 비행기 만들기

- 모형 배 만들기

- 저글링

- 연 날리기

- 인형극

- 마술

- 향기 나는 아로마 비누, 양초 만들기

팜스테이

경기도 포천 교동마을

전국에서 가장 깨끗하고 멋진 주택 단지라는 교동마을. 현무암 계곡 등 수려한 산수뿐 아니라 '풀피리의 명인' 오세철 씨의 민요 연주도 감상할 수 있고 주부대학의 사물놀이도 즐길 수 있다.

문의 : 031-533-9082, 016-9865-9919(관인농협)

경기도 상오 · 주록 마을

남한강 상류의 팔당 상수원 보호구역에 있는 산간 마을. 여름철엔 참외수확이나 산나무 열매채취 등을 할 수 있다. 세종대왕릉, 신륵사, 도자기공장 등이 주변 관광지로 둘러볼 만하다.

문의 : 031-883-3411(금사농협), 031-886-4900(상호마을)

강원도 토고미마을

비료나 약품을 일절 사용하지 않고 무공해쌀을 생산하는 것으로 유명한 곳. 6월이면 비목문화제가 열린다. 또한 파로호는 화천에서 빼놓을 수 없는 볼거리이다.

문의 : 033-441-2719

강원도 원평마을

화악산과 북한강 사이에 있는 그림 같은 마을로 마을 앞에는 북한강 춘천호, 뒤에는 화악산, 그 옆으로는 용화산이 있다. 오월리에는 수렵장이 있고 더 들어가면 자연휴양림이 있다. 가을이면 알밤이 지천으로 깔린 산에서 밤 줍기 대회가 열리며, 토종돼지 화로 숯불구이 역시 빼놓을 수 없는 별미다.

문의 : 033-243-1045(신북농협)

충남 홍도마을

인삼의 고장 충남 금산에 위치한 마을. 마을 앞 개울가를 천연 수영장으로 조성해 놓았으며 마을 문화관에 찜질방과 운동시설, 도서관, 농경문화 유물 전시실 등이 있다. 나물 채취, 배 따기, 인삼 캐기, 인삼주 담그기 등의 농촌 체험과 겨울에는 빙어낚시를 즐길 수도 있다.

문의 : 041-752-6861, 011-451-6862

전남 상위마을

구례 섬진강변에 터를 잡은 마을. 전국에서 으뜸가는 산수유 재배단지로 매년 '산수유꽃축제'가 열린다. 상위마을 아래에는 피부미용과 신경통에 좋은 지하 470미터에서 끌어올린 게르마늄 온천인 지리산 온천이 있다.

문의 : 061-781-1691(산동농협)

경남 원부춘마을

층계식 차밭이 드넓게 펼쳐진 산중에 자리 잡은 마을이다. 이곳 주민들은 대부분 녹차 재배, 매실 재배, 고로쇠 수액 채취, 두릅 재배를 한다. 마을의 최고봉인 태봉에 오르면 지리산의 천왕봉, 토끼봉, 노고단을 한눈에 볼 수 있다.

문의 : 055-883-4235, 055-883-2141(화개농협)

한국타조연구개발원

지구상에서 가장 큰 새인 타조에 관한 모든 것을 체험할 수 있는 곳. 타조 사파리 농장 내 산책길을 따라 3백여 마리의 어미타조, 새끼타조, 토끼, 조랑말과 어울릴 수 있고 타조 관련 상품을 만날 수 있다. 체험 프로그램으로는 타조 타기, 타조 경주, 먹이 주기, 사진 찍기, 부화장 견학, 조랑말 타기 등이 있다.

문의 : 031-351-8528, www.ostrich-kingdom.co.kr
(무료입장)

배냇골 마을

경남 양산시 영취산 자락에 있는 배냇골 마을은 석양이 장관이며 7~8킬로미터에 이르는 계곡의 1급 청정수에서 민물고기와 산가지, 탱가리, 메기, 가재, 소라 등이 살고 있다. 체험 프로그램으로는 산나물 채취, 가재 잡기, 작물 심기, 민속놀이, 전통음식 만들기 등이 있다.

문의 : www.baenaegol.com

외도

꽃과 나무, 바다와 정원 그리고 푸른 하늘이 한데 어우러진 외도는 선인장, 코코아야자수 등의 아열대 식물 300여 종과 천연 동백림 숲 등이 어우러진 해상관광농원이다. 지중해를 연상시키는 건축물과 기암절벽, 세계 각국의 정원들과 수목원이 한자리에 모여 있다.

꽃지해안공원

태안반도 최남단인 안면도의 중심부에 자리 잡은 꽃지해수욕장. 바로 앞에는 해상왕 장보고의 전설이 숨쉬고 있는 할미·할아비 바위가 자리 잡고 있다. 특히 일몰이 일품이며, 물이 빠지면 갯바위가 드러나 조개, 고동, 게, 말미잘 등을 관찰할 수 있고, 자연 해산물도 채취할 수 있다.

무창포

무창포는 눈부신 백사장과 주변에 송림이 울창해 각광받고 있지만, 무엇보다도 바닷길이 열리는 '모세의 기적'으로 더 유명하다. 무창포 앞바다에 떠 있는 석대도와 흑섬 사이로 넘어가는 낙조(보령8경)는 무창포의 최대 비경으로 장관을 이룬다.

환선굴

우리나라 최고의 동굴이라 불리는 삼척의 환선굴은 관람로를 따라 돌면서 여러 계곡과 폭포 등을 볼 수 있다. 관람로도 철제 난간으로 잘 정비되어 있는데 지옥계곡으로 들어가는 곳에는 출렁다리까지 만들어놓았다. 또한 주차장 옆에 강원도의 전통가옥인 너와집과 굴피집을 만들어 놓았고 환선굴로 올라가는 도중에 통방아도 볼 수 있다.

화진포

〈가을동화〉 촬영지로 알려진 화진포 마을은 동해와 연접한 면적 72만 평, 둘레 6킬로미터의 광활한 호수에, 주위에는 울창한 송림이 병풍처럼 둘러 싸여져 아름다운 풍광을 자랑하는 고성의 대표적인 관광지이다. 포구에는 기암괴석의 신비가 극치를 이루며 수심이 얕고 해저가 청아하여 주옥같은 백사장이 명사십리를 이루고 있다.

지심도

아름드리 동백나무로 섬 전체가 뒤덮인 동화적 분위기의 섬이다. 민박집을 겸한 10여 가구만 살고 있으며, 국내에서 동백숲의 원시 상태가 잘 유지된 곳으로 전해진다. 지심도 안에는 희귀종인 거제 풍란을 비롯해 후박나무, 소나무 등 총 37종의 식물이 자생하고 있는데, 그중 동백이 무려 3분의 2를 차지하고 있다.

아침고요수목원

경기도 가평군 상면 행현리에 자리한 아침고요수목원은 영화 〈편지〉에서 박신양과 최진실이 결혼식을 올린 곳으로 유명해졌다. 10만여 평의 땅에 각양각색의 자태를 뽐내는 꽃과 풀꽃, 수목 등을 재배하고 있다. 분재로 다듬어진 분재정원, 들꽃만 모은 야생화 정원 등 아이리스 정원, 하경정원, 침엽수 정원, 아침계곡 등 볼거리가 다양하다.

석모도

석모도는 작고 아름다운 섬으로 산과 바다가 조화를 이뤄 도서경관과 해상풍광이 매우 빼어나다. 석모도 근처에는 민머루해수욕장과 광활한 갯벌이 있어 휴양지와 생태교육장으로 널리 알려져 있으며, 특히 이 해안의 일몰은 서해의 3대 일몰지로 손꼽힐 정도로 유명하다. 부드러운 갯벌로 머드팩을 즐길 수 있으며, 천일염전이 있어 소금 생성 과정을 한눈에 볼 수 있다.

채석강

전라북도 기념물로 내소사와 함께 변산반도에서 빠질 수 없는 명승지이다. 채석강은 선캄브리아대의 화강암, 편마암을 기저층으로 하고 중생대의 백악기에 퇴적한 해식단애가 마치 수만 권의 책을 쌓은 듯한 와층을 이루고 있어 자연의 신비를 만끽할 수 있다. 하루에 두 차례 물이 빠지면 들어갈 수 있는데 간조 때는 물 빠진 퇴적암층에 붙어 있는 바다생물과 해식동굴의 신비로운 모습을 볼 수 있다.

해남 땅끝마을

땅끝마을은 한반도의 최남단에 자리한 마을로 최남단이라는 상징적인 의미뿐 아니라 경치도 훌륭해 유명한 명승지가 되었다. 땅끝마을에서 조금 더 올라가면 사자봉에 이르는데 이곳에 땅끝전망대가 있다. 그 아래에는 작은 토말비가 있고, 이 토말비 옆길을 따라 내려가면 바닷가에 서 있는 땅끝탑을 구경할 수 있다.

강화도 해양환경탐구수련원

강화도 화도면 장화리에 위치한 분교를 개조한 곳으로 수련원에서 서너 발짝만 나가면 17만 평에 이르는 갯벌이 펼쳐진다. 바닷물이 빠져나간 자리에서 바지락, 낙지, 새우 등 갖가지 생물들도 관찰하고 자연학습을 할 수 있다. 밤이면 수련원의 천체 투영실에서 천체 망원경으로 별자리를 관측할 수도 있다.

문의 : 032-937-5627, 032-937-3782

강화도 남단

화도면 장화리 일대와 동막리, 외포리 석모도의 민머루해수욕장, 장구너머 포구 등에서 게, 조개, 낙지 등 갯벌에 사는 동식물을 관찰할 수 있다. 특히 장화리 일대는 물떼도요새, 저어새, 가마우지 등의 철새 서식지이며, 석모도 서쪽의 볼음도에서는 일년 내내 노랑지빠귀, 홍여새, 쇠기러기 등의 새를 볼 수 있다.

문의 : 032-933-8011

남동구 해양탐구자연학습장

소래포구 근처에 조성된 자연학습장으로 천일염을 생산하는 과정을 볼 수 있는 염전과 갯벌 체험장, 해양전시관, 해당화꽃길, 조류관측소 등을 갖추고 있다.

문의 : 032-466-3001

영종도 해양탐구학습장

인천국제공항 남동쪽 해안에 위치한 이곳에서는 각종 생물과 바다에서 일어나는 자연현상을 관찰할 수 있다. 밀물 때면 3~4킬로미터의 갯벌이 드러난다. 인천 월미도에서 30분 정도 배를 타고 들어가 1시간 정도 걸어가면 된다.

문의 : 032-746-3344

코스모피아 천문대

주위가 산으로 둘러싸여 습기로 인한 빛의 굴절이나 산란이 없어 외부 운하, 성단, 성운이 분해되는 모습까지 관찰할 수 있으며 천문대 부근에서 서식하는 반딧불이의 군무도 감상할 수 있다. 또 16만 평의 임야에 12만 그루의 잣나무, 낙엽송이 줄을 이어 산책이나 가벼운 등산을 하면서 삼림욕도 즐길 수 있다.

위치 : 경기도 가평 명지산 남쪽 기슭

문의 : 031-585-0482, www.cosmopia.net

덕초현 천문인마을

1997년 조현배 화백이 해발 650미터의 강원도 고랭지에 세워 운영하는 천문대. 천문 동아리 회원들이 강사로 참여해 상세한 설명을 들을 수 있다.

위치 : 강원도 횡성군 강림면 월현리

문의 : 033-342-9023, www.astrovil.co.kr

서당골 천문대

서당골 수련마을의 부속 천문대로 해발 480미터의 능선에 자리해 남쪽이 넓게 트인 지리적 조건 때문에 별자리 관측에 유리하다. 여러 종류의 망원경을 비롯해 시청각 자료가 풍부한 사진전시실과 교육실이 있고 삼림욕장, 수영장, 돌공원, 야생화 관찰지 등 다양한 시설을 갖추고 있다.

위치 : 충북 보은군 마로면

문의 : 043-542-0981, www.seodanggol.co.kr

여주 세종 천문대

1998년에 세워진 사설 천문대로 우천시는 물론 주간에도 이용할 수 있는 전천후 천체 학습실인 천체투영관을 갖추고 있다. 또한 대규모 숙박시설과 야외수영

장, 잔디구장, 수상래프팅 실습장, 도자기 학습장 등
다양한 교육 시설도 갖추고 있다.

위치 : 경기도 여주 청소년수련원

문의 : 031-886-2200, www.sejongobs.co.kr

양평 중미산 천문대

해발 435미터 높이에 자리한 중미산 천문대는 중미산
자연휴양림과 붙어 있어 주변 경치가 빼어나다. 중미
산 자연휴양림에서 삼림욕을 즐기며 생태 관찰도 하
고, 별자리 관찰도 할 수 있다. 숲속에 자리 잡고 있는
캠프엔 가족이나 단체를 위한 다양한 평형의 숙박시설
도 있다.

위치 : 경기도 양평 한화리조트 근처

문의 : 031-771-0306, www.astrocafe.co.kr

도시 속의 천문대

은평구 불광동에 위치한 테코천문대(02-353-0792,
www.teko.co.kr)에서는 매월 2, 4주 목요일에 무료로
천체 관측을 할 수 있다.

마포구 아현동 현암사 옥상에 세워진 별학교(02-365-5051)는
사설 천문관측소로 초등학생과 일반인을 위한 유료 강
좌가 있고, 매주 목요일에는 무료 공개 관측회를 연다.

경기도 부천시 원미구 소사동 소사역 앞에 있는 상구천문대
(032-348-4841, www.thesky.co.kr)에서도 별자리를 관람
할 수 있다.

5일장

성남 모란장

80년대 초반부터 명물시장으로 자리 잡은 만물상 같은
장터이다. 수도권에서 가장 큰 장터로 4, 9일로 끝나는
날에 장이 선다. 값싼 공산품부터 약초, 농작물 씨앗,
꽃나무 묘목, 각종 동물, 잡화, 나물, 잡곡 등 없는 물
건이 없을 정도로 다양하다.

위치 : 경기도 성남시 중원구 성남동 복개천

문의 : 031-721-9904

안성장

조선시대 서울로 들어가는 길목이었던 안성은 장의 규
모가 커서 대구, 전주와 함께 3대장으로 꼽힐 정도였
다. 아직도 장터 한편에는 안성의 명물 유기장이 서고,
장터국밥의 구수한 맛을 대대로 이어온 국밥집 등이
들어서 장터 분위기를 물씬 풍긴다. 장은 2, 7일로 끝
나는 날에 선다.

위치 : 경기도 안성군 안성시외버스터미널 뒤편

진천장

장날인 5일과 10일이 되면 충청도의 특산물인 올갱이
(다슬기)를 비롯해 냉이, 씀바귀 등의 봄나물과 묘목,
메주, 고추, 잡곡, 과일, 마늘, 잡화 등의 물품을 볼 수
있다. 그밖에 가축시장과 잡곡시장이 서며 장터 한편
에는 순대국밥과 같은 먹을거리가 죽 늘어선다.

위치 : 충북 진천 읍내 백곡천 둔치와 진천시장 동쪽 공터

문의 : 043-539-3751

당진장

서산, 예산, 삽교 등지에서 상인들이 모여들며, 갖가지
나물과 해산물 등을 파는 좌판을 지나면 가축시장이
펼쳐진다. 당진 지역의 민속주인 진달래꽃으로 빚은
면천 두견주는 대표적인 특산물이다. 5일과 10일에 열
린다.

위치 : 충남 당진군 당진읍사무소 맞은편 시장

문의 : 043-539-3751

061 내가 직접 꾸미는 방, 어때요? 멋지죠?

대부분의 아이들은 어린 시절의 30퍼센트를 자기 방에서 보내게 됩니다. 침대에서 뒹굴뒹굴 거리고 책도 읽고 음악도 듣고 또 게임에 열중하고 공부도 하지요. 내 방은 곧 나만의 자그마한 인생의 역사가 벌어지는 곳이 아닐까 싶습니다. 그러니까 아이의 방을 아이가 정말 사랑하고 좋아하는 곳으로 꾸며주는 것이야말로 정말 중요하지 않을까요? 별로 어렵지 않아요! 가정용 페인트랑 붓, 그리고 약간의 천만 있어도 우리 아이의 방을 멋지게 꾸며볼 수 있답니다!

- 아이가 호랑이를 좋아하나요? 호피 무늬의 천으로 붙박이장의 문을 꾸며주면 어떨까요? 아니면 출입문의 안쪽을 검정 줄무늬랑 주황색을 섞어서 색칠해보세요.
- 무당벌레 무늬도 재미나답니다. 빨간 바탕에 콩콩 검은 점이 찍힌 귀여운 무당벌레를 벽 한 켠에 그려보세요!

- 아무리 작은 방이라 해도 4면의 벽을 모두 색칠하기란 너무 힘들지도 몰라요. 한 면만 칠해도 충분할 테니 그 점은 걱정하지 마세요. 가정용 페인트를 조금씩 덜어다가 때마다 자주자주 바꾸어 그려줘도 좋답니다. 설명서만 제대로 따라한다면 전혀 어렵지 않아요. 한쪽 벽을 정해서, 시시때때로 벽화를 바꿔 그리는 캔버스로 사용하면 되겠네요! 직접 그리기가 아무래도 부담스럽다면, 미술 대학에 재학 중인 학생들을 아르바이트로 고용해볼 수 있답니다. 천장에 멋들어진 구름도 그릴 수 있구요, 아이의 얼굴이랑 가족 얼굴도 그려줄 거예요.

- 동대문 원단 시장에 한번쯤 들러보셨나요? 우리나라에서 나오는 천이란 천은 모두 모여 있는 곳이죠! 다양한 색깔과 무늬 중 정말 맘에 드는 것을 골라보세요. 조금만 구입해도 간단하게 커튼을 만들 수 있고요. 주변의 재봉 수선집에 맡기면 즉석에서 이불 커버로도 만들어준답니다.

- 얇게 하늘하늘거리는 레이스 천으로 우리 꼬마 공주님을 위한 침대커버랑 베갯잇을 장식해볼까요? 침대 위 천장에 못을 박아 레이스 천을 드리우면 멋진 침대 커튼이 만들어지겠죠?

- 천 위에 섬유용 물감이랑 염료로 그림도 그려보세요!

- 낡은 옷이나 침대 옆에 두고 쓰는 작은 탁자, 책장 꾸미기에 나머지 물감을 사용합니다.

- 바닥 깔개나 밋밋한 창문 블라인더를 캔버스 삼아서 아크릴 물감으로 멋지게 꾸며주세요!

- 나무판에 간단하게 그림 작품을 그려서 벽에 걸어두거나, 선반이나 책받침으로 사용합니다.

- 히피 분위기를 연출하려면 문간에 구슬을 엮어 드리웁니다. 양초들이랑 램프, 북슬북슬 털이 무성한 양탄자, 그리고 홀치기 염색을 한 베개 커버도 세트로 준비하세요!

- 아프리카 탐험대 분위기를 내려면, 모기장으로 이층 침대를 둘둘 감아봅니다. 벽에는 커다란 야자수도 그려놓고요. 커다란 곰이랑 호랑이, 사자 등의 인형들을 곁들이면 어느새 아프리카 밀림 한복판 같은 놀이터가 만들어진답니다!

062 내가 살고 있는 나라의 수도 여행하기

로우 발란스 수리공, 미시간주 굿리치

자신이 살고 있는 나라의 수도를 방문해보는 것은 참 의미 있는 일입니다. 한 나라의 정치 · 경제의 중심지인 만큼 어린이들의 관심을 끌 만한 곳이 많이 있어요. 미국의 수도 워싱턴 D.C는 조지 워싱턴의 재임 기간에 발견한 곳으로 프랑스의 건축가이자 기술자인 피에르 찰스 랑팡을 고용하여 설계하도록 했습니다. 그리고 우리가 살고 있는 대한민국의 수도 서울은 한반도의 중심으로, 한양, 경성부의 이름을 거쳐 1945년 광복과 함께 서울로 개칭되었다고 합니다. 다음은 수도를 방문했을 때 꼭 가봐야 할 장소이니 한번 방문해보도록 하세요.

워싱턴 D.C

- 백악관 : 펜실베이니아 가 1600에 위치하고 있으며 조지 워싱턴 대통령을 제외한 모든 대통령들의 집이기도 했습니다. 백악관 외부가 거

무칙칙하게 보이자 2,158리터의 페인트를 들여 멋지게 색칠을 했다는군요.

- 워싱턴 기념비 : 선각자들을 위한 이 기념비는 바로 도시 위에 자리 잡고 있습니다. 지금은 아래서부터 꼭대기까지 896개의 계단이 있어요. 증기력을 이용한 엘리베이터는 1901년 전기 엘리베이터로 교체되었고, 타는 시간도 12분에서 5분으로 줄어들었습니다. 요즘에는 꼭대기까지 일분 만에 올라가지요.
- 링컨 기념관 : 1922년에 12번째 대통령을 위해 만들어진 기념관입니다. 여기에는 36개의 원통형 기둥이 있고, 각각의 기둥들은 링컨 대통령이 서거했을 당시에 존재하던 연방 36주들을 상징합니다.
- 국립 동물원 : 중국에서 온 팬더곰 '메이 치앙과 티안티안' 에게 인사를 해보세요. 고삐를 매지 않은 멋진 원숭이 관람을 놓치지 마세요. 동물원의 다른 곳들도 정말 멋지답니다.
- 베론산 : 워싱턴 시내에서 조금만 차를 타고 가면 베론Veron산이 나옵니다. 조지 워싱턴의 고향이기도 하지요. 워싱턴 D.C에서 베론산까지 나무가 우거진 자전거 도로가 아주 그만이랍니다. 거기에 도착하면 커다란 저택과 거대한 토지를 돌아볼 수 있답니다.

서울

- 청와대 : 종로구 세종로에 위치해 있는 청와대는 고려시대 때부터 궁궐로 사용되었고 조선시대에는 경복궁을 세우면서 궁궐 후원으로 쓰

였다고 해요. 1948년 대한민국이 수립되면서 '경무대'라 이름을 짓고 나랏일을 보기 시작하다가 1960년 윤보선 대통령이 이름을 '청와대'로 바꾸었답니다. 청와대에는 대통령이 나라의 일을 보는 본관 이외에도 대통령 관저, 비서동, 영빈관, 춘추관 등의 여러 건물이 있습니다.

- 전쟁기념관 : 선사시대부터 6·25전쟁까지 오늘날 우리나라가 있기까지의 상세한 배경들과 모형들로 꾸며진 기념관입니다. 전시실에는 전쟁 역사에 관련된 1만여 점의 자료가 전시돼 있으며, 전시관을 중심으로 양쪽의 벽면에는 참전용사와 전사자들의 이름이 빼곡히 새겨져 있답니다.

- 한강 : 서울을 남북으로 가르면서 유유히 흐르는 한강에서 유람선을 타고 서울의 야경을 감상해보세요. 또 강 주변에 이어지는 한강공원에는 다양한 레포츠 시설이 있어 운동도 즐기고, 싱그러운 바람을 가르며 자전거를 탈 수도 있답니다.

- 남산 : 남산에는 맑은 날에는 인천 앞바다까지 볼 수 있는 서울타워 전망대를 비롯해 팔각정과 놀이터, 식물원, 케이블카 등이 있어요. 서울타워는 그 높이가 해발 480미터에 달해 서울의 전경을 한눈에 내려다볼 수 있답니다. 최장수 케이블카인 남산케이블카를 타고 낮에는 아름다운 경관을, 밤에는 환상적인 야경을 즐겨보세요.

정부 건물을 포함한 서울의 많은 관광지들이 무료이지만, 어떤 곳은 티켓을 구입하거나 예약을 해야 하니까 미리 전화를 해서 알아보는 게 좋아요.

국회의사당에 가보는 것도 한번 고려해보세요. 국회의사당 주변에서라면 유명한 국회의원들을 아주 가까이에서 볼 수 있겠죠? 정부가 어떻게 일하는지 훨씬 더 가깝게 볼 수 있을 거예요.

쉿!
나만의 비밀 아지트 만들기

때로는 아무도 모르는 곳에 숨고 싶은 것이 아이들의 마음입니다. 나이가 몇 살이든 아이들은 아무도 방해할 수 없는 자기만의 비밀 아지트를 갖고 싶어한답니다. 그곳은 제일 친한 친구나, 아니면 혼자서만 들어갈 수 있는 곳이지요. 엄마 아빠도 아이들의 이런 특성을 이미 짐작하고 계실 거예요. 심지어는 아주 어린아이들까지도 커버로 덮여 있는 탁자 밑에 파고 들어가 몇 시간 동안 숨어 있곤 하잖아요.

만약 지하실이나 다용도실에 여유가 있다면, 그리고 냉장고나 세탁기 등의 커다란 가전제품 상자만 있다면, 비밀 아지트를 아주 쉽게 만들어줄 수 있답니다. 먼저 맥가이버 칼을 사용해서 상자의 입구를 조그맣게 자르고, 테이프로 이음새를 정돈해주세요. 중요한 것은 아지트의 입구가 아이 혼자만 왔다갔다할 정도의 크기여야 한다는 점입니다. 이제 아지트 상자의 안과 밖을 아크릴 물감으로 재미나게 장식해볼까요?

만약 아빠가 망치랑 톱, 그리고 나무를 잘 다루신다면, 종이상자보다 더 튼튼한 아지트를 만들어줄 수 있겠지요. 뒷마당이나 다용도실, 또는 거실에 나무로 된 놀이집과 사다리를 만들어주세요. 참, 아이들용 놀이집을 만드는 재료는 조립식으로 판매되고 있으니, 놀이용품점에 들러 확인해보시기 바랍니다. 꽤 많은 시간과 정성을 들여야 하니 시작하기 전에 어떤 식으로 만들지 충분히 이해하고 있어야 합니다. 그리고 왜 이런 장소를 만들게 되었는지 아이와 이야기를 나눠보세요. 아이에게 정말 특별하고 소중한 장소를 제대로 만들기 위해서라도 가능한 한 실현 가능한 것들을 위주로 청사진을 만듭니다.

비밀 아지트 만들기 작업에서 무엇보다 중요한 것은 아이의 참여입니다. 못이나 자그마한 기구들을 나른다든지, 나무판 안팎을 색칠하는 것쯤은 아이들도 충분히 해낼 수 있는 일거리지요. 일에 열중해서 땀을 뻘뻘 흘리는 아빠에게 시원한 레모네이드 한 잔을 가져다드리는 것도 빠뜨리면 안 되겠죠? 탁자든 천막이든 나무든 재료에 상관없이 꼭 챙겨야 할 것들이 뭔지 리스트로 작성해봅시다.

- 회중전등 여러 개(한 사람당 하나씩)

- 만화책이나 다른 읽을거리들

- 팝콘이나 칩 같은 과자들, 많으면 많을수록 좋아요!

- 카드랑 바둑놀이판

- 튼튼한 천으로 만든 커다란 베개 쿠션

- 문고리에 잠글 자물쇠. 열쇠보다는 비밀번호를 누르면 열리는 자물쇠가 더
  좋아요.

064 옛날 어린이들이 하던 놀이는 이랬대요!

자, 오늘만큼은 비디오 게임 플러그를 뽑아보세요. 배터리도 빼놓습니다. 어떡하나, 우리 아이의 얼굴이 울상이 되어 화를 내는군요. 실망할 것 전혀 없다니까요! 오늘은 엄마랑 아빠가 어렸을 적, 그러니까 비디오 게임이 생기기 전 아이들이 즐겨 하던 놀이를 해볼 거예요. 무슨 놀이들이 있었지요? 엄마나 아빠가 더 잘 알고 계실 거예요! 잘 생각해보세요. 줄넘기나 마블, 막대 뽑기, 도미노, 가위바위보, 동전 던지기 같은 놀이들이 있지요? 땅따먹기 게임, 술래잡기 등 여럿이서 함께 즐기는 놀이라면 더욱 좋아요. 좁은 방 안에서 하루 종일 화면만 보고 낑낑대는 비디오 게임은 저리 치우고, 오늘 하루는 화창하게 맑은 하늘 아래서 상쾌한 공기를 들이마시러 나가 봐요. 엄마 아빠! 너무 오래전 일이라, 놀이 방법을 잊어버렸다구요? 그러면 도서관이나 인터넷에서 옛날 놀이에 대한 책이랑 잡지들을 찾아보세요. 이런 놀이들을 찾아보시면서, 엄마 아빠도 한껏 추억에 젖어보면 좋겠지요! 새로운 게임을 배워봐도 좋아요! 엄마 아빠도 해본 적

없는 옛날 놀이들! 할머니 할아버지도 함께 해볼 수 있는 놀이들을 찾아 봅니다. 다른 나라의 아이들은 무엇을 하고 놀까요? 머나먼 외국 친구들의 놀이도 찾아보세요. 더욱 재밌게 할 수 있는 방법을 알려드릴까요? 이미 알고 있는 놀이에 새로운 규칙이나 도구를 더해보면 어떨까요? 이런 식으로 아이가 창의력을 발휘해 자신만의 독창적인 놀이를 만들어 놀 수 있답니다!

막대기 장식 만들기

얇은 대나무 꼬챙이를 원하는 길이로 자릅니다. 끝 부분은 사포로 부드럽게 밀어줍니다. 막대기를 다양한 색깔로 장식해주세요. 알록달록 줄무늬랑 점, 그리고 다른 무늬들을 그려 넣어줍니다. 쉽게 색을 입히기 위해 막대기를 물감통에 직접 넣어줍니다. 일단 막대기에 색을 입힌 후라면 무늬를 그려 넣어도 훨씬 화사하겠죠? 여러 개 막대기 중에 하나만큼은 모두 까만색으로 칠해주시는 것 잊지 마세요!

돌차기 놀이(HopScotch)

돌차기 놀이는 비가 오거나 눈이 와도 즐길 수 있어요. 실내에서 즐기려면 발포고무판 열 개, 또는 납작하게 누른 천으로 만든 열 개의 네모판만 있으면 돼요! 미끄럼 방지 매트를 뒷면에 붙이는 것만 잊지 마세요.

체스 놀이(Checkers)

기존의 체스판을 아크릴 물감으로 알록달록 새롭게 바꾸어볼까요? 두꺼운 판지를 구해서 체스판을 그려 넣어도 재미있겠죠? 여러 가지 문양과 색깔을 고려해서 만들어봅니다.

도미노 게임(Dominoes)

두꺼운 판지나 얇은 나뭇조각을 작은 직사각형으로 여러 개 잘라놓습니다. 조각 하나하나마다 좋아하는 모양의 그림도 그려 넣고요. 아이가 좋아하는 여러 가지 스티커를 붙여볼까요?

카드 놀이(Cards)

내가 직접 만든 카드로 게임을 한다면 행운이 더 따르게 되지 않을까요? 먼저 얇고 단단한 종이를 6×9센티미터의 크기로 자릅니다. 미술용 마카랑 스티커를 이용해 앞뒷면을 장식해보세요.

065 레모네이드 일일카페 만들기!

린 아놀드 초등학교 행정직원, 펜실베이니아주 랑카스터

성공한 사업가들의 일대기를 읽어보면, 어린 시절 첫 번째 사업으로 커피나 샌드위치, 레모네이드 등 군것질거리를 팔았던 경험들을 이야기하고 있답니다. 운동회나 학교 축제, 또 교회나 절에서 따뜻한 커피랑 시원한 음료수를 만들어 불우 이웃을 위한 바자회에서 팔아본 적 있으세요? 하지만 안타깝게도 요즘은 어린아이가 길거리나 마당 앞에 나와 음료를 판다는 게 그리 쉬운 일이 아닙니다. 안전하지도 않고요. 하지만 아이들의 일일카페란 정말 즐거운 경험이지요. 동네 사람들이랑 학교 친구들과 함께 이것저것 자그마한 먹을거리들을 직접 팔아보는 경험, 정말 놓치기 아까운 것 아닐까요! 너무 걱정하지 마세요. 조금만 정성을 들이고 신경을 쓰면 아주 안전하고 즐거운 일일카페를 차릴 수 있을 거예요.

주변의 이웃들 중 창고 세일을 계획하고 계시는 분들이 있다면, 우리 아이가 그 옆에서 일일카페를 차려도 좋을지 물어봅니다. 엄마 아빠도 아이의 일일카페의 점원이 되어 힘껏 도와주세요! 아이와 친구들이 학교나 교회, 자선 모금행사에서 일일카페를 차릴 수도 있겠죠? 하루 동안 벌어들인 수익을 모두 불우 이웃을 위해 기부한다면, 더욱 뜻 깊은 추억으로 남을 거예요!

맛있게 잘 팔기 위해서는 무엇이 필요할까요? 아이가 스스로 생각하고 계획해서 준비물들을 하나하나 챙길 수 있도록 배려해주세요. 우리 일일카페 앞에 손님을 끌어들일 만한 커다란 종이간판이랑 자그마한 의자들, 예쁘고 튼튼한 컵하고 얼음 등등. 아휴! 챙겨야 할 게 한두 가지가 아니군요! 꼼꼼히 메모지에 적어서 하나도 빠짐없이 챙겨봐요. 참, 거스름돈도 미리 많이 준비하도록 하세요. 물론 어디서나 파는 콜라나 사이다 대신 레모네이드, 커피, 유자차 등 우리집 특제 음료수도 많이 준비해두셔야겠죠?

아찔하게 시원하고 맛있는 레모네이드, 이렇게 만들어요!

재료

레몬 6개, 물 3컵, 설탕 시럽 1과 1/2컵

레몬즙을 바짝 짜내세요. 그리고 설탕 시럽이랑 물을 골고루 섞어줍니다. 많이 차가워질 때까지 냉장고에 넣어두세요.

설탕 시럽 만드는 법

설탕 4컵과 물 4컵을 10분 동안 함께 지글지글 끓여주세요. 다 되면 병에 담아 냉장고에 넣어 식혀주세요.

우리 일일카페가 대성공이라고요? 손님들이 너무 많아서 커피랑 레모네이드가 동이 날 지경이라고요? 그럼 레모네이드를 빨리 만드는 법을 알려드릴게요!

레모네이드 빨리 만드는 법

재료

설탕 1컵, 신선한 레몬주스 1컵, 물 5컵, 장식용 레몬 5조각

위의 재료를 잘 섞어주세요. 설탕이 다 녹을 때까지 삭삭 잘 저은 후 얼음을 퐁당퐁당 넣고 레몬으로 장식해줍니다.

066 평생 잊을 수 없는 우리 아이 생일파티

　우리 아이의 생일! 이번 생일만큼은 평생 잊을 수 없는 행복하고 특별한 파티를 열어주고 싶으시다고요? 친한 친구들을 모두 모아 어울려 놀다가, 밤늦도록 소곤소곤 이야기하다 잠들면 정말 재밌을 거예요! 어떻게 준비해야 할까요? 모든 걸 주어도 아깝지 않은 우리 보석 같은 아이의 생일파티, 더 신나고 즐겁게 치르는 법을 알려드리겠습니다!

　먼저 생일의 주인공인 우리 아이가 파티의 주제를 고르도록 합니다. 물론 엄마 아빠의 생각도 중요하겠죠! 누구를 초대할지, 초대장은 어떻게 만들지, 장식은 어떻게 꾸밀지, 선물은 어떻게 준비할지 등등 함께 고민해봐요! 마술을 주제로 한다면 마법사의 기다란 고깔모자가 필요하겠죠? 놀이공원을 주제로 한다면 꼬마자동차 장난감들하고 솜사탕 등이 있어야겠죠! 101마리 달마시안을 주제로 파티를 연다면 어떨까요? 하얀 바탕에 온통 검은 점을 콩콩 찍어서, 식탁도 꾸미고, 바닥도 깔고 또 창문가의 커튼도 장식해보세요! 그밖에도 공룡, 사탕이랑 과자, 야외 햄버거 파티 등 파티를 흥겹게 꾸밀 만한 아이디어들은 무궁무진하답니다.

우왕좌왕 장난꾸러기 꼬마 손님들을 치러내기에 우리집이 너무 좁을 수도 있겠죠. 아파트라면 더욱 그렇습니다. 그렇다면 근처 공원이나 볼링장, 스케이트장은 어떨까요? 이런 시설들은 종종 파티를 여는 사람들을 위해 시설을 빌려주기도 하거든요. 이런 실내시설은 날씨와 상관없이 파티를 열 수 있고, 뒷정리도 간단해 편리하답니다.

하룻밤 우리집에서 묵을 꼬마 손님들이 편안하게 꿈나라에 갈 수 있도록 깨끗하고 보드라운 베갯잇을 여러 장 준비합니다. 무늬 없는 하얀 베갯잇을 사서 섬유용 마카로 이것저것 재미나는 모양을 그려보세요! 천이 미끄러져서 그리기가 어렵다면, 베갯잇 안에 적당한 크기의 두꺼운 판지를 넣어 받침대로 쓰면 된답니다! 섬유용 마카의 사용법을 그대로 따르기만 한다면, 세탁기에 돌려도 오래오래 잘 쓸 수 있답니다. 꼬마 손님들이 오늘 꼭 꾸고 싶은 꿈을 베개에 그려놓고 잠이 든다면, 분명히 소원을 이룰 수 있을 거예요!

아이들이 제일 좋아하는 간식도 많이많이 준비해주세요! 뭐니뭐니해도 달콤하고 시원한 아이스크림이 빠질 수 없죠! 아이스크림을 한 숟갈씩 퍼놓고 초콜릿 소스랑 퍼지 소스, M&M, 땅콩, 코코넛, 바나나 자른 것, 막대과자, 체리 같은 것을 가득 가득 얹어주세요! 그리고 맛있게 냠냠~

알록달록 풍선 장식들은 보는 사람들의 기분을 둥둥 띄워주죠? 그런데 파티가 끝나고 나면 뒤처리하기가 너무 힘들어요. 애물단지 같은 풍선 장식품들, 어떻게 활용하는 게 좋을까요? 풍선을 불기 전에 그 안에 반짝이 가루랑 색종이 조각, 작은 사탕이랑 플라스틱 장난감 등을 넣어보세요. 그

리고 후우~ 힘을 주어 커다랗게 불어줍니다. 풍선 안으로 사탕이랑 장난
감이 희미하게 보이겠죠? 장난꾸러기 아이들은 파티가 끝날 때까지 기다
리지 못하고 펑펑 터뜨려버리고 말 거예요!

페이스페인팅도 파티의 흥을 돋워준답니다. 여러 가지 색깔의 페이스페
인팅 물감을 사서 서로서로 얼굴에 재미나는 무늬를 그려주도록 하세요.

아이들이 좋아하는 피자야말로 파티 음식에 빠져서는 안 될 메뉴죠. 어
디 한번 직접 피자를 만들어볼까요? 먼저 피자빵을 사서 아이들에게 하나
씩 나눠줍니다. 다음에 토마토소스, 페퍼로니, 햄버거, 후추, 버섯, 양파,
올리브, 파인애플, 치즈 같은 토핑들을 마음 가는 대로 골라 자신만의 피
자를 만들어봅니다. 치즈가 녹을 때까지 오븐에서 구워주면 끝! 이제 냠
냠 맛있게 먹어주기만 하면 된답니다.

파티에 오는 꼬마 손님들에게 더 이상 쓰지 않는 오래된 장난감을 가져
오라고 부탁하세요. 하나 둘 장난감들이 모이면, 깨끗이 손질해서 보호소
나 공익단체에 기부해봅시다. 우리 아이들이 신나고 즐겁게 놀면서, 또한
어려운 친구들을 도울 수 있는 기회가 되는 셈이죠. 초대장에 간단히 적어
주기만 하면 돼요! "제 생일선물을 뭘 해줄까 고민하지 마세요. 오래되어
쓰지 않는 장난감하고 맛있는 음식만 조금 갖고 오실래요? 어려운 친구들
을 돕는 데 쓸 거예요. 꼭 와주세요!" 이렇게 초대장에 써둡니다. 이제 꼬
마 손님들이 한 명 한 명 도착할 때마다, 우리의 장난감 바구니도 그득그
득 차오를 거예요!

067 나는야 귀염둥이 피에로!

우리 아이들은 정말 타고난 배우랍니다! 남들이 자신을 어떻게 생각할까 눈치 보는 어른들과는 전혀 다르죠. 아이들은 남들이 어떻게 생각할지는 별로 걱정하지 않아요. 오히려 자신들이 우스꽝스러운 분장을 해서 다른 사람을 웃길 수 있다는 걸 훨씬 자랑스러워한답니다. 축제나 이벤트 행사면 항상 빠지지 않는 울긋불긋 피에로는 아이들에게는 선망의 대상이기도 합니다. 오늘 하루, 우리 아이가 직접 피에로가 돼보면 어떨까요?

자, 그냥 울긋불긋 화려한 피에로 옷만 입었다고 해서 훌륭한 피에로가 되는 건 아니지요. 피에로가 되려면 근사한 서커스 기술을 몇 가지쯤 가지고 있어야 한답니다. 피에로 연습을 시작하기 전에 어떤 재주를 부리는 피에로가 되어볼까 궁리해보세요!

- 저글링
- 기다란 풍선을 꼬아 동물 만들기

- 카드 등을 이용한 간단한 마술

- 페이스페인팅

- 커다랗고 우스꽝스러운 신발이랑 장갑

- 물총처럼 물이 쭉쭉 나오는 꽃, 보이지 않는 목걸이 등 마술 장비들

- 마임

- 복화술

  도서관에서 어린이들도 쉽게 이해할 수 있는 마술의 방법들을 알려주는 책을 찾아보세요. 이제 실제로 연습할 차례입니다. 연습을 도와줄 만한 스승님을 구해봐야겠지요? 지역단체나 기관, 학교 연극부 등에 피에로가 되는 방법을 가르쳐주는 강좌가 있는지 물어봅니다. 아무리 찾아봐도 그런 강좌가 없다고요? 그렇다면 생일파티 서비스 회사에 전화를 걸거나 카니발이나 놀이동산에서 만난 피에로 아저씨한테 직접 물어보세요! 누구보다도 잘 알고 계실 거예요! 아이들이 궁금해하는 기술을 가르쳐줄 뿐 아니라 든든한 후원자가 돼줄 수도 있을 거예요. 근사한 피에로 머리랑 분장화장, 의상 등에 대해서 누구보다 훌륭한 조언을 아끼지 않을 테니까요!

  다른 가족들은 어떠세요? 우리 꼬마의 오빠, 형, 누나, 언니도 어릿광대 놀이를 좋아할까요? 그렇다면 함께 멋지게 분장하여 차려입고 마술놀이도 하고 춤도 춰보자고요! 이제 어느 정도 실력이 붙었다면, 학교나 축제, 양로원, 교회기관, 어린이 병동, 가족이나 친구의 생일 파티 같은 곳에서 한껏 솜씨를 뽐내볼 수 있을 거예요!

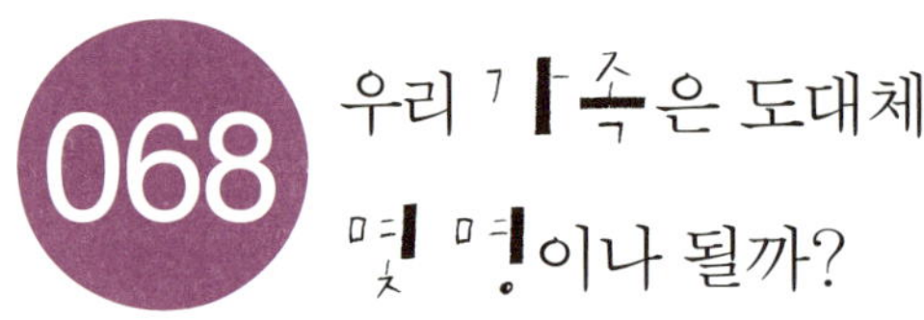

우리 가족은 도대체 몇 명이나 될까?

존 본투마시 영업사원, 미시간주 플린트

어느 날 문득 서재에 꽂혀 있는 앨범이 눈에 띕니다. 그것을 꺼내 들고 한 장 한 장 넘기다 보면, 마치 엊그제같이 가까운 기억들이 새록새록 떠오르지요. 아이와 함께 이것저것 살펴보다 보니, 우리 꼬마가 잘 모르는 사촌이랑 친지들이 참 많기만 합니다. "이 사람은 누구야?", "어, 이 사람은?" 어물거리며 한 장 한 장 넘기다 보면, 앨범 한가득 이름이라도 제대로 아는 사람이 손가락에 꼽힐까 말까 하네요. 아빠가 여름 방학이면 항상 찾아갔던 외사촌 댁이랑, 겨울 스케이트 타기에 아주 안성맞춤인 호숫가 가까이 사시던 고모님, 엄마에게 첫 번째 립스틱을 사주셨던 사촌 이모랑, 그 립스틱으로 거울을 보며 키득키득 화장놀이에 빠져들던 엄마의 소꿉놀이 친구들! 이제는 너무 멀리 떨어져 어떻게 사는지도 아득하고, 전화조차 자주 하지 않게 되었답니다. 이 사진들 한구석에 조용히 숨어 있던 주인공들을 깨워냅시다! 한번 모임을 계획해서 우리 아이에게 모두 소개시켜주는 거예요! 해외에 이민을 가신 친척들, 또 멀리멀리 지방으로 전근을 가신 사촌들께 연락해볼까요? 누구보다도 우리 아이를 많이많이 사랑해주실 분들이잖아요! 그저 이렇게 세월을 흘려보내다간, 엄마 아빠의 기억 속에서조차 사라져버릴지 몰라요. 이제야말로 가족 모임을 개최해볼 때랍니다!

먼저 날짜를 정해야겠죠? 미리 계획을 세워보세요. 가능한 한 많은 분들에게 알리고 오실 수 있는지 물어보세요. 특히 멀리 떨어진 분들께 신경 쓰세요. 참, 할아버지 할머니랑 웃어른 분들께 도움을 청해보세요. 누구보다 가족들의 이야기를 속속들이 알고 계신 분들이니 많은 도움을 주실 거예요! 가족 모두가 각자 할 일을 나누어볼까요? 우리 아이들도 한 몫 거들어야죠. 멀리 지방으로 전화를 건다든지, 편지를 부치는 등의 일을 하기엔 우리 아이가 너무 어린가요? 그렇다면, 언제 누구에게 전화를 했는지, 편지가 왔는지, 답장은 받았는지 등등 자료를 정리하는 역할은 어떻겠어요?

자, 이젠 모임을 멋지게 주최하기 위한 본격적인 준비를 시작합니다! 먼저 많은 사람들이 모일 수 있는 커다란 천막을 빌려볼까요? 민간단체나 동네 공원 등에 물어보면 쉽게 구할 수 있답니다. 정원이 없는 아파트에 사신다구요? 그럼 휴일에 공원이나 학교 운동장 등을 빌리는 것도 좋은 방법이지요. 부담 없이 많은 사람들이 모여 즐길 수 있는 곳이라면 어디든 좋아요.

다음엔 우리 집안의 족보를 그려보아요! 한 분 한 분 손님을 맞이하면서, 누구인지 한눈에 확인할 수 있는 안내서랍니다. 먼저, 떠오르는 대로 한번 그려보세요. 그리고 부족한 사항들을 더 적어봅니다. 어느 정도 정리가 되면, 가족 모임에 내걸 수 있도록 커다란 판 위에 우리 가족 족보를 그려봅니다. 더 재미있게 만들 수 있는 방법 한 가지! 사람들의 사진을 이름 위에 붙여주면 재미있겠죠? 환하게 웃는 모습들을 보면서 서로서로 얼굴을 확인하면 얼마나 즐겁겠어요!

이제는 가족 모임에 빼놓을 수 없는 기념품을 준비할 차례랍니다. 기념 티셔츠가 어떨까요? 아주 쉽게 만들 수 있어요! 먼저 우리 아이가 예쁘게 그림을 그립니다. 그 그림을 컴퓨터 스캐너에 넣어 파일로 만드세요. 이제 그림 파일을 전문 인쇄소에 보내면 우리 꼬마 디자이너의 멋진 티셔츠 작품을 만들 수 있답니다! 이름표 대신 티셔츠에 미리미리 이름을 새겨두는 것도 좋은 방법이겠죠!

뭘 하고 놀면 좋을까요? 다양한 놀이거리를 계획해보세요. 꼬마 아이들의 장기자랑이랑 할아버지 할머니의 노래자랑도 좋겠죠? 미리 신청을 받아둔다면, 노래 반주 등을 미리 준비하기가 훨씬 편할 거예요. 한 사람도 빠짐없이 모든 가족 앞에서 자신의 장기를 보여줄 수 있도록 배려해주세요!

드디어 파티가 시작되었어요! 자, 우리 아이들이 해줄 또 다른 중요한 역할이 있답니다. 마이크랑 녹음기, 그리고 카메라를 준비해서 아이들에게 나눠주세요. 이제 곳곳을 돌아다니면서 가족들 한 분 한 분 빠짐없이 인터뷰를 해봅니다! 모임이 끝난 후 인터뷰 한 것이랑 사진들을 모아서 가족신문을 만들어보세요! 엄마랑 아빠가 인터뷰 자료들을 컴퓨터에 입력할 수 있도록 도와주세요. 사진들은 현상해서 컴퓨터에 스캔을 받아두거나 컬러 복사를 해둡니다. 이렇게 하면 잊을 수 없는 추억의 책을 직접 만들 수 있답니다. 한 부씩 소중하게 인쇄해서, 참가했던 모든 친지 여러

분께 보내주세요. 참석하지 못한 가족 분들께도 보내는 것 잊지 마세요!
"다음에 꼭 만나요!"라는 카드 한 장을 넣어드리면 더욱 좋겠죠?

069 냠냠, 맛있는 피자 내 손으로 만들기

아이에게 한번 물어보세요. "피자는 어떻게 만들어질까?" 그러면 전혀 상상하지 못했던 대답이 나올지도 몰라요. "피자는 피자 배달부 아저씨 가방에서 만들어요!", "슈퍼에서 만들어요!" 피자는 우리 아이들이 정말 좋아하는 음식 중 하나임에 틀림없지만 정작 어떻게 만들어지는지 알기는 참 힘드네요. 배달해 먹는 음식들은 어떻게 정성을 들여 만들어지는지 볼 수가 없으니까요! 그렇다면, 우리 가족끼리 특제 피자를 직접 만들어보면 어떨까요? 물론 전화로 주문하거나 냉동 피자를 사오는 게 훨씬 빠르고 쉽겠지요. 하지만 집에서도 간편하게 피자를 만들 수 있답니다. 그리고 의외로 재미있어요! 요즘은 집에서 직접 만들어 먹을 수 있도록 피자 굽기에 필요한 재료들을 따로 팔기도 하거든요. 한번 확인해보세요!

피자 크러스트는 밀가루 반죽을 프라이팬에 살짝 굽거나, 식빵을 꾹꾹 눌러서 쉽게 만들 수 있답니다. 이렇게 만든 크러스트에 가족들이 좋아하는 여러 가지 토핑을 얹어보세요. 여러 가지 야채랑 고기 등을 적당히 잘라

모아 토핑용 재료로 팔고 있답니다. 만약 주변 슈퍼에서 구할 수 없다면, 좋아하는 재료를 하나하나 따로 사셔야 하겠지요. 자그마한 것들로 다양하게 준비하는 게 좋겠죠? 냉장고 속에 숨어 있는 묵은 햄이나 통조림 등도 놓칠 수 없는 좋은 재료랍니다. 사실 집에서 피자를 만들 때 제일 시간이 걸리는 부분은 우리 가족의 식성을 정확히 파악하는 것이랍니다. 어떤 토핑이 제일 맛있을까! 음, 정말 심각한 문제죠? 진짜 맛있는 토핑들끼리만 조합하기 위해서는 몇 번의 시행착오를 겪어야 할지도 몰라요. 하지만 이런 실험이야말로 집에서만 해볼 수 있는 귀중한 경험이랍니다.

도대체 어떤 토핑이 좋을지 전혀 모르시겠다구요? 그럼 미리미리 조사해두는 것도 나쁘지 않아요. 피자를 몇 번에 걸쳐 주문하면서, 어떤 토핑들이 맛있었는지 적어둡니다. 우리 가족만의 걸작품 피자를 단번에 만들 수 있다고는 생각하지 마세요! 가족들의 식성이 너무 남다르다고요? 할아버지께서 식이요법 중이셔서 야채만 들어간 피자밖에 못 드신다구요? 우리 꼬마는 햄 토핑을 너무너무 좋아하는데 말이에요. 이럴 경우라면 작은 크러스트 반죽을 작게 잘라서 나누어주세요. 각자 맘에 드는 토핑을 올린 후 오븐이나 프라이팬에 살짝 굽도록 합니다.

"하지만 세상에서 제일 맛있는 피자에 왜 예쁜 네모 상자가 없어? 상자가 없는 피자는 벌거벗은 피자야!" 우리 아이가 제일 맛있는 피자는 피자 상자에서 나오는 거라고 우길지도 모릅니다. 그렇다면 동네 피자 가게에서 빈 상자를 얻을 수 있는지 물어봐야겠네요. 예전에 배달해 먹었던 피자 상자를 깨끗이 보관해두는 것도 좋은 방법입니다. 이제 준비한 피자를 상자에 넣어서 리본으로 예쁘게 묶어볼까요? 걸작품 피자에 잘 어울리는 장식이 될 겁니다.

이렇게 만든 피자가 너무너무 맛있어서, 혹은 다양하게 시도하는 토핑이 재미있어서, 피자 만들기가 우리 가족의 주말 행사가 되어버릴지도 몰라요! 그러면 크러스트 반죽도 때로는 얇게 때로는 두껍게 시도해볼 수도 있겠죠? 자, 여기 맛있는 피자 요리법을 참조하세요!

집에서 만드는 피자 크러스트

재료

다용도 밀가루 2컵 또는 2와 1/4컵, 빨리 부풀어오르는 이스트 1봉지, 소금 1티스푼, 설탕 1/2티스푼, 뜨거운 물 3/4컵, 올리브오일 1티스푼

1. 밀가루 1과 1/2컵, 이스트, 소금, 설탕을 커다란 그릇에 함께 넣고 저어주세요.

2. 올리브 오일과 물을 1의 밀가루에 넣고 저어주세요. 잘 섞일 때까지 반죽합니다.

3. 탄력 있고 단단하면서 곱고 부드러워질 때까지 남은 밀가루를 서서히 더해줍니다.

4. 밀가루 표면을 가볍게 털어내고 더욱 부드럽고 탄력 있게 반죽해주세요.

5. 플라스틱 덮개를 덮고 10분 동안 상온에 두세요.

6. 오븐을 약 섭씨 218도로 미리 데워주세요.

7. 반죽을 피자 크러스트 모양으로 넓적하고 얇게 깔아줍니다.

8. 소스와 토핑을 가지런히 얹어주세요.

9. 크러스트가 바삭바삭한 갈색이 될 때까지 15분에서 20분 정도 구워주세요.

10. 15센티미터 크러스트를 네 개 만들거나 커다란 크러스트 하나를 만들 수
    있답니다!

따뜻한 마음으로 장애인과 친구되기

　가끔 길에서 장애인을 만났을 때, 아이들의 반응을 기억하세요? 장님 아저씨가 맹인안내견이랑 뚜벅뚜벅 거리를 걸어갈 때 아이들은 호기심에 어쩔 줄 모르죠. 휠체어를 타고 두 손으로 바퀴를 밀고 가시는 아저씨나, 아무 소리 없이 수화로 바쁘게 손짓하며 이야기하는 사람들을 만나면 아이들은 상대방이 무안해질 만큼 뚫어져라 쳐다보곤 합니다. 아이들이 버릇없어서 그런 것은 절대 아니에요. 단지 아이들은 자기 자신이나, 엄마 아빠와는 달라 보이는 사람들에 대해 호기심이 생겼을 뿐이지요. 그것은 바로 우리 아이에게 장애를 안고 사는 사람들, 하지만 보통 사람과는 다른 재능을 가진 사람들에 대해 일깨워줄 때가 왔다는 신호랍니다.

　아이들은 수화를 무척 재미있게 생각하기 때문에, 나이가 어리더라도 금세 배우곤 한답니다. 관심만 있다면 유치원생이나 초등학교 1학년 아이들도 점자를 금방 익혀버리지요. 엄마 아빠가 잘 모르시더라도 하나씩 문자랑 문법을 알려주시기만 하면 아이는 단어와 짧은 문장들을 읽어가며 철자를 연습할 수 있어요. 맹인 학교나 지역단체, 교육청 등에 연락해서 점자책 샘플을 보내줄 수 있는지 알아보세요. 가능하다면, 아이가 직접 그 학교를 방문해서 점자를 배울 수 있는지도 알아봐야겠죠? 만약 아이가 점자를 벌써 깨우쳤다면 다음에는 수화를 익혀보도록 합니다. 사회 교육기관이나 교육 프로그램, 레크리에이션, 커뮤니티 센터, 도서관, 종교단체, 장애인과 관계된 기관들에서 무료 점자·수화 강좌를 종종 열고 있답니다. 기회가 된다면 청각 장애인을 위해 수화로 진행되는 연극이나 영화 관람도 할 수 있겠죠! 또 직접 장애인들과 얘기할 수도 있을 거예요.

아이들은 맹도견에게 특히 관심이 많습니다. 앞이 안 보이는 주인을 위해 한 걸음 한 걸음 인도하는 개라니 너무나 기특하고 예쁘지요? 우연히 길에서 맹도견을 만났을 때, 아이에게 맹도견은 지금 안내를 하고 있으니 방해해서는 안 된다는 걸 알려주셔야 합니다. 언제든지 함께 어울려 놀 수 있는 애완견이 아니라구요. 하지만 기회가 된다면, 맹도견의 주인에게 잠시 양해를 구할 수는 있을 거예요. 그러면 개에 대한 얘기도 듣고, 머리를 쓰다듬어줄 수도 있겠죠? 엄마 아빠가 주변의 장애를 가진 분들과 얘기하는 것을 주저하지 않고, 또 편견 없이 대응하는 모습을 보여준다면, 아이도 그대로 본받을 겁니다. 아이는 생각보다 많은 걸 빨리 이해하고 맹도견 등 장애를 가진 사람들을 돕는 데 관심을 갖게 될 거예요. 또 장애를 가진 사람들과 마주쳐도 아무렇지도 않게 생각하게 될 거랍니다.

길을 가다가 휠체어를 타고 가시는 할머니나 혹은 장애인을 만나면, 여러분은 어떻게 하시나요? 다정하게 인사를 건네보면 어떨까요? 도움이 필요한 상황이면 망설이지 말고 도와주세요. 틈이 있는 문턱을 지날 때 가볍게 뒤에서 밀어주시면 큰 도움이 되겠죠? 그리고 아이와 함께 휠체어가 필요한 사람들에 대해 이야기해봅니다. 이분들의 삶이 우리와 어떻게 다를지 얘기해보세요. 휠체어를 탄 사람들이 보통 사람들보다 잘 할 수 있는 것은 무엇일까요? 맹인들은 보통 사람보다 아주 작은 소리도 훨씬 잘 듣는다는 사실을 알고 있나요? 장애인들이 불쌍한 사람들이라는 인식을 주어선 곤란합니다. 이들이 잘 할 수 있는 것들을 얘기해주세요. 이러한 메시지를 잘 전달하려면, 휠체어 농구 등 장애인 운동경기나 연극 등의 공연 관람을 추천합니다.

무엇보다 중요한 것은 우리들이 저마다 다른 성격과 특징을 가진 것처럼, 장애도 사소한 차이점에 불과하다는 점입니다. 아이들이 세상사람 누구에게나 똑같이 존경과 예의를 가지고 대할 수 있도록 지도해주세요.

071 어느 날 갑자기 잠옷 바람으로 나들이 나가기

캐롤 터킹턴 작가, 펜실베이니아주 몬톤

우리는 모두 바쁘고 분주한 나날들에 지쳐 있답니다. 똑같이 되풀이되는 일상 속에서 언제 한번 여유로운 틈을 내기가 쉽지 않지요. 이럴 때일수록 깜짝 놀랄 만한 일들을 시도해서 멋지게 기분전환을 해보자고요!

따뜻한 늦은 봄날이나 초가을 금요일 저녁이라면 아주 좋겠어요. 음, 아주 우스꽝스럽고 엉뚱한 장난을 해볼까요? 특히 우리 아이가 많이 피곤해하고 또 지루해하는 날이면 더욱 좋습니다! 식구들 모두 즐거워할 거예요. 가족 모두가 잠자리에 듭니다. 혹은 드는 체 흉내를 내는 거지요. 잠옷도 다 갈아입고 이불 속에 들어갑니다. 두 눈을 껌벅이며 잠들까 말까 하고 있을 때 엄마랑 아빠가 살금살금 다가갑니다. "쉿!" 문을 스르르 열었나요? 이제 갑자기 불을 켜며 외쳐보세요! "자! 신나는 잠옷 나들이 시간입니다!" 깜짝 놀라서 하하하 웃음을 터뜨릴 거예요! 잠옷 바람 나들이엔 간편한 슬리퍼 차림이 좋겠어요. 다른 옷은 챙겨 입히지 마세요. 그냥 잠옷 바람으로 나가는 게 제일 중요하거든요!

그대로 차에 올라탑니다! 그리고 야식으로 아이스크림을 먹으러 붕붕 떠나볼까요? 바나나 아이스크림이나 딸기쉐이크, 뭐든 좋아요! 밤늦게까지 열기만 한다면 패밀리레스토랑도 좋고, 아이스크림 가게도 좋아요. 버릇없어 보이고 한편으로는 바보같이 엉뚱해 보이겠지만, 이런 예외적인 상황이야말로 아이에게는 더할 나위 없는 모험거리랍니다. 초등학교 정도의 아이들이라면, 한 번도 가본 적이 없는 낯선 지역으로 데려가는 게 좋겠네요. 우리 아이가 얌전한 편이라 잠옷만 입고 돌아다니는 것을 창피하게 생각한다면, 엄마 아빠가 아이스크림을 사오는 사이 차 안에서 조용히 기다릴 수 있도록 해주세요.

반짝반짝 반짝이는 별을 보면서 아이스크림을 먹을 수 있는 곳이라면 어디라도 좋아요. 가까운 공원의 벤치에 앉아서 쉐이크랑 아이스크림을 맛있게 먹어봅니다. 다 먹었으면 차로 돌아가서 부웅붕 드라이브를 즐겨볼까요? 어스레한 어둠이 깔린 무렵의 세상 구경은 또 다른 즐거움이지요! 환한 대낮에 봤던 건물이랑 거리는 까만 어둠 속에 반짝이는 네온사인을 켜둘 거예요. 그러면 전혀 다른 세상처럼 보이곤 한답니다. 돌아오는 길에 옛날이야기를 하거나 함께 노래를 불러볼까요? 집에 다 왔을 때쯤이면 어느새 아이들의 눈꺼풀에 졸음이 한가득 쌓였을 거예요.

지루하고 더운 여름밤이면 가끔 잠옷 바람 나들이를 계획해보세요! "잠옷 바람으로 별 구경을 나간다니 정말 짜릿하고 멋진 일이야! 게다가 아이스크림까지!" 아이들은 이렇게 흐뭇한 기억을 하나 더 가질 수 있게 될 거랍니다!

072 '기분이 좋아지는 상자'를 만들어볼까요?

　우리 아이가 아파서 며칠 동안 병원 신세를 지게 되었어요. 학교도 못 가고 어떡하죠? 다른 친구들이 학교에서 축구를 하고 노는 동안 우리 아이는 침대에 누워 끙끙대야만 하다니, 정말 불공평해요! 며칠이고 이렇게 앓아누워 있는 동안, 아이들은 빨강 파랑 신나게 그림을 그리는 미술 시간이랑 공차기 놀이 등을 하염없이 그리워하게 마련이지요. "나 언제까지 이러고 있어야 해?" 이렇게 묻는 듯 처량한 눈길을 보고 있기도 힘든 일입니다.

　이럴 때야말로 '기분이 좋아지는 상자'가 제 몫을 톡톡히 할 때랍니다. '기분이 좋아지는 상자'는 미리미리 준비해두셔야 해요. 눈에 안 띄는 곳에 조용히 숨겨두었다가 꼭 필요할 때만 꺼내서 마법을 이용해야 하니까요. 사용하고 나서도 잘 챙겨서 꼭꼭 숨겨둬야 한답니다. 그렇지 않으면 다음번에 사용할 때는 효력이 없어질지도 모르거든요!

　자, 커다란 종이상자면 무엇이든 좋아요. 옷상자나 가전기구 상자를 따

로 챙겨서 겉을 멋지게 색칠해둡니다. 신비스러운 보라색이랑 파란 하늘
을 닮은 하늘색 뭐든 좋아요. 아이가 좋아하는 색으로 상자 표면을 칠해주
세요! 그리고 다 마르면, 다음 준비물들을 챙겨서 넣어줍니다.

- '기분이 좋아지는' 신비로운 베개 커버! 비 오는 날 만들면 효력이 더욱 좋다
  는군요. 엄마랑 아이랑 예쁜 천을 사서 직접 만들어도 좋대요. 오래된 베개
  커버에 옷감용 마카로 '기분이 좋아지는 베개' 라고 써주세요. 섬유용 물감
  등으로 여기저기 예쁘게 색칠해주는 것도 잊지 마세요!
- 머핀 만드는 판을 넣어둘까요? 간단한 반죽이랑 땅콩, 건포도, 씨리얼, 건과
  일 등을 넣고 구우면 맛있는 머핀이랑 과자를 만들 수 있을 거예요.
- 알록달록 리본이랑 끈을 넣어둡니다. 다양한 길이로 길고 짧게 잘라주세요.
  여러 가지 끈을 모아서 묶으면 목걸이도 되고 팔찌도 되지요! 기찻길도 만들
  수 있다니까요!
- 칠판이랑 분필, 지우개도 넣어둡니다. 학교 놀이를 할 수 있구요. 학교에서
  배웠던 숫자랑 글자 등을 연습할 수도 있어요. 그림도 그릴 수 있구요!
- 테이프도 빼놓을 수 없죠. 테이프로 뭘 하느냐구요? 상상력이 무궁무진한 아
  이들은 이것저것 종이들을 붙이기도 하고, 또 몸에 조금씩 붙여가면서 재미
  나게 놀 수 있답니다. 이것 하나만 있어도 아이들은 몇 시간 동안 즐겁게 놀
  수 있다니까요!
- '아픈 양말' 도 준비해야겠군요! 아픈 양말이 뭐냐구요? 쉿, 이건 마법의 양
  말인데요. 황당하고 엉뚱하게 만든 양말이지요. 구멍도 나야 하고, 색깔도 알
  록달록하고 또 올록볼록 단추도 달려 있어야 해요. 이 양말을 신으면 병도 낫

고, 또 기분도 좋아진다는군요. 엄마가 간단히 뜨개질을 해서 만들어줄 수도 있어요. 할머니한테 비밀리에 부탁을 드려도 좋겠죠?

- 손가락에 끼워 노는 손가락 인형이랑 다양한 스티커, 만화책하고 일기장, 카드 등도 넣어줍니다.

- '기분이 좋아지는 상자'에는 '기분이 좋아지는 마술 지팡이'가 없으면 소용이 없대요. 이 지팡이는 어른들만 써야 한대요. 이 지팡이로 수리수리 마수리를 외치면 그것을 보는 아이들은 모두 웃게 된다지 뭐예요! 이 지팡이는 특히 정성을 들여 만들어야 하는데요. 별을 꼭대기에 얹어야 하고 또 색깔도 알록달록하게 칠해줘야 한대요. 끝머리에 리본이랑 끈을 여러 개 달아주면 효력이 더 좋다는군요!

073 방울방울 비눗방울 날리기!

무지갯빛 비눗방울을 파란 하늘 위로 불어볼까요? 한 방울 한 방울 예쁘기도 하지요? 햇빛이 따사롭고 환한 봄날이면 더욱 반짝이며 둥둥 떠오를 거예요. 나른한 여름 오후 놀이거리로도 그만이랍니다! 지금까지는 그냥 부엌 세제로만 비눗방울을 만들어 오셨나요? 그렇다면 이제부터는 색다른 양념거리들을 더해보세요. 훨씬 재미있고 아름다운 비눗방울들이 탄생할 거랍니다!

재료

글리세린 2테이블스푼, 세제 1/4 컵, 물 1컵, 식용색소 몇 가지

플라스틱 병에 글리세린, 세제, 물을 넣어 부드럽게 저어주세요. 식용색소를 한두 방울 섞으면 곱고 선명한 색을 낼 수 있답니다.

이렇게 하면 색색의 비눗방울이 탄생하느냐구요? 음, 그렇지는 않답니

다. 방울의 막이 워낙 얇고 투명해서 색깔이 제대로 베여 보이지는 않아요. 하지만 이렇게 비눗방울 만드는 용액을 미리 준비해서 예쁘게 섞어두면 훨씬 색다른 재미를 만끽할 수 있겠지요!

자, 놀이는 이제부터가 시작이랍니다. 여러분 집 근처에서 비눗방울 놀이를 할 만한 곳을 찾아보세요. 커다란 비눗방울을 제대로 불어내기 위해선 어른 팔 길이만한 꼬이지 않은 전선 여러 가닥이 필요하지요. 쉽게 구할 수 있으니 주변 철물가게나 수리점을 찾아가보세요. 비싸지도 않고 고무로 싸여 있어 안전하답니다. 잘 구부러지는 것으로 골라보세요. 이제 하트 모양이랑 딸기 모양 등 여러 가지 모양과 크기의 막대를 만들어봅니다. 누가 큰 방울을 부나 시합해볼까요? 비눗방울 불기 놀이가 처음이라구요? 그렇다면 엄마가 비눗물이 입속에 들어가지 않도록, 또 입가에 묻히지 않도록 조심하라고 일러주셔야겠네요! 첫 번째 비눗방울은 엄마랑 아이랑 같이 하늘에 동동 올려볼까요?

다음 물건들도 비눗방울 막대기로 쓸 수 있어요!

부엌용 깔때기 / 거품기 / 플라스틱 바구니 / 낡은 테니스 라켓이나 배드민턴 라켓 / 플라스틱으로 된 둥근 자수 캔버스 / 중간에 구멍이 송송 뚫린 프라이팬 뒤집개 / 창문틀 테이프(창문 등 유리판 가장자리의 흠집을 막기 위한 테이프)

얕은 팬에 비눗방울 재료들을 이것저것 섞어서 신나게 비눗방울 놀이를 즐겨보세요!

마지 그레이빌 전 도서관 사서이자 소설가, 뉴저지주

074 엄마랑 아빠랑! 우리 아이끼리만 오붓하고 여유로운 한때를!

생각해보세요. 무엇을 하기 위해서 안달복달할 필요 없이 여유로운 한때, 우리 가족끼리만 오붓하게 함께 있는 시간 말이에요. 참으로 평화롭고 사랑스러운 순간이 아닐까요? 미리 계획해서 이러한 한때를 가져보세요. 기껏 준비해놓았는데, 큰언니가 별안간 저녁에 친구들하고 놀러가겠다고 우기면 곤란하겠죠? 새로 나온 만화랑 게임에 정신이 팔려 문을 꼭 닫아버리고 자기 방에만 틀어박혀 있어도 안 돼요! 되도록 라디오나 TV는 켜지 마세요. 우리 가족끼리 함께 햇빛을 받으며 나른한 오후의 졸음을 즐겨보세요. 함께 있다는 것이 얼마나 소중하고 기쁜 일인지 기억할 수 있는 순간이 될 거랍니다. 알게 모르게, 아이는 엄마 아빠와 함께 있어서 행복하다는 사실을 마음속에 새기게 될 거랍니다.

사실 많은 사람들이 가족들만의 시간을 제대로 보내지 못하고 있어요. 엄마랑 아빠가 맞벌이 직장생활을 하고 계시다면 더욱 그렇지요. 바깥일을 마치고 집에 돌아온 순간부터 아이가 잠들 때까지는 정말 얼마 되지 않잖아요? 게다가 그 시간들은 대개 저녁을 만들어 먹고, 설거지하고, 빨래를 널고 개고, 또 목욕하는 등 바쁘고 정신없이 보내기 일쑤랍니다. 주말 시간도 운동이랑 낚시, 자동차 수리 등 그밖의 묵은 집안일들을 하느라 바쁘기 짝이 없지요. 가족이 모두 모여 넉넉하게 여유를 즐길 만한 시간은 큰맘 먹고 계획하기 전엔 거의 찾아보기 힘든 것 같네요.

그렇다고 바쁘게만 지낼 수는 없는 법! 모든 것을 잠깐 접어두고 함께할 수 있는 시간을 만들어보세요. 그리고 바쁘지 않은 가족끼리라도 서로 함께 할 시간과 소일거리를 만들어보세요. 엄마 아빠가 모두 함께하면 그보다 좋을 수는 없겠지만, 엄마와 아빠가 각자 아이와 일대일로 마주하는 시간도 정말 중요하답니다.

정 바쁘시다면, 전구를 사러 철물점에 가거나 우유를 사러 가게에 들르는 비교적 여유로운 때 아이와 손을 맞잡고 걸어보세요. 엄마와 아빠가 아이의 이야기에 귀 기울여준다는 사실이 참으로 중요하답니다. 아이의 질문에 성의껏 대답해주시고, 사랑을 담뿍 담아 눈과 눈을 마주하여 보세요. 이런 기회는 많이 만들수록 좋겠지요! 아이가 심부름을 잘 해냈다면, 칭찬을 아끼지 마시고 제일 좋아하는 아이스크림 가게에 들러주세요. 한 컵 가득 아이스크림을 퍼놓고 수저를 맞붙여가며 함께 냠냠 먹어보세요! 가랑비가 내리는 날 함께 비를 맞아보는 것은 어떨까요? 설사 감기에 걸려 콜록콜록 하더라도, 그만큼 기억에 뚜렷이 새겨진 한때가 되겠죠?

아이가 엄마와 아빠와 함께한 시간들을 가슴에 뜻 깊게 새길 수 있도록 소중한 순간순간을 먼저 준비해주세요.

- 어느 날 오후 갑자기 엄마랑 아빠가 학교 수업이 끝났을 즈음 교문 앞에서 아이를 기다리고 있는 거예요! 우와, 신난다! 서로 손을 맞잡고 아이가 제일 좋아하는 아이스크림 가게나 피자집, 그밖의 음식점에 함께 가서 맛있는 간식을 먹어볼까요? 와, 배부르다. 불뚝 튀어나온 배가 쑥 들어갈 때까지 공원에서 어슬렁거려 봐요!

- 아빠와 엄마가 모두 쉬는 토요일 하루, 시내로 다 함께 나들이를 떠나볼까요? 아침 일찍 나가서 제일 처음으로 상영되는 영화도 한 편 감상하고요. 다음엔 쇼핑센터도 들러서 새로 나온 장난감도 구경하고, 박물관이나 고궁에 들러 사진도 찍어야겠어요.

- 서너 정거장 정도는 거뜬하게 걸을 수 있답니다. 손을 꼭 잡고 걷노라면 시간 가는 줄 모를 거예요. 공원 등에서 자전거를 빌려서 나란히 한 바퀴를 달려보는 것도 즐겁기 짝이 없어요!

- 엄마나 아빠 중 누구라도 시간이 되는 분 한 분만 남아보세요. 이왕이면 함께 보내는 시간이 적었던 분이 좋겠네요. 휴일에도 몇 차례 특근을 한 아빠는 함께하지 못했던 시간을 갚아주셔야겠죠? 아이와 단둘이 보낼 수 있는 시간을 마련해봅니다. 다른 가족들은 모두 집에서 내보내세요. 아이의 방에 페인트 칠도 새로 하고, 또 정원에 예쁜 꽃도 심어보면서 단둘만의 데이트를 즐겨보세요.

075 정성껏 만들어보는 나의 모형 조립품!

　이 세상의 모든 아이들이 가지고 있는, 어른들이 절대적으로 배워야 할 가치가 있답니다. 바로 거침없는 열정이지요! 아이들은 순수한 호기심과 사랑으로 무엇이든 편견 없이 깊숙이 빠져들곤 한답니다. 자동차의 브랜드 이름과 특징을 다 외고 있는 꼬마 친구들을 종종 발견하실 수 있을 거예요. 자동차뿐만 아니라 비행기, 배, 혹은 조랑말 등등 수도 없이 많은 종류의 사물들에 아이들은 열광하곤 한답니다. 우리 아이는 어떠한가요? 아이가 열광하는 대상이 무엇이 되었든 그것에 대해 더 많이 배울 수 있는 한 가지 방법을 충고해드릴게요. 바로 모형을 제작해보는 것이랍니다. 우리 엄마 아빠랑 아이가 함께할 수 있으니 더욱 좋은 방법일 수밖에요!

　대부분의 모형들은 주변의 장난감 가게나 백화점 등에서 살 수 있답니다. 모형만 전문적으로 파는 가게도 있어요! 이런 전문용품점에서는 거의 모든 종류의 모형상자를 구입할 수 있지요. 가까운 곳에서 찾을 수 없다면 인터넷 쇼핑몰도 꼭 찾아보세요! 배, 기차, 비행기, 자동차, 우주선, 사람

의 몸, 두개골, 말, 미라, 인형의 집, 공룡, 탱크, 대포, 군인…… 우와, 정
말 너무나 많지요? 뭘 선택해야 할지 행복한 고민에 빠져버릴 것 같아요!
이런 모형들은 제작 수준이 각기 달라서 아이의 나이와 능력에 맞는 것을
제대로 골라낼 수 있어야 한답니다.

아이가 어느 정도 경험이 있고 또 글도 잘 읽는데다 손재주도 보통이 아
니라면, 엄마나 아빠는 그저 어려운 부분만 도와주는 식으로 참여하세요.
혼자 힘으로 해낸 작품일수록 그 땀의 가치가 소중하게 느껴지지 않겠어
요? 아이가 공룡 모형을 제작하고 있는데, 엄마나 아빠는 도무지 공룡에
대해서는 아무것도 모르실 경우도 있을 겁니다. 이렇게 부모님이 잘 모르
는 분야에 아이가 흠씬 빠져들고 있는 중이라면, 공룡에 대한 이야깃거리
와 자료를 찾아 구해주시는 것만으로도 많은 도움이 될 거예요! 자, 다 만
들었나요? 멋진 작품을 그냥 버려둘 수는 없겠죠? 우리집 현관의 조그마
한 공간에서 자랑스러운 전시회를 열어보세요. 물론 아이가 금방 싫증을
내버릴 수도 있어요. 어쩌면 너무 평범한 사물들에는 관심이 없어서 그럴
지도 모른답니다. 복잡하고 신비로운 신화나 전설 속의 용 같은 것에 열중
한 아이들은 사람이나 말보다는 높은 뾰족탑들이 일품인 옛날 옛적의 성
곽 등을 조립하는 데 관심이 있겠지요. 다양한 분야를 거치면서 정말로 솔
깃해서 빠져들 만한 분야를 찾아내는 것이 진짜 중요한 관문이겠네요. 조
랑말 만들기를 아주 즐거워하던 아이들이 어느 날 시들해졌다면, 조랑말
들을 모아둘 마구간을 만들어보도록 제안해봅니다.

어떤 종류든 모형을 만들어보는 것은 훌륭한 교육 프로그램이 된답니
다. 나중에라도 아이에게 학교 공부에 나오는 어떤 주제에 대해서 모형을

만들 것을 제안해보세요. 무엇이 되었든 모형을 제대로 만들어보려면 그 주제에 대해서만큼은 전문가가 되어야 하는 법! 원시시대의 움막, 아프리카 인디언의 천막, 시골의 과수원, 또 저 멀리 프랑스의 에펠탑에 이르기까지 정말 많은 주제들이 있답니다. 얼마나 잘 만들었는지, 또 어떤 평가를 받았는지는 시간이 지나면 잊혀지겠지만, 만들어가면서 머릿속에 되뇌던 정보들은 그대로 산지식이 되어 오래오래 기억될 것입니다!

웅땅! 찾아라! 최고의 눈썰미 선수 찾기!

우리 아이들은 가끔 스스로를 아주 대견해한답니다. "내가 얼마나 멋지냐면 말이야?" 하며 으쓱으쓱 자랑하기를 즐기곤 하지요. 특히 초등학교를 다니기 시작해서부터는 더욱더, 자기들이 다 자란 어른인 양 콧대를 세우곤 합니다. 주의 깊고 생각이 넓어서 무엇 하나 자기들의 눈썰미를 벗어날 수 없다고 으름장을 놓기도 해요. 흠, 과연 그럴까요? 우리 아이들의 주의력이 얼마나 무럭무럭 자라났는지 한번 알아볼까요? 자, 동네 꼬마 친구들, 혹은 아이의 학급 친구들을 모아서 함께 눈썰미 테스트를 해봅시다! 눈썰미 게임을 어떻게 하면 되냐구요? 다음을 참고하세요!

1. 먼저 적당한 장소를 찾아 경계선을 그어줍니다. 두세 군데를 팀별로 정해서 나누어주세요.
2. 이제 아이들을 두 개 이상의 팀으로 나누어주세요. 팀원들의 나이가 비슷하게끔 공평하게 만들어주셔야 해요!

3. 각 팀들이 맡은 장소마다 찾아야 할 사물들의 이름이랑 그 개수를 적어보세요. 다 적으셨으면 다시 한 번 꼼꼼히 확인해보시기 바랍니다. 이렇게 완성된 목록은 심판을 맡은 어른 혼자서만 보셔야 해요!

4. 이제 각 팀마다 발견한 사물들의 이름을 적을 커다란 종이판이랑 매직펜을 하나씩 나눠주세요. 그리고 각 팀이 맡을 구역의 경계선이 정확한지 다시 한 번 확인해줍니다.

5. 제한 시간은 얼마로 정할까요? 5분? 10분? 모두가 찬성할 만한 시간을 정하세요. 그리고 시계를 준비하면 모든 준비가 끝난답니다!

6. 자, 발견한 사물의 개수까지도 정확히 맞춘 팀에게는 보너스 점수가 주어집니다! 참, 그리고 사물의 이름을 적은 철자가 틀렸다면 일 점씩 감점된다는 것 잊지 마세요!

7. 이긴 팀과 진 팀 모두에게 여러 가지 맛있는 과자랑 아이스크림, 그리고 피자를 나누어주세요!

몇 번 거듭해서 시합을 해봤다면 이제 가족간 눈썰미 대회를 열어봐도 신날 거예요! 조금 더 어렵게 난이도를 조정해볼까요? 이번에는 보물찾기 놀이도 함께 응용해봅니다. 준비하는 시간은 좀 걸리겠지만 뭐니뭐니해도 보물찾기 놀이만큼 흥미진진한 게임이 또 어디 있겠어요!

1. 보물이 놓인 장소를 살짝 알려주는 퍼즐, 수수께끼 또는 그림으로 알림글을 만들어보세요. 예를 들어볼까요? "깡충깡충 토끼뜀을 열 번 한 다음 엄마에게 뽀뽀를 합니다. 그리고 거실 텔레비전 옆에 있는 두 번째 알림글을 찾으

세요."

2. 집안 곳곳에 미리 만들어놓은 알림글이랑 그림, 그리고 보물들을 숨겨둡니다. 너무 찾기 힘든 곳에 숨기면 곤란해요! 아무도 찾을 수 없다면 그만큼 재미도 없어질 테니까요!

3. 먼저, 참여한 선수들에게 알림글이랑 그림을 하나씩만 나누어주세요. 다음 단계에 접어들기 위해서는 첫 번째 알림글에 적힌 수수께끼나 퍼즐을 반드시 풀어야만 한답니다.

4. 자, "시작!" 호루라기를 크게 불어주세요!

5. 신나고 재미있게 놀았나요? 다음번엔 좀 더 넓은 볼링장이나 골프장, 공원 등에서 함께 보물찾기 놀이를 즐겨보아요!

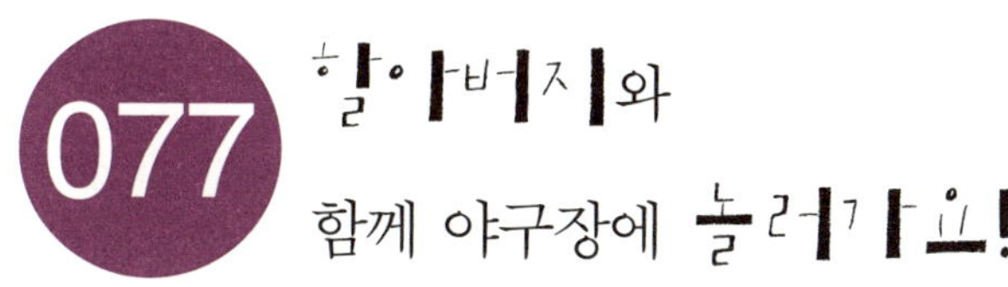

케빈 호프 대학생, 미시간주 체스터필드

햇빛이 따사로운 봄날이나 여름 오후에 팡파르 소리랑 응원전 열기가 그득한 야구장에 가볼까요? 경기가 시작되기 전부터 여기저기에서 큰 목소리로 응원가도 부르고 있네요! 치어리더를 따라 신나는 춤이랑 노래를 따라하다 보면 점점 열기가 가득해진답니다. 핫도그에 빨간 토마토케첩을 발라 맛있게 먹으면서, 햇볕 따가운 야구장에서 울려 퍼지는 "삼진 아웃!" "홈런!" 소리에 두 손을 번쩍 들고 만세를 불러봐요!

엄마 아빠가 아니라 할아버지, 혹은 삼촌이나 고모 등 다른 친지 어른들과 함께 가보면 어떨까요? 얼굴을 자주 못 봐서 혹은 멀리 떨어져 있어서 서먹서먹했던 사이도 금방 친해지고 말 거예요! 야구는 아주 오래전부터 사랑받아왔고, 할아버지나 다른 어른 분들도 야구의 규칙이라든지 야구선수, 구단 등에 대해 아주 잘 알고 계실 거랍니다. 이런 특별한 경험을 할아버지와 함께 나누어본다면 어느새 세대간의 끈끈한 정이 더욱 돈독해지는 것을 느낄 수 있을 거예요. 아이에게도 엄마, 아빠가 아닌 다른 어른들과도 스스럼없이 사귀고 친구가 되는 경험은 꼭 필요하답니다.

참, 꼭 야구여야 하냐고요? 그럴 필요는 없어요. 야구보다 축구를 좋아한다면 축구장으로 가면 되죠! 승마나 경마, 또는 농구, 아이스하키 등 어떤 스포츠든지 아이가 좋아하는 것이라면 뭐든 상관없답니다. 올림픽경기나 그밖의 경기를 텔레비전을 통해 보면서 평소에 아이가 관심 있어 하던 분야가 무엇이었는지 기억해보세요. 아이가 이미 특정 팀이나 특정 선수를 좋아하고 있다면 꼭 그 팀이나 선수가 출전하는 경기를 선택하는 게 좋겠지요! 훨씬 기억에 남는 즐거운 경험이 되어줄 거예요! 프로야구의 경우 수도권, 광역시별로 많은 경기가 펼쳐지지만, 아이스하키 등 전문적인 경기들은 찾아가기가 그리 쉽지만은 않은 게 사실입니다. 그렇다면 가까운 대학이나 고등학교 팀을 찾아보시면 어떨까요? 이런 팀들의 경기는 운이 좋으면 공짜로도 볼 수 있고, 또 선수들과도 쉽게 친해질 수 있어 나중에 코치 등의 도움을 받을 수도 있을 거랍니다. 경기를 더욱 가까이서 즐길 수 있다는 장점도 놓칠 수 없겠지요!

078 우리 꼬마 주방장의 즐거운 만찬!

전혀 생각도 못 했던 우스꽝스럽고 재미있는 식사를 준비해보도록 하겠습니다. 마치 『이상한 나라의 엘리스』와 같은 동화 속에 초대된 것 같을 거예요. 아마 어른들은 아무리 머리를 써도 생각해내기 힘들 거예요. 하지만 우리 장난꾸러기 어린 친구들이라면 문제없답니다! 모두가 깔깔 호호 웃느라 먹기도 전에 배가 불러버릴지도 몰라요! 자, 기대되지요?

먼저 우리 아이를 이 만찬의 주방장으로 임명해야겠습니다. 주방장의 하얀 모자를 씌워줘야겠네요. 하얀 보자기나 하얀 타월로 머리를 살짝 감아주세요! 여러 가지 모양의 쿠키 커터랑 야채 커터를 준비하시고요! 먼저 하얗고 네모난 식빵을 쿠키 커터랑 야채 커터로 잘라주세요. 그리고 햄이랑 야채, 치즈도 송송 잘라줍니다. 곰 모양이랑 꽃 모양 등등 잘 잘라서 겹겹이 쌓아 올리면 멋진 샌드위치가 완성됩니다! 팬케이크나 토스트, 브라우니 등을 잘 구워놓고 쿠키 커터로 잘라보세요. 그냥 네모난 빵을 먹는 것보다 훨씬 재미있답니다!

자, 우리 식탁에 형형색색의 빛깔을 입혀볼까요? 몇 가지 색소를 사용하면 알록달록 보기만 해도 재미있는 식사시간을 가질 수 있답니다! 밸런타인데이에는 핑크색 색소를 우유에 넣어 마셔보고, 성 패트릭 데이에는 으깬 감자에 초록색 색소를 넣어봅니다. 4월 1일에는 빨갛고 하얗고 파란 나폴리안 아이스크림을 만들어보세요.

밀가루에 우유, 설탕, 버터 등을 넣고 빵 반죽을 만들어 하트, 숫자, 원 등의 모양으로 구워볼까요? 요즘은 슈퍼에서 빵 반죽이나 가루를 팔고 있으니, 물만 섞으면 금방 만들 수 있을 거예요.

어떤 음식들은 아구아구 달려들어 먹으면 더욱 재미나답니다. 커다란 그릇에 다양한 야채랑 과일을 잔뜩 담아주세요. 다음엔 자그마한 플라스틱 양념 통에 토마토케첩, 머스터드, 바비큐소스, 꿀, 시큼한 소스랑 샐러드드레싱 등을 섞어 넣습니다. 그리고 아이들 마음대로 섞어 만든 이 소스를 야채들 위에 끼얹어 맛있게 먹어보세요!

동그란 빵 위에 우리 꼬마 얼굴을 그려봅시다. 초콜릿 시럽으로 그려볼까요? 체리토마토랑 올리브, 콩이랑 조그마한 과자, 또 과일들을 얹어서 재미나는 얼굴 표정을 만들어보세요. 사과 조각으로는 귀를 만들고, 건포도를 총총히 박아서 목걸이도 만들 수 있어요. 당근을 붙이면 주황색 고깔모자를 예쁘게 쓴 것처럼 보이겠네요. 작품이 완성되었나요? 정성 어린 작품의 맛이 어떨까 어디 한번 먹어보세요.

079 엄마 아빠의 웃는 모습을 자주 보여주세요!

일, 가족들을 지켜주고 보살펴줘야 한다는 책임, 뭐든 잘 해내야 한다는 부담 때문에 이 세상을 살아가는 사람들은 마음이 참 괴롭습니다. 사랑하는 사람들과 더 많은 시간을 보내고 싶은데, 그러기가 쉽지 않아요. 우리 엄마 아빠는 어떠세요? 나이가 들면서 잘 안 웃게 되진 않으셨는지요. 아주 어렸을 때처럼 조그만 일에도 마음을 열고 하하하! 하고 자주 웃기가 어렵습니다. 하지만 우리 아이들과 함께할 때만이라도 조금 더 많이 웃고 행복해지도록 노력해보세요!

- 아이와 함께 볼 수 있는 가장 우스꽝스럽고 재미나는 영화를 골라봅니다.
- "내가 재미있는 얘기 해줄게, 엄마!" 그런데 이미 수차례 들었던 거라고요? 그래도 크게 웃어주세요! 여러분도 어린 시절에는 하루에 몇 번이고 같은 농담을 해대며 즐거워했을걸요. 아주 근사하지 않더라도 어때요. 시시한 농담이더라도 함께 나눠보세요!

- 매일 신문이나 책에서 재미나는 글들을 찾아 서로에게 읽어줍시다.

- 누가 더 우스꽝스러운 표정을 짓는지 한번 내기 해봐요!

- 손가락으로 서로의 몸을 마구 간질여 봐요!

- 베개 싸움도 놓칠 수 없는 즐거움이죠!

- 백화점 한복판에 멈춰 서서 갑자기 천장을 바라보세요. 지나가는 사람들도 따라서 천장을 바라보죠? 여러분이 뭘 보는지 궁금해서 그런 거예요. 사실은 아무것도 아닌데!

- 눈싸움을 해봐요. 우스꽝스러운 표정을 만들어 먼저 웃게 만들면 승리!

- 커다란 슈퍼마켓은 천장이 정말 높죠? 끝까지 닿을 수 있나 깡충깡충 높이뛰기를 해봅시다.

- 더운 여름 오후에는 풍선에 물을 잔뜩 넣어서 던지기 싸움을 해보세요!

- 요즘 인기 있는 노래들의 가사를 우스꽝스럽게 바꿔서 불러봅니다.

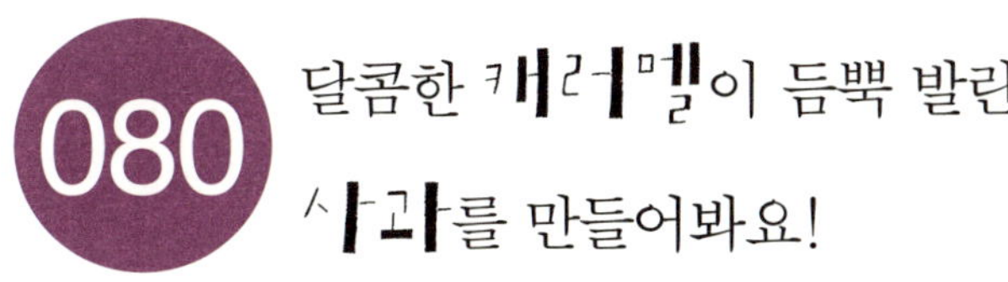

노마 테스타 감독, 델라웨어시 윌밍턴

저 높고 푸른 가을의 하늘! 그리고 솜사탕처럼 하얗고 탐스럽게 부푼 구름들! 가을이란 계절에는 모든 사람의 마음을 부풀게 하는 뭔가 특별한 것이 있나 봐요. 아이들의 생활도 몽글몽글 탐스럽게 익어가는 과일들마냥 새롭고 신나는 기대와 희망으로 가득 찬답니다. 유치원이나 학교에서 미술 대회가 열리는 때도 바로 가을! 크레파스랑 물감도 새로 사서 멋진 가을 풍경을 스케치북에 옮겨볼까요? 밖에서 나가 놀기 딱 좋은 이때, 새로운 친구들도 많이 사귈 수 있겠지요? 가을이 깊어갈수록 하나 둘 떨어져 잔뜩 쌓인 낙엽들! 여유 있는 휴일 오후, 엄마랑 아빠랑 우리집 주변 낙엽 청소를 계획해보면 어떨까요? 폭신폭신하고 또 좋은 향기가 나는 낙엽 무더기에 첨벙! 뛰어들어 봐요! 추석 명절이면 그립고 보고 싶던 친지 여러분이 한자리에 모일 거예요! 온 가족이 옹기종기 모이면, 맛있는 사과랑 배랑 예쁘게 깎아 먹던 작년 추석을 기억하면서, 사진첩도 꺼내서 이야기를 나누어보세요.

자, 오늘은 빨갛고 파란 사과를 특별하게 맛볼 수 있는 방법을 소개해드
릴게요. 바로 캐러멜 범벅 사탕사과랍니다! 우리 장난꾸러기 아이들을 위
한 멋진 가을 선물이 될 거예요!

캐러멜 범벅 사탕 사과는 이렇게 만들어요!

재료

사과 한 개 / 우수수 잘게 부순 땅콩 한 컵 / 400그램 정도의 캐러멜 소스 / 우
유 2스푼

1. 제빵용 기름종이에 얇게 버터를 발라줍니다.

2. 땅콩을 잘게 부수어줍니다. 땅콩을 비닐봉지에 넣고 수저나 나무토막으로
   쿵쿵 찧어주세요! 우리 아이들도 잘 할 수 있다니까요! 너무 곱게 가루로 빻
   지 않도록 주의하세요.

3. 사과 꼭지를 깨끗이 도려냅니다. 반질반질 잘 닦아서 말려주세요. 나무젓가
   락을 꼭지에 깊이 꽂아줍니다. 기다란 막대기 사탕을 사과에 꽂아 넣어도 좋
   아요!

4. 자, 이제 캐러멜 소스를 오목한 그릇에 넣어주세요. 준비한 우유를 넣고 잘
   저어줍니다. 2분 정도 전자레인지에 넣고 돌려주세요. 따뜻하게 말랑말랑해
   진 캐러멜! 약간 식도록 서늘한 곳에 놔둡니다.

5. 이제 녹인 캐러멜 속에 사과를 첨벙! 담가볼까요? 완전히 발라지도록 뒹굴
   뒹굴 돌려보세요. 이제 땅콩가루를 표면에 우수수 뿌려볼까요? 다 됐으면

버터를 발라둔 기름종이 위에 올려놓습니다.

6. 고소한 캐러멜 냄새 때문에 식을 때까지 참기가 너무 힘들어요! 빨리 먹고
  싶죠? 식을 때까지 기다리는 동안 간단한 게임을 해보는 건 어떨까요?

미술관

서울시립미술관

천경자 전시실을 비롯하여 총 여섯 개의 전시실과 예술체험공간, 영상정보실, 강의실, 카페, 뮤지엄숍 등을 갖추고 있다. 1층 동쪽에 자리잡은 뮤지엄숍에서는 각종 문화상품, 기획상품, 카탈로그 등이 진열 판매되며, 조용하고 편안한 실내 분위기를 조성해놓았다.

위치: 서울 중구 덕수궁길(월요일 휴관)

문의: 02-2124-8960, www.seoulmoa.seoul.go.kr

가나아트센터

세계적인 건축가 장 미셸 빌모트의 설계로 지어졌다. 조각정원과 야외 공연장, 공연장 중간중간에 자리하고 있는 소나무와 조각품들이 어우러져 건물 자체가 거대한 미술 작품이다.

위치: 서울 종로구 평창동

문의: 02-3217-1094, www.ganaartgallery. com

환기미술관

미술관 건물은 건축가 우규승의 작품으로 건축학도들이 꼭 들러볼 장소로 꼽히는 곳. 6백 50여 평의 면적에 본관 3층, 별관 2층, 기념관 2층으로 구성되어 있고 김환기의 작품 3백여 점을 소장하고 있다.

위치: 서울 종로구 부암동(월요일 휴관)

문의: 02-391-7701, www.whankimuseum.org

금오미술관

지하 3층, 지상 4층 규모로 음악과 미술이 함께하는 복합 문화 공간이다. 전시실과 리사이틀홀, 아트숍 등을 갖추고 있으며 미술관 가운데 가장 먼저 음악회를 시도해 화제를 모았다.

위치: 서울시 종로구 사간동

문의: 02-720-5114, www.kumhomuseum.com

아트선재센터

세계적으로 명망 있는 작가들의 미술전시 외에도 지하 1층에 마련된 아트홀에서 영화, 연극, 무용, 음악 등 다양한 장르의 현대 예술을 소개한다. 미술계의 작가들과 아이들이 만나 새로운 문화예술 체험의 시간을 갖는 '작가와 함께 하는 미술관은 놀이터' 라는 프로그램도 운영하고 있다.

위치: 서울 종로구 소격동(월요일 휴관)

문의: 02-733-8945, www.artsonje.org

성곡미술관

쌍용그룹의 창업주인 성곡 김성곤 선생의 옛 자택 자리에 문을 열었다. 우리의 전통적인 얼과 정신, 정서와 미감을 현대적으로 해석한 기획전을 주로 개최한다. 미술관 2개 동과 야외 조각공원이 있으며 미술관 외에 기념관과 아트숍, 통나무 찻집 등이 있다.

위치: 서울 종로구 신문로 2가(월요일 휴관)

문의: 02-737-7650, www.sungkokmuseum.com

로댕갤러리

세계에서 여덟 번째로 건립된 로댕 전문 갤러리로 로댕의 작품을 한자리에서 볼 수 있다. 공간 전체가 반투명 유리로 지어진 상설전시장에서는 로댕의 대표작인 '지옥의 문' 과 '칼레의 시민들' 을 감상할 수 있고 기획전시실에서는 근현대 미술사에 새로운 전기를 마련한 국내외 작가들의 전시를 만날 수 있다.

위치: 서울 중구 태평로 2가(월요일 휴관)

문의: 02-2259-7781, www.rodingallery.org

국립현대미술관

우리나라 최고의 미술관. 구릉을 이용한 대형 야외 조각전시장이 볼 만하다. 전시장 입구에서 휠체어와 유모차를 대여해 주고, 3세부터 7세까지의 어린이들이 이용할 수 있는 놀이방을 운영한다. 어린이미술관을 따로 두고 있는데, 독특한 원형공간으로 미술관 건물 2층과 3층의 중간에 위치한다.

위치: 경기도 과천시 막계동(19세 미만은 무료입장)

문의: 02-2188-6000, www.moca.go.kr

서호미술관

서호미술관은 전시실 한쪽 벽면을 격자 유리창으로 만들어 북한강이 한눈에 들어온다. 대작을 감상할 수 있는 전시실과 소품 위주로 감상하는 작은 전시실이 있는데, 일반인들의 작품이 전시되기도 한다. 전문적으로 작품에 대한 자료를 공부할 수 있는 도서실도 마련되어 있다.

위치: 경기도 남양주시 화도읍 금남2리(무료입장, 월요일 휴관)

문의: 031-592-1864

토탈야외미술관

국내 최초의 야외조각공원 형태의 미술관. 국내 유명한 조각가들의 돌, 스탠과 브론즈 작품들을 구경할 수 있다. 5천여 평에 이르는 조각공원 외에 2백 평의 실내 전시장과 소극장, 원형 공연장, 영상 자료실 등을 갖추고 있다. 회화와 조각 등 미술작품을 전시하며 원형 공연장에서는 연극, 무용, 퍼포먼스, 재즈, 마당놀이 등 다양한 행사가 진행된다.

위치: 경기도 양주군 장흥면

문의: 031-855-5791

호암미술관

우리나라 최대의 사립미술관. 삼성그룹 창업주인 고 이병철 선생의 호를 따서 이름 지었으며 한옥의 형태를 띠고 있다. 1만 5천여 점의 미술품을 소장하고, 해마다 다양한 전시를 개최한다. 프랑스 조각의 거장 부르델의 대형 조각 작품들이 전시되어 있는 부르델 정원과 한국 전통 정원의 모습을 보여주는 희원 등이 있다.

위치: 경기도 용인시 포곡면 가실리 에버랜드 내(월요일 휴관)

문의: 031-320-1801, www.hoammuseum.org

모란미술관

자연과 조각품을 한꺼번에 감상할 수 있는 야외 조각공원. 넓은 정원에 산책길이 있어 야외 전시품들을 돌아보고 실내공간으로 들어올 수 있도록 설계되었다. 실내 전시공간은 국내외 유명 조각가들의 작품을 4개의 전시 구역으로 나누어 전시한다.

위치: 경기도 남양주시 화도읍 월산리(월요일 휴관)

문의: 031-594-8001

양평 바탕골예술관

DIY작업이 가능한 도자기공방, 공예스튜디오, 한지방, 금속공방 등이 모여 있는 복합문화공간. 미술전시는 물론 각종 공연이 마련된다. 도자기공방에서는 드라마 〈가을동화〉에 나왔던 가족컵을 만들고 직접 물레를 돌려볼 수 있다. 공작실에서는 염색이나 아크릴 작업, 목공예 작업이 가능하다.

위치: 경기도 양평군 강하면 운심리(월요일 휴관)

문의: 031-774-0745, www.batangol.com

아트선재미술관

국내 최초의 사설 현대미술관. 3개의 넓은 전시공간과 1백 50석 규모의 강당을 비롯해 도서실, 자료실, 뮤지엄숍, 커피숍 등을 갖추고 있다. 도서실에는 국내외 미술 관련 전문서적과 잡지가 비치되어 있으며, 미술 관련 서적과 국내외 미술잡지, 전시 카탈로그, 판화 및 포스터, 그림엽서와 도자기, 아트 캐릭터 상품 등을 판매하는 뮤지엄숍도 둘러볼 만하다.

위치: 경주 보문단지 내(월요일 휴관)

문의: 054-745-7075, www.artsonje.org

동물원

어린이대공원 동물원

조경시설, 휴식시설 등 다양한 부대시설이 갖추어진 복합 놀이공원. 독수리나라, 맹수나라, 물새나라, 사슴동산, 바다동물관, 열대동물관 등 다양한 동물원으로 나뉘어 있다.

위치 : 서울 광진구 능동

문의 : 02-450-9368, www.childrenpark.or.kr

서울대공원 동물원

국내 최대 규모의 동인근 테마파크인 서울랜드로 유명하다. 세계 10대 동물원에 속할 만큼 규모가 크며 희귀 야생동물을 비롯한 전 세계 3백 60여 종 3천 2백여 마리의 동물을 볼 수 있다.

위치 : 경기도 과천시 막계동

문의 : 02-500-7114, grandpark.seoul.go.kr

에버랜드 동물원

야생동물을 가까운 거리에서 볼 수 있으며 사육사가 직접 동물의 생태와 특성에 대해 설명해 준다. 사파리월드에서는 사자와 호랑이가 함께 어우러져 사는 모습과 곰들이 재주를 부리는 모습을 직접 볼 수 있다. 동물들의 생활과 생태를 알 수 있는 초등학생 대상의 체험학습교실이 계절마다 열린다.

위치 : 경기도 용인시 포곡면

문의 : 031-320-5000, www.everland.com/zoo

남산소동물원

규모는 작은 편이지만 친숙한 동물이 많으며 남산 기슭에 위치해 경관이 좋다. 개코원숭이, 다람쥐원숭이 등 다양한 종의 원숭이와 꽃사슴, 너구리 등의 포유류와 수리부엉이, 검독수리, 청, 원앙, 잉꼬, 앵무새 등의 조류가 있다.

위치 : 서울 중구 회현동(무료입장)

문의 : 02-753-5576

대전동물원

다양한 동물을 보유하고 있으며 방목시킨 동물의 생태를 직접 관찰할 수 있는 사파리투어로 유명하다. 야생동물을 버스를 타고 이동하면서 볼 수 있는 아프리카 사파리와, 높이 15미터의 인공암벽에 방사된 사슴과 산양 사이를 걸어 다니면서 직접 먹이를 주고 관찰할 수 있는 마운틴 사파리가 있다.

위치 : 대전시 중구 사정동

문의 : 042-580-4820, www.zooland.co.kr

전주동물원

지방 동물원으로는 최대 규모이다. 현재 희귀동물인 눈표범과 페르시아 표범, 천연기념물인 수달을 포함해서 총 1백 12종에 1천 1백여 마리의 동물이 있다. 방학 중에는 어린이 동물교실을 운영하며, 연중무휴로 운영된다.

위치 : 전북 전주시 덕진구 덕진동

문의 : 063-254-1426

성지곡동물원

라이거, 하마, 기린 등 90여 종, 6백여 마리에 이르는

다양한 동물을 볼 수 있고, 물개쇼도 펼쳐진다. 동물원 외에 수영장, 주변 산책로, 체험공원과 각종 놀이시설을 함께 즐길 수 있고, 산책로를 걸으면서 삼림욕을 즐길 수 있다.

위치 : 부산시 부산진구 초읍동

문의 : 051-807-6464

수족관

63빌딩 아쿠아리움

약 4백 종, 2만여 마리의 다양한 해양생물이 전시되어 있다. 신비한 해저세계를 그대로 볼 수 있으며 인어공주쇼와 국내 최초의 실내 물개쇼, 바다표범쇼는 이곳의 자랑거리이다. 63빌딩 내에 전망대와 아이맥스 영화관이 함께 있어 다양한 볼거리를 제공한다.

위치 : 서울 영등포구 여의도동

문의 : 02-789-6114, www.63city.co.kr

코엑스 아쿠아리움

열대바다와 다양한 형태의 바다 속을 구경할 수 있는 코엑스 아쿠아리움에는 수십 마리의 식인 상어들을 비롯해 거대한 가오리와 바다거북, 은빛 정어리 떼, 바다곰치 등 수많은 물고기들이 전시되어 있다. 또한 성게나 말미잘, 불가사리, 새끼 상어나 가오리 등 어패류와 어류를 직접 만져볼 수 있는 체험관 터치풀 시설도 갖추고 있다.

위치 : 서울 강남구 삼성동

문의 : 02-6002-6200, www.coexaqua.com

부산 아쿠아리움

해저테마수족관으로 전 세계 희귀어류 등 2백 50여 종, 3만 5천여 마리의 생물들이 전시되어 있다. 하루 세 차례 다이버가 먹이를 주는 상어피딩쇼가 펼쳐지며 상어를 직접 만질 수 있는 터치풀 등 다양한 시설도 갖추고 있다. 이밖에 산호초 전시관, 열대우림 생태관, 수달 전시관, 펭귄 전시관, 해파리 전시관, 심해 생물관 등 다양한 볼거리를 제공한다.

위치 : 부산 해운대 해수욕장

문의 : 051-740-1700

제주 퍼시픽아일랜드

거대한 해양수족관에서 전 세계의 어종을 한눈에 볼 수 있다. 하루 네 차례 돌고래 쇼를 관람할 수 있으며 바다사자의 깜찍한 묘기와 펭귄의 재롱도 볼 수 있다.

위치 : 제주도 서귀포시 중문동 중문관광단지 내

문의 : 064-738-2888

과학 놀이터

국립서울과학관

각종 과학 관련 전시물의 상설 전시는 물론 매달 새로운 주제로 특별전시회가 열린다. 자연사 전시실에는 곤충부터 포유류에 이르는 각종 생물들의 모형이 박제 형태로 전시되어 있고, 과학의 원리를 직접 체험할 수 있는 과학탐구실과 상설 체험마당이 있다. 야외 전시장에서는 전차와 협궤기관차를 타볼 수 있다.

위치 : 서울 종로구 와룡동(월요일 다음날 휴관)

문의 : 02-3675-5114, www.ssm.go.kr/seoul

서울과학교육연구원 탐구학습관

아이들이 직접 전시물을 조작하고 작동시켜 보면서 과학에 대한 이해를 높일 수 있다. 기초과학, 생활과학, 과학문화재 등 4개의 열람실에 분야별로 전시되어 있으며, 1백 20명이 동시에 별자리 등을 관람할 수 있는 천체투영실, 인터넷 교실, 수생생물실, 곤충표본실이 있다. 교과 과정에 포함된 내용들을 주로 전시하므로 아이들이 꼭 한 번 들러보아야 할 곳이다.

위치 : 서울 용산 남산공원 내(무료입장, 월요일 휴관)

문의 : 02-3111-281~4, www.sesri.re.kr

삼성어린이박물관

국내 처음으로 문을 연 어린이를 위한 체험박물관. 모든 전시물들이 체험을 통해 이해하도록 되어 있어, 아이들이 직접 보고 만지고 느끼고 실험해봄으로써 더욱 생생한 교육효과를 얻을 수 있다.

위치 : 서울 송파구 신천동(월요일 휴관)

문의 : 02-2143-3600, www.samsungkids.org

LG 사이언스홀

국내 처음 설립된 사립과학관으로 아이들에게 가장 인기 있는 방인 '환상체험' 코너에서는 가상공간에서 신나는 농구를 할 수 있고 자기 얼굴을 입력한 후 갖가지 모양으로 화장해 보거나 안경, 가발 등을 착용해볼 수 있다. '로봇' 코너는 관람객이 자리에 앉으면 화가 로봇이 멋지게 초상화를 그려주고, 그림이 완성되기를 기다리는 동안 피아노 로봇이 피아노를 연주해준다. 개인 관람은 방학기간과 토요일 오후(1시 30분 3시 30분)에 한하며, 인터넷이나 전화로 예약해야 입장할 수 있다.

위치 : 서울 여의도 LG 트윈타워 내(무료입장, 일요일 휴관)

문의 : 02-3773-1052, www.lgscience.co.kr

081 그림도 그리고, 이야기도 짓고! 책을 만들어봐요

상상하기 힘들지도 모르겠네요! 세월이 지나, 엄마 아빠 여러분이 할머니 할아버지가 된 어느 날을 그려봅니다. 손자 손녀들을 무릎에 앉히고 책을 읽어주고 있겠죠? 그런데 늦은 밤 아이들에게 읽어주는 책이 어디서나 흔히 볼 수 있는 책이 아니라면 어떨까요? 바로 아이들의 엄마 아빠가 아주 어렸을 적 직접 만들어낸 그림책이라면? 와, 정말 멋질 것 같죠? "우리 엄마랑 아빠가 직접 만든 책이에요? 우와!" 손자랑 손녀들은 엄마랑 아빠가 자기들만큼 어렸을 때의 모습을 보고 신이 나서 어쩔 줄 몰라할 거예요. 또 이런 책을 만들어주신 할머니랑 할아버지는 어깨가 으쓱하실 거구요!

자, 그러면 직접 책을 만들어보도록 하겠습니다. 먼저 종이들을 이곳저곳에 펴놓을 수 있는 넓은 장소를 찾아보세요.

어린이용품 가게나 쇼핑 카탈로그 등을 잘 살펴보면, 아이들이 손쉽게 혼자만의 책을 만들 수 있는 도구상자를 발견할 수 있을 거예요. 인터넷 사이트에도 아이들이 마음에 드는 그림이랑 색깔, 또 이야기를 골라서 자기 이름으로 책을 만들 수 있는 곳이 있답니다. 간단하게는 유치원이나 학교 선생님께 여쭤보는 방법도 있겠죠?

흠, 이런 도구상자들을 찾을 수 없다고요? 그렇다면 가까운 인쇄소에 들러보세요. 인쇄소에서는 대부분 많은 양의 책만 만들긴 하지만, 특별히 부탁드리면 우리 책도 제본해주실 거예요. 가까운 곳에 대학교가 있다면 논문 제본을 하는 상점이 있는지 알아보세요. 우리 아이들이 그린 그림이랑 이야기를 모은 책도 제본할 수 있을지 상담해보세요.

일단 제본할 곳을 찾았다면, 이제 바야흐로 창작에 몰두할 시간이랍니다. 묵직하고 질이 좋은 하얀 종이를 많이많이 준비하세요! 약 일주일 동안 그림도 그리고 재미나는 이야기도 적어보세요. 아이들이 컴퓨터를 잘 다룬다면, 컴퓨터로 그림도 그리고 글도 쓸 수 있겠지요? 다양한 글씨체로 글을 인쇄하고, 그 옆에 여러 가지 그림을 그려 넣어도 좋아요! 참, 연한 색깔의 색연필은 되도록 피하는 것이 좋겠습니다. 인쇄했을 때 너무 흐리게 보이거나 아예 안 보일 수도 있거든요.

자, 원고가 다 완성되었나요? 책의 제목도 예쁘게 쓰고, 도와주신 분들에 대한 감사편지도 잊지 마세요! 작가소개도 빼놓을 수 없겠죠? 우리 아이의 예쁜 사진도 한두 장 붙여보면 어떨까요?

082 친구야! 나는 세상에서 네가 제일 좋아!

"오랫동안 변치 않은 친구를 만드세요! 하나는 은과 같고 다른 하나는 금과 같이 귀하답니다.
동그란 원은 끊임없이 돌고 돌아 이어지는 법! 나는 당신의 오랜 벗으로 남고 싶어요!"
— 작자 미상

어린 시절 화창한 날씨에 소풍을 떠나면, 꼬마 친구들이 손에 손을 잡고 걸으며 불렀던 노래들, 기억하시나요? 앳된 목소리들이 서로 어울려 새들이 지저귀듯 참 예쁘고 귀엽기만 했어요! 어린 시절의 우정이란 정말 무엇과도 바꿀 수 없는 보배인 것 같아요. 그 시절에는 너무나 당연하게만 여겨졌던 친구들. 이제와 돌이켜 생각해보니 보석보다 귀하고 소중했던 것을 알겠어요. 함께 공부하고, 먹고, 뛰어놀면서 하루 종일 붙어 다니던 단짝 친구들! 우리 아이는 이런 단짝 친구를 몇 명이나 가지고 있나요?

우리 아이가 평생의 보물을 더 많이 만들 수 있도록 도와줄까요? 더 많은 친구들을 사귈 수 있도록 엄마 아빠가 배려해주세요! 방법은 아주 쉽답니다. 그저 모른 척 스쳐 지나가던 이웃들, 또 매일같이 마주치는 사람들에게 "안녕?" 하고 인사를 건네보세요!

아주 어린아이들보다는 학교에 다니는 아이들이 친구 사귀기가 더 쉽겠죠? 학급이 바뀌고, 다양한 활동과 놀이들을 하면서 새로운 또래의 친구들을 많이 만나게 됩니다. 아이의 학교 친구들에 대해 함께 이야기를 나누어보세요. 각각의 친구들을 깊이 알아갈수록 더욱 친해지겠죠? 갑자기 여러 명이 어울린 곳에 혼자 남겨진다면, 간혹 따돌림을 받는 경우가 생길 수도 있답니다. 여러 명에게 한 번에 접근하는 것보다, 한 사람씩 알아가는 것도 친구를 사귀는 방법 중 하나입니다.

아이가 우정을 가꾸어나가기까지 얼마나 많은 시간이 걸릴까요. 비슷한 취미, 관심을 갖는 친구, 정말 마음이 통하는 친구를 만나기까지는 많은 시행착오를 겪게 될 것입니다!

혹시 외동아이여서 낯선 아이들과 어울리기를 수줍어하지는 않는지요? 아니면 나이 차이가 많이 나는 어린 동생과 항상 같이 있기 때문에, 또래 아이들과 어울리기를 힘들어하지는 않는지요? 그렇다면 엄마 아빠가 한 번 더 배려해주실 필요가 있답니다. 한번 주변을 살펴보세요. 다른 아이들은 엇비슷한 위치에서 살고 있는데, 우리집은 좀 동떨어진 곳에 있는 건 아닐까요? 만일 그렇다면 미술교실이나 체육교실 등 부모님과 아이들이 함께 어울릴 만한 곳을 찾아보세요. 부모님들끼리 먼저 친해지면서, 아이들 간의 우정을 서서히 엮어주시면 됩니다. 부모님들도 뜻밖의 좋은 벗들을 얻을 수 있을 거예요! 조금만 관심을 기울이면 평생 친구를 사귀기도 그리 어렵지 않다니까요!

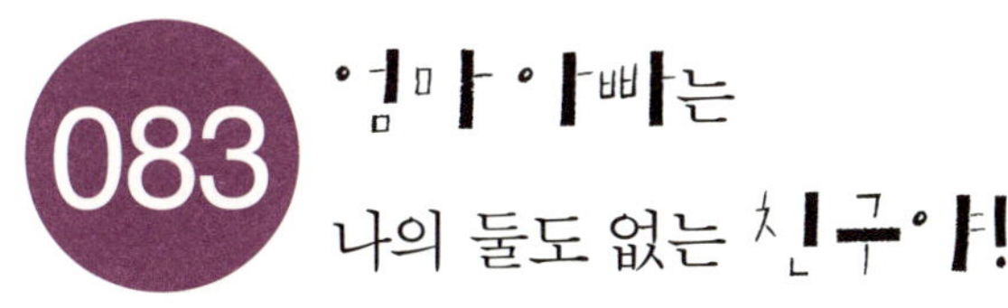

벨라 브렛컬 영양사, 스웨덴 고텐부르그

어른들은 모든 것이 너무 바쁘기만 합니다. 경쟁에 뒤지지 않고 열심히 살려고 노력하다 보면 하루가 어떻게 지나가는지도 모르죠. 그렇지만 여러분, 잠깐만이라도 시간을 내주세요. 아이들에게는 어린 시절 엄마 아빠와 보낸 즐겁고 행복한 추억들이 꼭 필요하답니다. 집안일을 말끔하게 하는 것보다, 아이들에게 좋은 추억을 만들어주는 것이 더 소중하고 중요한 일일 수도 있답니다. 우리 아이들에게 엄마 아빠가 너무너무 사랑하고 있다는 사실을 가슴 가득 느낄 수 있도록, 조금만 여유를 가져보세요!

- 최소한 하루에 한 번은 아이에게 사랑한다고 말해주세요.

- 아이의 말에 진심으로 귀를 기울여보세요.

- 아이의 베개 밑이나 옷장 서랍 속에 "아가야, 엄마가 너를 얼마나 사랑하는지 알지? 나는 네가 이럴 때 좋더라……."라고 살짝 메모를 남겨보세요.

- 아이와 함께 즐거운 놀이를 해보세요! 웃음과 사랑으로 가득한 시간을 보내

봅니다. 다소 엉뚱하면 어때요. 우하하하! 크게 웃은 만큼 오랜 기억으로 남을 거예요!

- 아이를 가슴에 꼭 자주자주 안아주세요. 아이가 아장아장 걷기 시작하면서부터는 사실 예전만큼 안아주지 못하거든요!

- 최소한 하루에 한 번이라도 "너는 정말 좋은 아이야. 아빠는 네가 정말 자랑스러워!"라고 칭찬해주세요!

- 잠자리에 들기 전 꼭 껴안고 뽀뽀해주세요! 벽장이나 침대 밑에 살짝 숨었다가 깜짝 놀래보면 어떨까요?

- 어른들에게는 아무것도 아닌 일들에 아이들은 종종 두려움을 느끼곤 한답니다. 아이의 말에 귀를 기울여주세요. 절대 무시하지 말고, 아이가 왜 무서워하는지 함께 이야기를 나눠보세요.

- 쾅쾅 천둥 번개가 치는 밤 아이가 잠에서 깨어버렸다고요? 그럼 우리 같이 담요를 두르고 소파에 앉아 창밖을 구경해볼래요? 영 잠이 오지 않을 것 같으면, 팝콘을 튀겨 간식으로 먹어봐요. 멀리 번쩍거리는 번개랑 창문을 우두둑 두드리는 빗줄기도, 함께 얼굴을 바라보며 이야기하다 보면 전혀 무섭지 않게 된답니다!

- 특별한 이유도 없는데, 아이들이 무서워하고 우울해한다고요? 괜찮아요. 종종 그럴 때가 있는 법이랍니다. 그저 다정스럽게 꼭 안아주시는 것만으로도 아이들을 안심시켜줄 수 있어요!

084 학교가 끝나면 뭐하고 놀지?

학교는 교실에서 공부만 하는 곳이 아니랍니다. 신나는 놀이거리를 친구들과 함께 즐길 수 있는 놀이터이기도 하지요! 방과 후 특별활동 클럽을 통해서 아이들은 유익한 정보를 배우고 신나는 경험을 할 수 있을 거예요. 스카우트 활동에서부터 축구, 야구 등의 운동반, 미술반, 연극반, 과학반, 독서교실에 이르기까지, 많은 친구들과 함께 어울려 다양한 활동을 할 수 있지요! 분명히 우리 아이가 마음에 쏙 들어할 취미도 찾을 수 있을 거예요!

방과 후 특별활동에 아이가 별로 관심을 보이지 않는다면, 새로운 모임이나 클럽을 만들어보도록 합니다. 새로운 종류의 특별활동 클럽을 교장선생님께 제안해보세요. 특별활동 클럽을 위해 자원 봉사하시는 학부모들의 수는 항상 부족하죠! 우리 엄마랑 아빠가 먼저 자원 봉사를 신청하신다면 새로운 취미활동반도 금방 만들 수 있을 거예요. 이번 기회에 여러분의 시간과 능력을 아이들과의 좋은 추억을 위해 투자할 수 있겠지요? 자,

다음과 같은 종류의 취미반을 참고하세요!

독서반

책을 사랑하는 아이들이라면 모두 대환영! 매주마다 다른 주제를 선택하세요. 공룡, 곰인형, 또 벌레랑 동물, 축구는 어떨까요? 우리 독서반 회원들에게 주제와 관련된 여러 가지 책들을 추천해주세요. 방과 후에 잠깐씩 모여서 주제와 관련된 책을 함께 읽거나 관련된 음식들을 먹어보면 어떨까요? 벌레가 주제라면? 다양한 벌레 모양의 책갈피를 만들어봅니다. 벌레 모양의 구미젤리를 냠냠 씹어 먹어봐요! 완성한 책갈피는 오래오래 변치 않도록 비닐로 코팅해주면 좋겠죠?

걷고 뛰는 건 재미있어!

즐겁게 달리면서 튼튼해지자고요! 산책을 좋아하고 뛰어다니기를 좋아하는 튼튼한 어린이는 대환영입니다! 일단 첫 번째 모임은 여유롭게 시작하는 게 좋겠죠? 달리기 거리를 어느 정도로 정할지 회원들과 의논해보세요. 비가 오거나 눈이 내릴 경우를 대비해서 실내 체육관 등에서 할 수 있는 다른 대안도 준비합니다. 회원들이 코스를 완주할 때마다 도장이랑 펀치를 찍어주면 재미있어요! 각각 회원 이름이 적힌 카드를 준비해야겠죠? 마실 물도 충분히 준비해두세요. 참, 그리고 조금 힘들겠다 싶은 행사라면, 미리 어린이들이 엄마 아빠의 허락을 받고 참여하도록 해야 합니다.

꼬마 예술가들의 모임

그림 그리기를 좋아하고, 뭐든 예쁘게 칠하고 꾸미기를 좋아하는 친구들은 모두모두 함께 모여요! 미술책이랑 그림이랑 기증도 받아서, 회원 여러분과 함께 즐겨보세요. 함께 그린 그림들은 학교 바자회 같은 행사에 전시할 수도 있고, 또 마음에 들어하는 사람들에게 팔 수도 있답니다. 휴일이랑 밸런타인데이, 어버이날 등 특별한 날에 맞춰 카드를 만들어 팔아보세요! 이렇게 모아진 돈은 모두 미술반 활동을 위한 기금으로 사용합니다.

뉴스를 말씀드리겠습니다

학교 신문이랑 방송에 관심이 있는 친구들은 모두 모여라! 각자 분야를 정해서 학교 근처에서 일어나는 일들을 취재해볼까요? 선생님들하고 다른 이웃 학교의 학생들이랑 가까운 가게나 서점의 주인아저씨 등등을 인터뷰 해봐요. 최근 극장에서 상영 중인 영화에 대해 글도 써보고, 또 새 책들에 대한 독후감도 써봅니다. 학교의 크고 작은 행사들에 대해서도 간단하게 기사를 쓰고 또 사진도 찍어봅니다. 모은 기사들은 보기 쉽게 정리해서 인쇄소에 보냅니다. 컴퓨터를 잘 다루는 친구에게 부탁해도 되고요. 학교의 인쇄 장비를 사용할 수 있을지 확인해보세요! 다 만들어졌으면 누구나 부담 없이 살 만한 가격을 정해서 교실이랑 학교 식당에서 팔아봅니다. 이렇게 모아진 돈은 다음 신문을 만들기 위한 기금으로 사용하고요!

서로 돕는 게 최고!

학교랑 이웃들을 위해 뭔가를 하고 싶은 친구들, 남을 위해 봉사하고 싶은 친구들은 함께 모이세요! 학교 운동장 휴지 줍기, 가을철 수북이 쌓인 낙엽 청소하기, 또 나무 울타리에 예쁘게 페인트칠하기 등등, 우리 학교를 돌보고 보살피는 일들은 정말 너무너무 많답니다. 근처의 어려운 이웃들을 위해 모금운동도 벌여 볼까요? 다른 취미반 학생들과 바자회 등의 행사를 열어보세요! 조금만 관심을 가지면, 우리의 도움이 꼭 필요한 이웃들을 쉽게 발견할 수 있답니다. 그렇게 모은 돈은 이분들을 위해 쓰도록 하자고요!

085 펜팔 친구에게 편지를 보내요!

책이랑 텔레비전을 통해 보는 세상이란, 가끔 너무 단순하고 시시한 것 같아요. 어떨 때는 옆집 친구랑 이야기하면서 배우는 것들이 훨씬 재미있고 쓸모도 많다니까요. 멀리 떨어진 곳에 사는 또래 친구들과 도란도란 이야기를 나눌 수 있다면 전혀 다른 세상을 만난 것처럼 새롭고 신기한 이야기를 들을 수 있겠죠? 펜팔 친구를 사귀어보세요! 새로운 세상을 접하면서 또 우정도 쌓아가는 좋은 기회가 될 거랍니다!

엄마 아빠도 어린 시절 펜팔을 해본 적이 있으실 거예요. 외국 친구들과 영어 편지를 주고받던 것이 유행이었던 시절, 기억나세요? 요즘 아이들은 편지를 기다리느라 우체통을 기웃거리지는 않는답니다. 컴퓨터와 인터넷을 이용한 이메일을 통해 연락을 하거든요. 아이들이 인터넷으로 친구를 사귀기 전에 꼭 명심해야 할 주의사항들이 있답니다. 절대로 중요한 개인 정보를 알려줘서는 안 돼요! 아직 상대가 누군지 잘 모르면서 주소, 전화번호 등등을 쉽게 알려줘서는 안 되겠죠? 엄마 아빠도 아이가 인터넷 펜팔을 통해 알게 된 친구들에 대해 관심을 갖고 이야기해보세요. 아직 컴퓨터 사용이 서툰 아이들이라면, 엄마 아빠가 대신해서 이메일 계정을 만들어주시고 어떻게 사용해야 할지 설명해주세요!

컴퓨터도 있고, 인터넷을 할 수 있도록 준비가 되었다면 자, 시작해볼까요? 우리 어린 꿈나무들을 위해 많은 사이트들이 특별한 프로그램을 갖춰놓고 있답니다. 알차고 유용한 정보랑 관심거리를 함께 나눌 수 있는데다가, 추가로 안전과 보안에도 신경을 많이 쓰고 있는 사이트들이지요. 이왕이면 엄마 아빠가 이미 가입해 있는 포탈이나 이메일 계정 사이트에서 어린이들을 위한 클럽이 있는지 찾아보세요. 검색 창에서 '어린이 펜팔'을 쳐보세요. 이런 펜팔 프로그램을 제공하는 사이트들을 금방 찾을 수 있을 거예요! 가족 홈페이지를 만들어서 다른 가족들과 인터넷 펜팔을 즐기는 것도 한 방법이랍니다.

음, 새로운 펜팔 친구에게 쓰는 첫 편지! 어떻게 쓰면 될까요? 아이들의 관심거리들, 즉 학교 이야기, 취미, 애완동물, 스포츠, 영화랑 음악, 가수 등등에 대해 써보면 어떨까요? 새 친구에 대해 알고 싶은 것이 있으면 물어보고요! 이렇게 하면 답장 받기도 쉽고 전혀 예상치 못했던 재미있는 얘기도 들을 수 있거든요. 우정도 새록새록 금방 싹틀 거예요!

편지를 보내긴 했지만, 상대 친구가 너무 바빠서, 혹은 다른 이유 때문에 답장을 받지 못할 수도 있답니다. 충분한 시간이 흘렀는데도 답장을 받지 못했다면, 다시 한 번 편지를 써보는 게 좋아요. 이메일 계정이 바뀌거나, 주소가 잘못 되었다든지, 편지 사서함이 가득 차서 전달되지 못했을 수도 있거든요. 또 다른 펜팔 친구들을 찾아봐도 되겠죠. 좀 더 색다른 경험을 위해, 펜팔 친구가 사는 지역에 대해 공부해보면 어떨까요? 지도에서 펜팔 친구가 사는 곳도 찾아보고, 그 지역의 역사랑 문화에 대해 알아봅니다!

086 또 다른 세계를 향한 통행증, 도서관 카드 만들기

베키 밸런스 초등학교 선생님, 미시간주 굿리치

두껍고 네모반듯한 종이나 플라스틱으로 만든 도서관 카드! 우리 아이 이름이 자랑스럽게 박힌 이 카드로 무엇을 할 수 있는지 한번 상상해볼까요? 그냥 도서관에 왔다갔다하는 것만이 아니에요. 혼자서는 갈 수 없는 미지의 세계로 갈 수 있지요. 또 미래 세계를 볼 수도 있어요! 멀리 떨어진 곳에도 금방 갔다 올 수 있죠. 책장을 펴기만 하면 가능한 이 탐험들, 도서관 카드 한 장만 있으면 수백 가지 모험을 즐길 수 있답니다!

미국의 첫 번째 도서관은 1730년, 벤자민 프랭클린에 의해 만들어졌대요. 처음에는 회원들의 기부금에 의해 운영되는 곳이었어요. 나라의 세금으로 운영되는 첫 번째 도서관은 100년 뒤에 생겼다고 합니다. 미국 최고의 도서관은 1800년에 세워진 국회 도서관이라고 합니다. 원래는 국회의 사당 안에 세워졌지만, 1812년 전쟁을 치르면서 영국에 의해 불타버렸대요. 의회는 도서관을 새로 짓기 위해 2만 권에 이르는 토머스 제퍼슨의 책들을 구입했답니다. 오늘날 미국의 국회도서관은 1억 2천만 권의 책을 보유한 세계에서 제일 큰 도서관이 되었다고 합니다.

자, 여러분 주변의 도서관을 찾아보세요. 얼마나 가까운지, 또 얼마나 많은 책들이 있는지 알아보세요. 도서관의 규모가 작아서 꼭 찾고 싶었던 책을 찾을 수 없다고요? 주변에 큰 도서관이 없더라도 걱정하지 마세요. 작은 도서관에는 많은 종류의 신문이나, 잡지, 책들을 보관할 공간이 별로 없긴 하지만 크고 작은 도서관들은 서로서로 자료들을 공유하기도 한답니다. 만약 도서관에 여러분이 찾는 게 없다면, 인터넷을 통해 필요한 자료를 얻을 수 있으니 한번 검색해보도록 하세요!

087 나른한 여름날을 신나게, 시원하게 즐겨보세요!

여름은 그야말로 아이들에게 최고의 계절이죠! 신나는 여름방학이 시작되면, 아침마다 일찍 일어나지 않아도 되고, 매일매일 숙제랑 씨름할 필요도 없고, 또 멀리멀리 가족끼리 놀러갈 수도 있지요!

- 밤이 지나 새벽이 올 때까지 깨어 있어 볼까요? 얼마나 오랫동안 깨어 있나 한번 내기 해봐요.
- 커다란 통에 아이스크림을 잔뜩 담아놓고 우리 모두 수저를 들고 뛰어들어 볼까요? 아이스크림이 여기저기 튀어도 상관없어요! 깔깔 웃으면서 신나게 즐겨보세요! 아이스크림 말고도 수박이나 바나나 등 쉽게 구할 수 있는 과일을 송송 썰어서 화채를 만들어봐도 재밌을 거예요!
- 동네 놀이터에서 그네를 타며 시원한 바람을 즐겨보세요. 한가한 오후 해가 뉘엿뉘엿 질 때쯤 엄마 손을 잡고 집으로 돌아옵니다.
- �솨아아 소나기처럼 물줄기를 내뿜는 스프링클러! 그 사이를 맨발로 뛰어다

녀 봐요! 야트막한 수영장에 첨벙! 뛰어 들어가 물놀이도 즐겨보고요.

- 주말 농장이 있으시다면 아이랑 정성스럽게 채소를 가꿔봅니다. 우리 아이가 직접 가꾼 채소로 간단히 요리까지 해본다면 재밌겠죠? 아삭아삭, 신선한 맛이 최고일 거예요!

- 커다란 나무 그늘 밑에 자리를 깔고 누워요! 동화책도 몇 권 가져가서 읽어보고, 나른하고 졸리면 잠깐 눈도 붙여봅니다. 배가 출출하다고요? 미리 집에서 준비한 고소한 땅콩버터랑 딸기잼을 가득 바른 샌드위치를 야금야금 먹어보세요.

- 마당이나 놀이터 등 어디든 좋아요. 개미들이 바쁘게 일하고 있는 개미집을 찾아보세요. 돋보기나 확대경을 가지고 관찰해봅니다. 매일매일 개미 친구들이 도대체 뭘 하고 지내는지 알아보세요.

- 하늘하늘 날개가 정말 예쁜 나비들을 쫓아 달려봐요! 자그마하지만 정말 예쁘고 빠르기까지 하죠?

- 잔디 위에 누워 푸른 하늘에 몽실몽실 흘러가는 흰 구름을 바라봅니다.

- 나무 위에 기어 올라가서 편안히 자리를 잡습니다. 흔들흔들 다리를 흔들면서 책도 읽고 이야기도 주고받으며 몇 시간이고 즐겨보세요!

- 그냥 아무것도 하지 않고 빈둥대는 것은 어때요? 늘어지게 낮잠을 자면서 집 안 구석구석을 뒹굴어봅니다.

여러분은 지구 표면의 70퍼센트 이상이 물로 되어 있다는 사실을 알고 계시나요? 게다가 우리나라는 삼면이 동해와 남해 그리고 서해의 바다로 둘러싸여 있잖아요. 푸르른 바다는 정말 생각만 해도 신비롭고 환상적이지요! 그러고 보면 바다는 우리와 아주 가까이 있는 생활의 일부인 것 같아요.

아이들은 물고기랑 조개, 산호 등에 열광하곤 한답니다. 반들반들 반짝이는 비늘이랑 무지갯빛 찬란한 조개껍질들이 파란 물속에서 살랑대는 모습에 넋을 빼앗기곤 하지요. 우리 한번 바다 속 세상으로 탐험을 준비해볼까요? 정말 제대로 바다 여행을 즐기려면, 먼저 바다 속 생물들에 대해 공부해봐야겠죠? 꼭 해변으로 떠날 필요는 없어요. 오히려 가까운 곳에 있는 수족관이나 해양박물관 등에서 훨씬 다양한 생물들을 만날 수 있거든요. 고래, 돌고래, 바다표범, 물개, 상어, 오징어, 문어랑 가재…… 어휴, 너무 많아서 셀 수도 없네요! 미리 이런 바다 생물들에 대한 그림을 보며 공부를 하다가, 아이가 특별히 좋아하고 보고 싶어하는 것이 있다면 꼭 기억해두도록 합니다.

자, 모래사장이 가득한 해변으로 떠나볼까요? 흔하게 널려 있는 조개껍질들을 모아보세요. 오늘의 바다 나들이를 두고두고 기억하게 해줄 멋진 기념품이 되어줄 거예요. 참, 플라스틱 물통을 가져가는 것도 잊지 마세요. 조개껍질이랑 모래를 담아가야 할 테니까요!

우리 아이가 아직 어려서 직접 바다 속에 들어갈 수 없다면, 바람을 후후 불어 금방 만들 수 있는 고무 풀장을 가져가세요. 풀장에 바닷물만 채워주면 안전하게 바닷가 물놀이를 즐길 수 있답니다! 파도 소리, 시원한 바닷바람, 어느 것 하나 놓치지 않고 즐길 수 있어요!

바닷가에서 여러 가지 다양한 놀이를 즐겨보세요. 각자 모아온 조개껍질들을 비교해볼까요? 하얗고 반질반질한 조개껍질에서 10원짜리 동전보다 훨씬 작은 조개껍질까지, 특이한 검은 색깔의 껍데기 등 예쁜 것들만 모아보세요.

곧잘 수영을 즐길 만큼 실력이 된다면 스노클링을 시도해보면 어떨까요? 스노클링은 스노클이라는 물안경이랑 숨쉬기 깔때기가 함께 달린 장비를 이용해서, 바다 속 풍경을 마음껏 즐기는 놀이랍니다. 한 번도 해본 적이 없다고 미리 겁먹지 마세요. 아주 간단해서 금방 배울 수 있거든요! 허리 정도 깊이의 물에서 스노클을 끼우고 몸을 구부려 얼굴을 담그기만 하면 끝! 자, 그럼 시작해볼까요?

모래 골프놀이에 도전해보세요. 세 개의 종이컵을 모래 속에 묻어주세요. 종이컵 속에 먼저 공을 넣는 사람이 이기는 것이지요. 골프채 대신 기다랗고 가벼운 막대기를 사용하세요!

　별로 비싸지 않으면서, 아이들이 마음 가는 대로 사용할 수 있는 튼튼한 방수용 카메라를 하나 마련하면 어떨까요? 물고기랑 바다 속의 해초, 또 조개들도 찍고 물 속에 잠수 중인 아빠 얼굴도 찍을 수 있잖아요!

　집으로 돌아오기 전에 마지막으로 꼭 해야 할 일이 하나 있답니다. 해변에 모래성 쌓기가 바로 그것이지요! 미리 준비한 플라스틱 통에 모래를 담아 부을 수 있겠죠? 음료수를 담았던 플라스틱 물병을 대각선 방향으로 잘라 주걱처럼 만들어보세요. 모래나 바닷물을 퍼 담기에 아주 안성맞춤이랍니다!

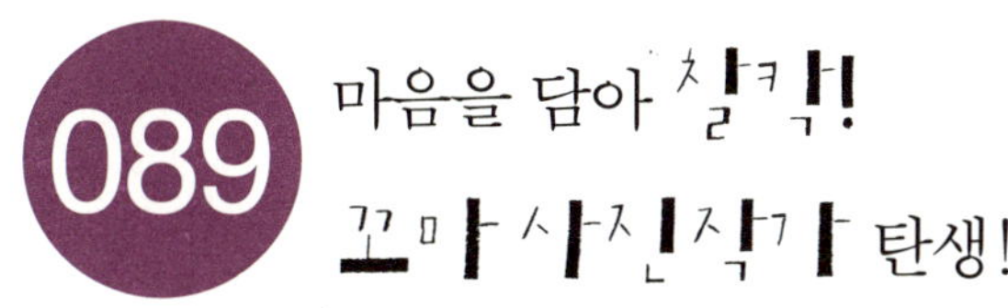

스테이시 막라렌 가정주부이자 전문가, 애리조나주 투손

앨범들을 한 장 한 장 넘기다 보면, 흐릿하고 초점이 맞지 않는 사진도 꽤 많이 발견하게 됩니다. 대부분 아이들이 찍은 사진들인데요. 그래도 아이의 시선으로 바라본 세상을 찍은 사진이기에, 소중하게 모아둔 것들이지요.

우리 초보 사진작가를 위해 작동이 간단한 카메라를 사는 건 어떨까요? 뷰파인더가 크면 클수록 좋아요. 그래야 아이들도 손쉽게 구도를 맞춰서 찍을 수 있거든요.

참을성이 부족한 아이들을 위해 폴라로이드형 즉석카메라를 장만하는 것도 하나의 방법이랍니다. 사진을 찍자마자 곧바로 확인해볼 수 있다는 점이 즉석카메라의 가장 큰 장점이지요. 아이가 원하는 대로 사진이 나오지 않았다 하더라도 금방 확인하고 다시 찍을 수 있으니까 좋겠죠? 물론 디지털 카메라를 가지고 있다면, 사진이 잘 나왔는지 아닌지를 좀 더 빨리 확인할 수 있을 겁니다.

　사실 사진 찍기란 그렇게 비용이 많이 드는 고급 취미가 아니랍니다. 우리 아이가 본격적으로 사진 찍기에 취미를 갖고 배우기까지 그리 비싼 장비가 필요한 것이 아니거든요. 무겁고 어려운 장비보다는, 여러분이 가는 곳 어디에나 손쉽게 가져갈 수 있는 카메라라면 뭐든 좋아요. 부지런히 사진을 찍다 보면 순간순간을 소중히 여기는 마음도 생기게 될 거예요.

　이런 사진들도 찍어보세요!

- 저녁을 맛있게 먹는 식구들의 표정, 또 앞치마를 입고 설거지에 열중인 아빠

- 소파 위에 뽀송뽀송 다정한 곰인형 친구들을 나란히 앉혀놓고 찰칵!

- 정원이나 베란다에서 화초에 물을 주고 계신 엄마 모습

- 아침 햇살이 가득한 우리 아이의 침실, 일어나자마자 찰칵!

- 단짝 친구를 집으로 초대한 날, 함께 점심을 먹는 도중 찰칵!

- 따스한 햇볕을 쬐며 단잠에 빠진 아기 고양이

- 유아용 변기에 앉아 있는 아기 동생

- 냠냠 맛있게 밥을 먹는 강아지

- 열심히 숙제를 하고 있는 큰형의 모습

- 들판에서 풀을 뜯어 먹는 젖소들

- 동네 공터에서 옥수수모이를 뿌리자 잔뜩 모여든 비둘기 떼들

- 길가에 피어 있는 들꽃들

090 내가 직접 만드는 최고의 영화!

좋은 영화는 좋은 이야기에서 만들어진다는 것, 물론 아시겠죠? 집에 있는 비디오카메라로 아이들이 영화를 만들려고 하는데, 좋은 소재거리가 없다구요? 그렇다면 아이들이 좋아하는 이야기 중 하나를 골라 재미있게 바꿔보는 건 어떨까요? 아이랑 함께 가까운 도서관에 가서 아동용 연극 대본을 찾아보세요. 아니면 우리 아이들이 직접 대본을 써보면 어떨까요? 자, 소재거리를 찾고 또 대본이 정해졌다면, 이제 영화를 만들어보겠습니다!

배우들은 어떻게 하죠?

친구들이나 가족들에게 우리 영화에 출연해달라고 부탁해보세요. 잘 아는 사람들이 나오는 영화라면 더더욱 재미가 넘칠 거예요! 너도나도 앞다투어 출연하겠다고 하나요? 그럼 1, 2편으로 나누어서 찍어보면 어떨까요? 사람들이 쑥스러워서 거절한다고요? 그렇다면 아이가 아끼는 인형이랑 애완동물들을 출연시켜보세요.

예쁘게 찍으려면 어떻게 꾸미면 될까요?

배우들은 촬영 전에 화장도 하고 옷매무새도 가다듬어 예쁘게 찍히려고 노력하잖아요? 그러니까 우리 영화의 출연 배우들도 예쁘게 화장하고, 머리도 가꾸고, 의상도 정성 들여 준비해야겠지요! 진짜 영화 속의 주인공처럼 보이도록 예쁘게 꾸며주세요!

재미나는 효과음 넣기

배경음악이랑 효과음이 들어가면 재미도 두 배! 어떤 소리를 더하느냐에 따라 영화를 더 멋지게 꾸밀 수 있답니다. 신나는 장면에는 즐거운 음악을, 으슬으슬 무서운 장면에는 음산한 음악을 더해봐요! 바람이 한들한들 불어오는 소리, 물이 졸졸졸 흘러가는 소리 등도 알맞게 넣어봅니다. 진짜 바람 소리를 녹음하기란 아무래도 어려운 일이지요. 그럴 때는 이렇게 해보세요. 비가 오는 소리는 플라스틱 병에 마른 쌀을 넣고 살짝살짝 흔들어주면 된답니다! 소나기가 쏴쏴 퍼붓는 소리를 내려면 쌀 대신에 팝콘을 넣고 흔들어주세요. 천둥 치는 소리는, 플라스틱 상자에 자그마한 돌들을 약간 넣고 흔들어주세요. 정말 비 오는 듯한 소리가 난다니까요. 한번 시도해보세요!

306

아이가 아직 너무 어리다면, 비디오카메라를 능숙하게 다루기는 힘들 겠지요. 카메라 조작만큼은 엄마나 아빠가 도와주시는 편이 좋아요. 카메라를 어느 정도 가눌 수 있더라도 조작 방법이랑 각도, 초점을 맞추는 등 섬세한 부분은 아무래도 어른들의 관심이 필요할 거예요. 아무래도 촬영보다는 배우로 연기하는 편이 쉽겠죠. 하지만 어느 정도 나이를 먹으면 출연보다 영화 제작에 욕심을 내게 될 거예요. 아이들이 의욕을 보이면, 직접 만들 수 있는 기회를 마련해주세요! 아이가 친구들과 대본을 구하고, 배우들을 정하고 또 촬영까지 스스로 해낼 수 있도록 도와줍니다. 물론 촬영 전에 카메라 삼각대 조작법 등 여러 가지 기술들을 세심하게 가르쳐주셔야겠죠! 삼각대 하나만 제대로 사용할 수 있어도 촬영이 훨씬 쉬워질 거예요!

영화를 다 만들었다면, 이제 시사회를 열어야겠습니다! 영화를 만드는 데 도움을 주셨던 모든 사람들을 초대해야겠네요. 영화를 처음으로 선보이는 날이니, 간단한 파티라도 열어야겠죠? 팝콘이랑 음료수를 듬뿍 준비해봅니다!

영화가 끝나면 모두 기립 박수를! 첫 영화의 성공을 축하하면서 기념으로 시상식까지 겸해보면 어떨까요? 출연자나, 특별히 도움을 많이 주신 분들께 상장이나 트로피를 드립니다. 아, 우리 꼬마 감독님께도 물론 잊지 말고 드려야겠죠? 혹시 알아요? 아주 먼 훗날 우리 아이가 대단한 명감독이 되어, 어린 시절의 트로피나 상장 옆에 진짜 영화상을 세워둘지 말이에요!

091 수리수리 마수리, 신비한 마술의 세계로!

앗, 마술사가 모자에 토끼를 집어넣더니, 비둘기로 바꾸어 꺼내버렸어요! 하얀 비둘기가 푸드득 날아갈 때의 그 신비하고 아찔한 기분! 기억하세요? 마술사가 잘라진 밧줄을 마술 지팡이로 툭 치고 나니, 앗! 눈 깜짝할 사이에 하나로 이어졌어요! 아름다운 아가씨가 함박웃음을 지으며 기다란 상자 안으로 들어가 눕습니다. 그런데 마술사가 눈 한 번 깜짝하지 않고 사정없이 톱을 들고 상자를 잘라대지 뭐예요! 도대체 어떻게 되는 거지? 동강난 상자를 치워버리기까지 하다니! 심장이 쿵쾅거리고 어느새 손에 땀이 흐르기 시작합니다! 어린 시절의 마술쇼는 정말 잊을 수가 없어요. 마술은 지구상에서 두 번째로 오래된 직업인 만큼 그 역사가 대단하대요. 우리는 젓가락을 쓰는 민족이라 손재주가 뛰어나 세상 어느 나라 사람들보다 마술을 잘 할 수 있다는군요. 충분히 연습만 한다면 누구나 할 수 있답니다.

엄마 아빠가 직접 마술사가 되어보면 어떨까요? 아이들의 아낌없는 박수를 받으며 즐거운 시간을 함께 보낼 수 있겠죠? 간단하게 선보일 수 있는 마술로도 충분하답니다. "우리 엄마 아빠가 마술사였다니, 정말 대단해!" 도대체 어떻게 그런 마술을 해낼 수 있는지 아이가 알려달라고 졸라댑니다. 원래 진짜 마술사들은 절대로 마술의 비밀을 알려주지 않지만, 우리 아이에게만은 그 규칙을 깨는 것도 나쁘지 않겠죠? 먼저 아이 앞에서 마술을 몇 번 보여준 다음, 방법을 맞춰보도록 해보세요. 물론 쉽게 비밀을 알아낼 수는 없겠지요! 하지만 이렇게 생각을 거듭해봐야 나중에 더 재미있는 마술을 만들어낼 수 있답니다. 이제 마술의 방법을 설명해볼까요? 그리고 한 단계 한 단계 어떻게 하는지 직접 보여주세요. 아이가 하나하나 따라하도록 해봅니다. 자, 초보 마술사인 우리 아이가 쉽게 따라할 수 있는 마술 기술을 몇 가지 알려드릴게요!

무슨 생각을 하고 있는지 다 알 수 있어요!(독심술)

마술을 시작하기 전에 커다란 종이 한 장을 준비합니다. 먼저 같은 크기의 세 조각으로 찢어주세요. 단, 칼이나 가위로 자르지 마세요! 이제 마술을 시작해볼까요? 우선 관객 중에 마술에 참여할 세 명의 지원자를 골라봅니다. 이 세 명에게 아까 찢어놓은 종이랑 연필을 각각 나누어주세요. 그리고 각자의 종이에 좋아하는 음식, 색깔, 숫자를 쓰도록 합니다. 자, 이때 양끝이 찢어진 종이를 가져간 사람을 눈여겨봐야 합니다! 세 조각 중 하나는 오른쪽, 왼쪽 양쪽이 모두 찢어져 있으니까요!

이제 종이조각들을 모아서 마술 모자에 넣어주세요. 세 명의 지원자들은 모두 자리로 돌려보냅니다. 이제 한껏 분위기를 잡고, 아까 양쪽이 찢어진 종이를 가져갔던 사람 앞에 멈춰 서서 머리에 손을 올려놓습니다. "흠, 당신의 마음을 맞춰볼 테니, 아까 종이에 썼던 것이 무엇인지 생각해보시겠어요?" 다시 무대로 돌아와 모자에서 양끝이 찢어진 종이를 꺼내 읽어주세요. 어때요? 기가 막히게 맞췄죠? 아까의 지원자에게 확인을 받으면 성공!

터지지 않는 풍선, 신기해요!

먼저 똑같이 생긴 풍선 두 개를 준비해 불어주세요. 이 풍선 중 하나에는 비밀리에 조그맣게 자른 투명테이프 두세 조각을 붙여둡니다. 기다란 바늘도 몇 개 준비하세요!

마술쇼를 시작할까요? 모두 두 개의 풍선이 똑같은 것이라고 믿고 있겠죠? 자, 이제 마술의 힘으로 터지지 않는 풍선을 만들어보겠습니다. 먼저 테이프를 붙이지 않은 풍선에 바늘로 콕 찔러보세요! 그러면 풍선이 팡! 하고 터지겠죠?

이제 남아 있는 풍선에 마술을 걸어보세요. 마법의 지팡이를 흔들면서 주문을 외워봅니다. "수리수리 마수리, 마법의 힘으로 터지지 않는 풍선으로 만들어주마!" 이제 테이프가 붙여진 부분을 바늘로 찔러보세요. 한 번, 두 번, 아무리 해도 풍선이 터지지 않죠? 이때 관객과 너무 가까운 곳에 서지 않도록 주의하세요. 혹시나 풍선에 테이프 붙여놓은 것이 보일 수도 있으니까요. 자, 이제 바늘을 뽑은 뒤 마술지팡이로 풍선을 보통 상태로 만들어볼까요? 테이프가 붙어 있지 않은 부분에 바늘을 꽂으면? 펑!
하고 터지면서 마술도 대성공!

　가까운 서점이나 도서관에서도 쉽게 따라할 수 있는 마술책들을 구할
수 있답니다! 책만 읽어서는 배우기 어려운 마술들도 있어요. 아이가 마
술에 계속 관심을 갖는다면, 마술용품 파는 가게를 찾아보세요. 주인아저
씨가 어려운 마술도 쉽게 설명해주실 거예요! 인터넷에서 마술을 배우는
사람들의 모임을 찾아보는 것도 좋은 방법이겠죠?

　몇 가지 마술을 완전히 익혔으면 친지들을 초대해서 마술쇼를 열어보
세요! 우리 작고 귀여운 마술사의 공연을 위해서는 몇 가지 준비해야 할
것이 있답니다. 쓰다 남은 천 조각들을 잘라서 마술사 망토를 만들어주세
요. 자그마한 검은 지팡이의 끝을 하얗게 칠해주시고요. 또 모자 가게나
마술용품 가게에서 쉽게 구할 수 있는 기다랗고 예쁜 마술사 모자도 잊지
마세요!

092

신나는 여름, 야외 캠프를 떠나볼까요?

폭신한 침낭, 종이접기 놀이랑 나무공예품 만들기, 나무로 만든 이층 침대가 있는 아늑한 오두막집, 야트막한 호숫가에서 첨벙이며 수영하기, 밤이면 아련하게 그리워지는 우리집, 타닥타닥 피어오르는 모닥불 그리고 새로운 친구들! 이 모두가 어린시절 잊을 수 없는 여름 캠핑의 추억거리들이랍니다!

우리 아이에게 정말 딱 맞는 여름 캠프를 골라주고 싶으세요? 일단 어떤 종류의 캠프가 가장 알맞을지 생각해보세요. 당일로 다녀올 수 있는 캠프에서부터, 멀리 떠나 며칠간 야영을 하며 지낼 수 있는 캠프, 가족들이 모두 참여할 수 있는 캠프 등등 여러 가지를 선택할 수 있답니다.

아이가 어떤 종류의 캠프를 좋아하는지 이야기해보세요! 아이의 취미를 생각하면 쉽게 찾아낼 수 있답니다. 보이스카우트, 걸스카우트, 야구, 축구, 수영 등과 같은 취미 말이지요. 혹시 우리 아이가 외국어 공부를 좋아하고, 또 외국친구들을 만나고 싶어하지는 않는지요? 수학, 독서, 과학 실험 등 공부하고 탐구하기를 좋아한다면? 그림이나 음악, 또는 공연 예술 등에 관심을 기울이지는 않나요? 혹은 우리 아이가 천식, 당뇨, 아토피, 성장 장애 등으로 특별한 도움을 필요로 하지는 않은가요? 믿기 힘들겠지만, 이 모든 경우를 위한 모임들도 쉽게 찾을 수 있답니다. 정말 아주 아주 많다니까요!

　같은 취미의 아이들끼리 캠프를 즐기기 위한 모임들을 찾아보세요. 인터넷에서 아이들을 위한 포털 사이트나 단체 등의 홈페이지도 잊지 말고 확인해보세요! 여러 가지 박물관이나 지방 단체에서도 어린이들이 여름 방학 동안 즐길 수 있는 특별한 캠프 프로그램을 운영하고 있답니다. 인터넷에서 큰 포털 사이트의 동호회도 빼놓을 수 없죠! 비슷한 또래의 아이들을 기르는 부모님들의 모임, 같은 질병으로 몸이 불편한 아이들 가족의 모임 등 비슷한 취미를 가진 모임을 찾아보세요. 이러한 단체와 모임에서는 여름을 알차게 보내기 위해 다양한 캠프랑 야외 활동들을 기획하고 있거든요. 물론 우리 가족도 쉽게 참여할 수 있고요!

　혹시 여러분이 원하는 캠프를 찾을 수 없다면, 인터넷 검색 엔진을 통해 찾아보세요! 검색 키워드 난에 '여름캠프'라고 쓰고 또 하키, 수영, 무용 등 여러분이 구체적으로 원하는 종류도 써주세요. 집 근처 가까운 곳에서 캠프를 하길 원한다면, '서울' 또는 '부산' 등의 지역 이름도 키워드에 써주시는 편이 좋겠지요?

093

우리 가족의 꼬마 주방장, 만세!

간단한 씨리얼 한 그릇이면 어때요? 삶은 달걀이나 오믈렛, 또는 부침개 등 무엇이든 상관없어요. 우리 아이가 직접 요리해서 엄마 아빠께 대접해보면 어떨까요? 이왕이면 이른 아침식사가 좋겠어요. 직접 만든 아침식사를 안방으로 가져다드리면 엄마 아빠가 얼마나 기뻐하시겠어요? 시간을 들여 정성껏 만든 맛있는 음식을 하나도 남김없이 드실 거예요. 이른 아침 온 식구들이 잠옷 바람으로 침대 위에서 식사를 즐길 수 있다니 행복하기만 할 거예요. 그동안 아침식사를 준비해주신 엄마 아빠께 감사의 마음을 전할 수 있는 방법이기도 하겠지요?

여러분이 조금만 도와주시면 아직 나이가 어린 아이들도 충분히 멋진 요리를 준비할 수 있답니다. 어린 동생이 생일을 맞이했을 때나, 수두로 침대에 누워 끙끙 앓고 있을 때, 축하하기 위해 혹은 위로해주기 위해 특별한 아침식사를 만들어주면 정말 좋겠죠? 동생뿐 아니라 모든 가족들에게 근사한 식사를 선물로 안겨주고 싶을 수도 있겠죠! 땅콩버터 잼이 서

투르게 발린 샌드위치더라도, 아이의 정성이 담긴 요리 선물은 이제 막 시작된 셈입니다! 하나 둘씩 배워가면서 정말 일류 주방장 부럽지 않은 아침식사를 만들 수 있게 될 거예요. 아이의 순수하고 아름다운 마음이 그대로 우러날 수 있도록, 이른 아침 부엌살림을 완전히 맡겨보세요!

요리에는 별다른 경험이 없는 아이들이라 해도 관심만 있으면 간단한 냉동식품에서부터 좀 더 어려운 요리까지, 제법 많은 것들을 이용해 음식을 만들 수 있답니다. 아이랑 함께 요리 책을 보면서, 아주 재밌어 보이는 요리를 찾아보세요. 어린아이와 함께 볼 만한 요리 책이 없다고요? 그럼 엄마 아빠가 쉽게 만들 수 있을 법한 요리들을 골라 미리 적어두면 어떨까요? 따로 모아서 우리 꼬마 주방장을 위한 요리책으로 묶어두도록 합니다.

자, 멋진 요리를 위해 뭐가 필요한지 준비해봅시다! 먼저 집에 없는 재료들의 목록을 하나도 빠짐없이 메모장에 적고, 함께 쇼핑을 나갑니다. 자, 이제 집으로 돌아와서는 엄마 아빠는 요리에 손대지 마세요! 아이가 도와달라고 할 때만 도와주시면 됩니다. 물론 날카로운 칼을 쓸 때나 오븐, 가스레인지를 사용할 때는 엄마 아빠의 도움이 필요하겠죠!

자, 이제 요리가 완성되었나요? 뒤처리 설거지만큼은 다른 가족들이 도와주세요! 설거지를 빨리 끝내고 모두가 둘러앉아 맛있게 냠냠 먹어봅시다! 그래야 꼬마 주방장도 덜 지칠 테니까요.

아이들이 쉽게 따라 할 수 있는 요리법 몇 가지를 소개합니다!

재료

햄버거용 고기 약 500그램 / 스파게티 소스 약 420그램 / 잘게 잘라낸 모차렐라 치즈 2컵 / 식빵 여러 개 / 파마산 치즈 1컵

1. 오븐을 섭씨 177도로 미리 예열해둡니다.

2. 프라이팬에 고기가 잘게 뭉칠 때까지 익혀주세요.

3. 스파게티 소스를 잘 섞어 휘저어주세요.

4. 5분간 약한 불 위에서 졸여줍니다.

5. 가로세로 25센티미터 크기의 오븐용 찜 그릇에 식빵을 잘 펼쳐 넣고 꾹꾹 눌러주세요. 버터나 기름을 살짝 두르거나 알루미늄 호일을 깔아두면 더욱 좋답니다.

6. 이제 식빵 위에 고기 졸인 것을 고르게 깔아주세요.

7. 모차렐라 치즈와 파마산 치즈를 골고루 뿌려줍니다.

8. 15분 정도 노릇노릇해질 때까지 구워줍니다.

재료

말랑말랑한 초코파이 / 기다랗고 얇은 막대 과자 여러 개 / 하얀색 설탕 아이싱 / 작은 초콜릿 칩

1. 막대 과자 여러 개를 말랑말랑한 초코파이에 꽂아 벌레의 다리를 만들어주
세요.

2. 초코파이 가운데에 아이싱을 조금씩 두 번 부어서 눈을 만들어줍니다.

3. 아이싱이 마르기 전에 작은 초콜릿 칩으로 눈동자를 심어주세요.

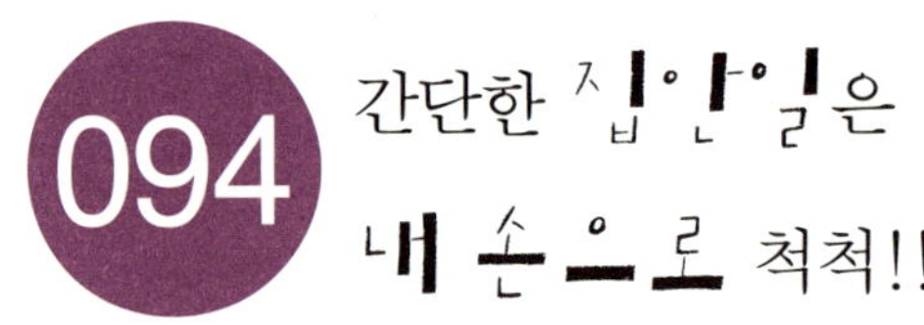

기니 발러 대학생, 미시간주 메릴

정말이에요! 아이가 아장아장 걸을 정도쯤 되면 충분히 집안일을 도와줄 수 있어요. 아이들이 재밌게 집안일을 도와준다면 얼마나 좋을까요? 엄마를 돕는 착한 일도 하면서, 스스로 정리 정돈하는 습관도 기를 수 있을 거예요! 아이가 가장 쉽게 할 수 있는 집안일은 뭐니뭐니해도 자기 장난감을 정리하는 것이죠! 쉽게 정리할 수 있도록 장난감을 몽땅 모아둘 가방이랑 바구니를 함께 만들어봐요!

아이들의 장난감은 반년마다 잘 정리해서 보관해두도록 하세요. 몇 가지는 선반 위에 정리하고, 지난 6개월간 가지고 놀지 않았던 장난감들은 밖에 따로 보관합니다. 아직 쓸 만한 장난감들은 그대로 두되, 망가진 것들은 따로 모아 버리도록 합니다. 아이의 키 높이에 맞는 선반을 마련해주세요. 아이에게 두 개 이상의 선반은 무리이니까 한두 개 정도면 충분하답니다.

크고 작은 장난감들을 선반 위에 준비한 깨끗한 플라스틱 통에 넣어둡니다. 그리고 통에 이름표를 붙여주세요. 꼬마 어린이들도 잘 알아볼 수 있도록 그림이나 스티커를 붙여두면 편리하답니다.

장난감통은 장난감의 크기를 생각해서 골라야겠죠? 구슬이랑 공깃돌은 작은 상자에, 로봇 장난감은 중간 크기의 상자에 넣어둡니다. 이렇게 구별하면 아이들도 어디에 무엇을 넣어 정리해야 하는지 쉽게 깨달을 수 있답니다.

조각조각 수가 많은 퍼즐이랑 레고는 아이들이 쉽게 꺼낼 수 있도록 방의 한 모퉁이에 정리통을 두고 보관하세요.

장난감 정돈 시간을 따로 정해두면 훨씬 재미있어요! 알람시계를 맞춰두고 정해진 시간 내에 정돈을 끝내도록 해볼까요? 따르르릉 알람 소리가 들리기 전에 장난감들을 말끔히 정리해보자구요!

아이의 방문에 조그맣고 하얀 칠판을 걸어두고 오늘 하루의 할 일을 적어봅니다. 아이가 엄마랑 약속했던 꼭 해야 할 일들, 예를 들면, 침대 정리랑 장난감 치우기 등의 집안일들이 있겠지요? 아침에 일어나 무엇을 해야 할지 다시 한 번 확인해보고요. 저녁 잠자리에 들기 전에 오늘 하루 무엇을 했나 확인해주세요. 약속한 만큼 모두모두 잘 해냈다면 예쁜 별 모양의 스티커를 하나씩 붙여주세요. 어디 보자, 일주일이나 한달 동안 얼마나 많은 별을 모았나요? 와, 정말 많이 모았네요? 별 열 개를 모으면 특별한 선물을 주는 것, 잊지 마세요!

아이에게 먼지 터는 법도 가르쳐주세요. 무거운 걸레 대신에, 짝을 잃어버린 장갑으로 닦아보면 어떨까요? 이 장갑으로 먼지떨이 친구를 만들어봅시다! 비뚤어진 단추 눈도 달고 여러 가지 모양의 천 조각들을 잔뜩 붙여주세요. 엄마가 바늘로 성기게 꿰매주시면 더욱 좋아요. 그래야 이 먼지 떨이 친구를 깨끗이 목욕시켜도 천이 떨어지지 않을 테니까요. 여분의 장갑이 없을 때는 짝 없는 양말을 이용하는 것도 좋은 방법입니다.

설거지도 정말 재밌게 할 수 있답니다. 어떻게 신나는 설거지를 할 수 있을까요? 몇 가지 준비물이 필요하답니다. 투명한 병에 조그마한 플라스틱 장난감이나 구슬 등을 잔뜩 넣고 주방 세제를 약간 풀어 넣으세요. 물을 약간 더 넣어주고 뚜껑을 닫은 다음 흔들어줍니다. 거품이 하얗게 일면서 구슬이랑 장난감들이 깨끗해지겠지요? 자, 이 세제를 수세미에 묻혀서 남은 그릇들도 깨끗이 씻어볼까요? 식용색소를 약간만 넣어도 핑크색이랑 파란색 등 여러 가지 색깔의 주방 세제를 만들어볼 수 있어요! 설거지가 끝나면 병 안의 장난감을 꺼내서 깨끗이 헹군 다음 재미있게 놀아보세요!

아이들은 같은 크기끼리, 같은 색깔끼리, 또 같은 모양끼리 모아두기를 좋아한답니다. 바구니 한가득 양말 세탁을 끝내셨다면, 아이에게 종류별로 짝을 맞춰달라고 부탁해보세요. 아주 재미있어할걸요? 엄마가 나중에 간단히 확인만 해주면 우리 아이 혼자서도 세탁물 정리를 훌륭히 할 수 있답니다. 귀찮던 양말 짝 맞추기도 아이에겐 재미나는 놀이거든요!

095 우리 아이, 혼자서도 잘 지내요!

우리 아이는 혼자 있어야 할 때 뭘 하며 지내나요? 색칠 공부라든지 책 읽기, 장난감 놀이나 노래 따라 부르기 등 혼자서도 재미있게 할 수 있는 놀이들이 꽤 많답니다. 야외에서도 혼자서 즐길 수 있는 놀이들이 많아요. 모래를 파서 굴을 만들어보거나, 벌레랑 꽃, 풀 등을 만져도 보고 냄새도 맡아보지요. 그네랑 미끄럼틀도 타면서 여기저기 뛰어다니다 보면 어느새 해가 뉘엿뉘엿 지곤 한답니다. 어떠세요? 우리 아이는 집 안에서 조용히 있기를 좋아하나요, 아니면 밖에서 활발히 뛰어놀기를 좋아하나요?

오늘날 우리 주변의 모든 것들은 눈 깜짝할 사이에 빠르게 변한답니다. 컴퓨터와 인터넷의 발달로 아무리 많은 내용의 편지라도 클릭! 한 번으로 지구 반대편까지 전달됩니다. 바쁘게 빨리빨리 일만 하느라 대부분의 시간을 보내버리는 것 같아요. 우리 아이들도 때로는 마치 이 바쁜 세상에 정신없이 휩쓸려 만들어지는 작품이 아닐까 걱정이 됩니다.

우리 아이는 혼자서도 여유 있게 잘 지내는 편인가요? 해야 할 일들을 스

스로 찾아 하는 편인지요? 혼자서 하는 일에 영 서툴기만 하다면, 혼자만의
시간에 익숙해질 필요가 있답니다. 몇 가지 아이디어를 알려드릴게요.

- 먼저 아이 방에 아주 특별한 장소를 만들어주세요. 폭신폭신 편안한 의자를
  만들면 어떨까요? 부드럽고 따뜻한 천에 콩이나 팥 등을 잔뜩 넣어서 방석을
  만들어주세요. 조용한 음악을 틀어놓고 의자에 앉아 책도 읽고, 그림도 그리
  고 또 어린이 신문도 읽어볼까요? 바로 옆 책상에 스탠드 조명을 두고 책을
  읽을 때마다 켜준다면 훨씬 아늑하고 밝을 거예요. 의자 주변도 아이가 좋아
  하는 그림이랑 포스터로 멋지게 꾸며줍니다.
- 혼자서 즐길 수 있는 놀이를 가르쳐주세요. 몇 분 동안이라도 혼자서 시간 가
  는 줄 모르고 빠져들 만한 재미나는 놀이를 소개해줍니다.
- 얼마 동안 혼자서 잘 놀 수 있을까요? 엄마랑 약속을 해보세요. 약속한 만큼
  혼자 시간을 잘 보냈나요? 그렇다면 특별한 선물을 주어야겠군요! 새 책이라
  든지 CD, 스케치북, 장난감이나 퍼즐같이 혼자 보내는 시간 동안 즐길 수 있
  는 놀이거리를 선물로 주시면 좋겠죠! 아이가 아직 어리다면 색칠하기 책이
  라든지 크레용, 또 입에 넣어도 안전한 고무 장난감 등을 구해줍니다. 혼자서
  시간을 보내기란 물론 쉽지 않겠죠! 서두르지 말고 천천히 시작해보세요. 매
  일 아주 잠깐씩 혼자서 지내봅니다. 그리고 조금씩 그 시간을 늘려보세요.

아이가 아직도 혼자 있기를 싫어하나요? "책도 다 읽었어! 퍼즐도 너무
쉬워. 다 맞췄단 말이야. 장난감도 싫어!" 이렇게 칭얼대며 함께 놀아달라
고 졸라대나요? 그러면 아이가 정말 좋아하는 것이 무엇인지 주의 깊게

찾아보세요. 아이의 취미를 찾아줄 때가 된 것입니다. 정말 좋아하는 일이라면 푹 빠져서 혼자서도 시간 가는 줄 모르고 열중할 테니까요!

그래도 아이가 혼자 있기를 힘들어한다면, 멋진 상장을 만들어주는 방법을 써봅니다. 엄마나 아빠가 적당히 시간을 맞춰보세요. 15분, 혹은 10분 등 정해놓은 시간 동안 아이가 혼자서 잘 놀았다면, 아이의 상장에 별 모양의 스티커를 하나 붙여주세요! 이렇게 해서 다섯 개씩 별이 모이면 선물을 줍니다. 이렇게 혼자서도 잘 지내는 습관을 익히면서, 시계 보는 법도 함께 배울 수 있다면 좋겠지요? 몇 시 몇 분 정확하게 읽는 법을 가르쳐주세요. 동그란 다이얼 시계는 읽기가 어려우니까 처음에는 커다란 숫자로 시간을 알려주는 전자시계로 가르쳐주세요. 차츰 아이가 익숙해지면 다이얼 시계로 바꿔보세요!

우리 함께 짜릿한 모험을 떠나요!

'모험'이란 어떤 일을 위험을 무릅쓰고 하는 것 또는 그 일을 말합니다.

'모험'이 무엇인지 사람들에게 물어보세요. 모험에 대한 생각이 저마다 달라서 깜짝 놀랄 거예요! 사람들은 서로 다른 경험을 하니까, 모험에 대한 시각도 많이많이 달라지나 봐요. 지금 여러분들은 모험에 대해 어떻게 생각하고 계시나요? 아마 다섯 살배기 아이 시절의 생각과는 차이가 많이 나겠죠? 그때는 어디를 가서 무엇을 하든 새로운 모든 것들에 가슴이 떨리곤 했었잖아요!

세 살, 네 살 때까지는 외갓집 뒷산에 총총 뛰어올라 가는 것이 최고의 모험이었지요. 눈이라도 내리면, 온통 하얀 세상이 정말 신기하기만 했어요. 발자국을 가득 찍어대며 여기저기 뛰어다니는 것만으로도 신이 났답니다.

다섯 살, 여섯 살 무렵엔 엄마나 아빠가 지켜보시는 가운데 멀리멀리 그네뛰기를 하곤 했습니다. 일곱 살 무렵 최고의 모험은 단연 학교겠지요!

하루하루의 수업이랑 새로 만나는 친구들과 노는 것 모두가 모험이지요. 친한 친구들끼리 자전거를 타고 낯선 거리를 누비기도 하고, 친구집에서 조금씩 맛이 다른 음식도 먹고요. 아홉 살, 열 살쯤엔 스카우트 활동에 가입해서 캠핑을 가거나 아빠의 낚시 여행에 따라가는 것! 열 살이 넘어서부터는 비행기를 탄다든지, 가느다란 카약보트를 타고 계곡을 넘나드는 등의 스포츠에 마음을 뺏겼지요.

우리 아이가 생각하는 대단한 모험이란 과연 무엇일까요? 잘 모르시겠다고요? 그렇다면 이번 기회에 함께 이야기해보세요. 세상의 어떤 꿈들은 전혀 이루어질 수 없을 수도 있겠지만, 조금만 노력을 기울인다면 쉽게 이루어지는 것도 있답니다. 특히 관심과 사랑만 있다면 더더욱 빨리 이루어지겠지요? 예를 들어 우리 일곱 살배기 아이가 에베레스트 산에 오르는 것은 아무래도 어렵겠지요. 하지만 가까운 교외의 산을 오르는 것쯤은 쉽게 할 수 있을 거예요! 아이가 꿈꾸는 모험이 무엇이든지, 비슷한 대안을 찾을 수 있다면 겁내지 말고 꼭 실천해보세요. 그리고 이런 모험에 푹 빠져서 빨갛게 상기된 뺨에, 반짝거리는 눈동자가 너무너무 예쁜 우리 아이의 모습, 꼭 사진으로 찍어주시구요!

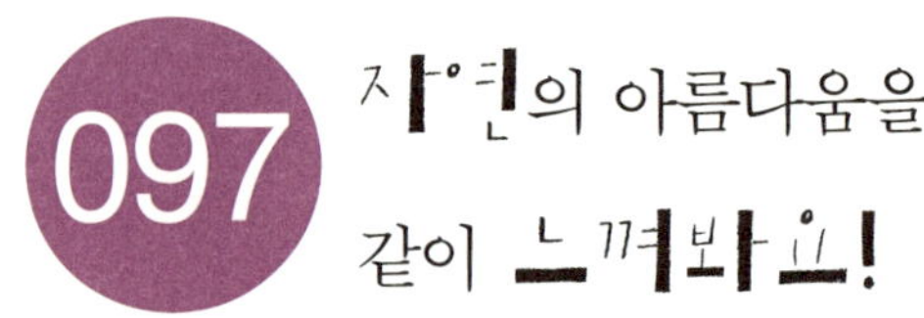

린다 카라킨 사무총장, 플로리다주 코코아

우리 함께 대자연의 품이 얼마나 아름다운지 한번 느껴볼까요? 아이와 자연이 함께 나눌 수 있는 아름다운 순간들을 몇 가지 알려드릴게요!

- 해가 질 무렵의 노을빛! 매일 저녁 해님이 서산으로 기울면 하늘은 온통 빨강이랑 보라색, 또 주황색 물감을 자욱하게 풀어놓은 물감 통이 된답니다! 하늘이 천천히 아름다운 빨간 옷으로 갈아입는 광경을 놓치지 마세요! 저녁식사 중이라고요? 잠깐만 창가에 옹기종기 모여 노을을 바라보며 식사를 즐기면 어떨까요? 엄마, 설거지는 잠시 미뤄두자구요. 노을을 배경으로 우리 아이의 사진도 찰칵! 찍는 것 잊지 마세요!
- 진눈깨비가 오고 난 다음날 아침. 길 위가 얼음으로 덮이는 것은 싫지만, 똑같은 얼음이라도 나뭇가지에 덮여 있으면 밝은 햇살에 가물거리면서 멋진 장면을 연출한답니다.
- 높고 파란 가을 하늘 아래 넓은 들에는 곡식들이 노랗게 익어갑니다! 추수를

기다리며 가을바람에 한들한들 흔들리는 황금빛 이삭들을 감상해보세요!

- 거미 아줌마가 밤새도록 만들어낸 거미집을 구경합니다. 신기하기도 해라! 자기 몸에서 실을 뽑아내서 열심히 집을 만드는군요. 이른 아침 공원이나 풀밭에서 아침이슬이 대롱대롱 매달려 반짝이는 거미집을 찾아보세요!

- 따사로운 봄에 톡! 땅속에서 솟아오른 싱그러운 새싹들을 구경합니다.

- 커다란 바위들 틈새로 흘러 떨어지는 시원한 물줄기! 쏴아아 소리도 참 웅장하지요? 계곡에 놀러가 까만 바위 사이로 흐르는 하얀 폭포수를 구경해보세요. 얼굴을 산들산들 스쳐 지나는 봄바람도 즐기시고요. 햇빛이 쨍쨍한 날이면 무지개도 볼 수 있을 거예요!

- 겨울밤 조용히 소복소복 쌓이는 눈송이! 하늘에서 떨어져 내리는 하얀 눈송이들을 바라봅니다. 은은한 달빛에 보석처럼 예쁘게 반짝이지요! 아침이 되면 문을 열고 밖으로 나가 온통 하얗게 변해버린 세상을 즐겨보세요!

- 가을산을 빨갛게 물들이는 낙엽들! 노랗고 빨간 잎사귀들이 온통 산을 뒤덮으면 마치 불에 타오르는 듯 아름답지요. 설악산이나 지리산 등 단풍놀이를 떠나보세요! 주홍빛 물이 뚝뚝 떨어질 것 같은 홍시를 따러 갈까요? 가을 하늘이랑 향긋한 낙엽 냄새를 오래오래 간직하고 싶으시죠? 마음에 쏙 드는 예쁜 단풍잎을 따서 좋아하는 동화책 첫 장에 끼워놓아요!

우리 가족의 뿌리를 찾아서

우리 조상들은 어떠했을까요? 우리 할아버지의 할아버지는 어떤 옷을 입고, 뭘 하며 사셨을까요? 또 할머니의 할머니의 할머니는 어떻게 생기셨을까요? 어느 날 갑자기 아이가 물어옵니다. "아빠, 우리 할아버지의 할아버지의 할아버지는 이름이 뭐야?"

여러분은 뭐라고 대답하셨어요?

아이가 태어나기 훨씬 전, 엄마 아빠가 살던 곳은 어디인가요? 할아버지 할머니가 사시던 곳은요? 혹시 멀리 지방에서 살다가 서울로 올라와 살고 계시지는 않나요? 그렇다면 옛날에 사시던 곳은 어떤 곳이었나요? 지금 사는 곳과는 무엇이 다른가요? 너무너무 궁금한 것이 많아요!

우리 가족의 역사를 배워봅시다. 아이와 함께 우리 가족만의 옛 기억을 더듬어보면, 엄마 아빠도 정말 많은 것을 배우게 될 거예요.

먼저 우리 가족의 성씨에 대해 알아볼까요? 아주 옛날 우리 조상들이 살았던 지방을 붙여서 성씨를 말하곤 한답니다. 예를 들면 경주김씨, 전주

이씨 등이 있지요! 우리 조상들이 살았을 당시의 그 지방에 관해 조사해 봐요. 또 족보를 찾아 가계도를 읽어봅니다. 일단 우리 엄마랑 아빠가 잘 알고 있는 할아버지랑 할머니 이야기를 들어보구요. 그다음엔 할아버지랑 할머니께, 할아버지 할머니의 부모님에 대한 이야기를 들어봅시다. 가족 사진도 빼놓지 마세요! 사진을 하나씩 살펴보면서, 사진 속의 사람들이랑 배경에 대해 이야기 해봐요. 한동안 못 봐서 얼굴이 가물가물 떠오르지 않 는 친척들에게도 편지를 써보세요!

가까운 도서관에 들러서, 옛날 신문들을 읽어봅니다. 오래된 사진들이 랑 잡지도 찾아보세요! 아이가 스스로 자료를 찾아보도록 배려해주세요. 도서관에서 책도 빌리고 사진이랑 신문도 복사해서 자료집을 만들어봅니 다. 할아버지 할머니의 편지랑 글도 오려 붙이고, 엄마 아빠의 사진도 붙 여주세요. 나중에라도 시간을 내어 가족 모두가 함께 여행을 떠나보면 어 떨까요? 한 번이라도 이사를 한 적이 있다면, 이전에 살던 집이 어떻게 변 했을지 가끔 궁금해지겠죠? 아주 가끔 마실 가듯 옛날 집으로 나들이를 떠나보세요. 엄마 아빠가 다니던 초등학교랑 살던 집이랑 가까운 곳부터 찾아가보세요!

혹시 가훈이 있으신지요? 아이에게 우리집 가훈에 대해 설명해주셨는 지요? 없다면 이번에 한번 온 식구가 모여서 정해보도록 하세요! 예쁜 문 양을 하나 만들어내도 좋겠지요? 가족 앨범 맨 앞에 장식해두면 근사할 거예요! 지금 이 순간에도 우리 가족의 역사는 진행 중이랍니다. 일년 중 할아버지 할머니랑 친지들이 모두 모이는 명절엔 명절 일기를 써보면 어 떨까요? 기억할 만한 일들이 생길 때마다 기록해주세요. 출생 증명서, 혼인 신고서, 병역 문서, 사망 신고서 등과 같은 문서들도 복사하거나 따로 보관해둡니다. 아이가 자라 한 가족의 엄마 아빠가 되었을 때, 이 모든 자료들은 값으로 따질 수 없는 보물이 되어줄 거랍니다.

099 우리 아이에게 돈의 가치에 대해 알려주세요!

오늘은 정말 운이 좋았어요! 거리를 걷다가 반짝반짝 빛나는 백 원짜리 동전 두 개를 주웠거든요. 생각지도 못한 용돈이 생기면, 정말 기분이 좋아지지요? 아이들은 뜻밖에 내 것이 된 동전 몇 개로 하루 종일 신이 나고 행복해진답니다. 하지만 돈에 대해 잘 모른다면? 그럼 동전도 그냥 신기하게 반짝이는 장난감 몇 개랑 똑같을 거예요. 동전을 하나 둘씩 꾸준히 모으면 나중에 커다란 장난감도 살 수 있다는 것을 모른다면 말이에요. 나중에는 동전을 보고도 그냥 관심 없이 지나칠지도 몰라요. "지난번에 가지고 논 건데 뭐!" 하고 말이지요.

엄마 아빠 여러분, 아이에게 돈의 가치를 가르쳐주세요. 돈이란 무엇보다도 부모님들의 가치관의 영향을 많이 받게 되는 것이 아닐까 합니다. 아이가 스스로 돈의 가치를 깨달을 수 있는 몇 가지 아이디어를 소개해드릴게요!

삼 일, 일주일 간격으로 아이에게 용돈을 주세요. 매주 약간씩 모아 어려운 이웃을 돕는 데 쓰게 하면 어떨까요? 아이에게 용돈을 주면서 매주 그중의 일부분을 다른 사람을 돕는 데 쓰자고 제안해보세요. 어려서부터 이웃을 돕는 아름다운 마음을 기를 수 있도록 말이지요!

아주 약간이라도 항상 저축하는 습관, 정말 중요하답니다. 용돈 외에도 명절이나 생일이면 친척 어른들로부터 꽤 큰돈을 받기도 하지요. 우리 아이는 이런 목돈을 어떻게 쓰는 편인가요? 엄마 아빠가 대신 맡아주시는 경우도 있지만 스스로 알아서 쓰는 경우도 있겠지요! 아이에게 저축의 진정한 의미부터 가르쳐주세요. 미래를 위해 현재를 참고 견디는 것! 저축을 통해서 오래 기다리고 바라던 것을 얻었을 때의 특별한 기쁨도 배우게 된답니다. 그래야 스스로 알아서 돈을 관리할 수 있게 되겠죠!

저축에 재미를 붙이려면 어떻게 하면 좋을까요? 크고 깨끗한 플라스틱 병을 구해 예쁘게 장식하세요. 만약에 병 주둥이가 너무 작아서 동전이 들어가지 않으면, 칼로 윗부분을 약간만 잘라주세요. 흔히 구할 수 있는 돼지 저금통도 좋아요. 아크릴 물감을 풀어서 저금통을 멋지게 색칠해볼까요? 동전들이 차곡차곡 쌓여가는 것이 보이도록 투명한 저금통이 좋겠지요! 짤랑짤랑 묵직하게 돈이 모아지면 저금통을 들고 은행에 갑니다. 아이 이름으로 계좌를 트고 입금도 시켜주세요. 은행은 어른들만 가는 곳이 아니거든요! 마치 친구 집에 가듯이 창구의 직원 누나들과 친해질 수 있도록 인사를 시켜주세요.

구체적인 저축 계획을 세우는 것도 필요합니다. 새로 나온 게임기라든지 자전거, 아니면 할아버지 생신 때 드릴 선물을 사기 위해 일정 기간 동안 돈을 모으기로 해요. 목표가 분명할수록 돈을 모으기도 쉽고 재미있겠죠! 무엇을 살지 정했다면, 매달 혹은 매주 얼마씩 저축해야 할지 따져봐야겠죠? 용돈을 아끼는 것 외에도 돈을 모을 수 있는 방법이 있을까요? 아빠 구두를 닦아드리거나 엄마 집안일을 도와드릴 때마다 용돈을 더 받을 수 있다면? 곰곰이 잘 생각해서 꼭 바라던 것을 살 수 있도록 해보자구요!

무엇보다도 엄마 아빠가 저축하는 모범을 보여주시는 것이 중요하답니다. 함께 저축하고 아끼는 생활이 아이에게는 생생한 현장학습이 되는 법이니까요!

100 아이는 아이답게 신나게 놀아야 해요!

켈리 맥코이 대학생, 미시간주 로체스터 힐

사람이 일생 동안 어린이로 살아가는 시간은 사실 매우 짧답니다. 그러니까 어린 시절을 아주 신나고 재미있게 즐겨야 하겠죠? 아이의 순수한 생각과 마음을 최대한 자유롭게 누릴 수 있어야 합니다! 모든 아이들을 아이답게! 우리 아이는 어떤가요? 다음과 같은 신나는 놀이거리들, 한번쯤 즐겨봤나요?

- 여름에 소나기가 내리면 맨발로 첨벙첨벙 비를 맞으며 뛰어봐요! 발가락 사이로 진흙물이 철벅대며 간지럽지요? 깔깔 크게 웃어대며 발을 굴러봅시다!
- 폭신한 침대 위에서 콩콩 뛰어봐요!
- 부드러운 잔디 언덕에서 떼구르르 굴러보세요!
- 아이스크림이랑 과자를 먹고 싶은 만큼 실컷 먹어봐요!
- 동물원에 가서 동물 친구들이랑 똑같이 따라해봐요! 원숭이 흉내도 내보고 코끼리 코도 만들어봐요!

- 누가누가 제일 바보 같은 표정을 짓나 내기해봅시다!

- 부슬부슬 봄비가 내리면 빗물이 고인 웅덩이 속에 퐁당 뛰어들어 봐요!

- 저녁 식사시간 전에 초콜릿을 잔뜩 먹어치우는 거예요! 너무 배가 불러서 밥
  을 못 먹을 정도로 말이에요.

- 제자리에서 뱅뱅 돌아봐요. 어지러워서 빙그르르 돌다 쓰러질 때까지 말이에
  요. 눈을 감고 돌다가 잔디밭에 풀썩 드러누워 보세요!

- 잘 모르는 노래라도 목청을 돋워 큰 소리로 노래해봅니다. 음정이랑 박자는
  신경 쓰지 마세요!

- 가까운 공원에 맛있는 샌드위치랑 김밥을 싸들고 소풍을 갑니다!

- 아이스크림을 혓바닥으로 핥아먹어 봐요! 야금야금 소리도 내어보자고요!

- 새로 산 크레용 상자에 자기 이름을 커다랗게 써보는 거예요! 번쩍이는 스티
  커도 붙여서 멋지게 꾸며주세요!

- 눈 내린 겨울날 잔뜩 쌓인 눈 더미 위로 올라가 야호! 하고 외쳐봐요.

- 마룻바닥에 미끈거리는 왁스를 잔뜩 칠하고 두꺼운 비닐썰매를 끌어보세요!
  엉덩방아쯤 몇 번이고 찧어보면 어때요!

- 손가락 끝이 얼얼할 때까지 신나게 눈싸움을 해봐요!

- 보송보송한 민들레 씨를 불면서 마음속으로 소원을 빌어보세요!

101 아이의 꿈 속에 우리의 미래가 있어요!

소방관, 선생님, 천문학자, 의사, 경찰관, 무용가, 자동차 경주선수, 영화배우, 농구 선수, 인기 가수, 화가, 비행기 조종사, 사설탐정, 대통령……,

모든 아이들의 마음속에는 씨앗과 같이 조그맣고 고운 꿈들이 숨어 있답니다. 나중에 자라서 하고 싶은 일들이 너무너무 많지요. 어른들의 눈에는 절대로 이룰 수 없어 보이는 꿈들도 있답니다. 하지만 이룰 수 있고 없고는 중요하지 않아요. 지금 우리 아이가 닮고 싶어하는 사람이 누구든 그 사람 역시 어릴 적에는 이루기 힘든 꿈을 가슴속에 담은 어린아이였겠죠? 이 사실을 잊어서는 안 되겠습니다.

무엇이든 상관없어요. 우리 아이가 그 꿈을 향해 한 발 한 발 내딛을 수 있도록 도와주세요. 가슴속에 품은 꿈을 진짜로 이루어내려면 무엇을 해야 할까요? 무엇을 배워야 할지, 무엇이 필요한지 구체적으로 살펴봅시다!

성공은 하루아침에 찾아오는 것이 아니라지요? 정말 열심히 노력해도 종종 실패할 수도 있어요. 하지만 포기하지 않고 잘 해낼 수 있다는 희망과 의지만 있다면 언젠가는 반드시 이루어지는 것이 성공이랍니다. 우리 아이의 소중한 꿈을 이미 이루어낸 사람들을 찾아보세요. 관심 있는 분야의 직업을 갖고 계신 어른들을 찾아 만날 약속을 잡아봅니다. 어떻게 노력해왔는지, 좋았던 점, 나빴던 점은 무엇인지 솔직한 이야기를 들을 수 있겠죠. 가능하다면 하루 종일 작업 현장을 구경해보세요. 할 수 있다면 옆에서 도와드려도 좋겠죠? 아마 짧은 시간 동안 깜짝 놀랄 만큼 많은 것을 배울 수 있을 거예요. 몰랐던 점들도 알게 되고, 잘못 알고 있던 것들도 고칠 수 있을 거랍니다.

슈퍼맨이나 세일러문이 되는 것이 꿈이라고요? 꼭 불가능한 것은 아니랍니다. 경찰이나 소방관, 약사 등등 어려움에 처한 이웃들을 도와주는 사람이 진정한 영웅 아니겠어요? 용기와 힘을 기를 수 있도록 운동도 열심히 하고 자원 봉사도 해봅시다.

사랑하는 우리 아이가 간직한 꿈이 엄마 아빠의 꿈과는 다를 수도 있답니다. "우리 아이가 자라서 이쯤은 돼야 하지 않을까?" 기대도 많고 희망도 크시겠지요. 하지만 아이의 꿈을 어른들의 잣대로 잴 수는 없는 법이랍니다. 있는 그대로 아이의 꿈을 받아들이세요. 아이에게는 아이만의 반짝이는 별과 같은 꿈이 있지요. 엄마 아빠의 별은 또 따로 반짝이고 있을 뿐입니다. 아이들이 그 누구의 별도 아닌 자기만의 별을 바라보며 긴긴 인생의 여행을 시작할 수 있도록 용기를 북돋아주세요!